왕녀전하는
화가 나셨나 봅니다
8. 하얀 소녀와 미지의 빛
Royal Highness Princess seems to be angry
저자
야츠하시 코우
일러스트
나기시로 미토

허공에 꽃이 피었다.
아니, 꽃을 닮은 형태의 마법진이었다.

그것은 마법이라고도, 연금술이라고도,
마술이라고도, 주술이라고도 할 수 없는
새로운 술식이었다.

하얀 머리카락과 반짝이며 빛나 보이는 붉은 눈.
머리카락과 눈동자 색만 똑같다면,
지크의 형제라고 해도 놀라지 않을 자신이 있었다.
그 정도로 부자연스럽고 기분이 나쁠 정도로 지크와 닮았다.
사라

왕녀 전하는 화가 나셨나 봅니다

8.

하얀 소녀와 미지의 빛

Royal Highness Princess
seems to be angry

저자
야츠하시 코우

일러스트
나기시로 미토

옮긴이
이진주

CHARACTER

지크 비올리스

루크레치아 학원에 다니는 도로셀의 친구. 레티시엘의 반려였던 나오와 꼭 닮았다

도로셀 노아 (레티시엘 리제네로제)

천 년 전의 왕녀 레티시엘이 전생한 소녀. 공작가와 인연을 끊고, 평민이 되었다.

크리스타 아마리리스 피리아레기스

피리아레기스 공작가의 삼녀. 도로셀의 쌍둥이 여동생.

루빅 레인

도로셀이 여섯 살 때부터 그녀를 모신 전속 집사.

니콜 라벤델

도로셀이 예전에 도와준 시녀. 지금은 도로셀을 모시고 있다.

에델하르트 노우르 아레스타 플라티나

플라티나 왕국의 제3왕자. 평소부터 각지를 돌아다니며 왕도에는 거의 들르지 않는다.

라이오넬 루크 아레스타 플라티나

플라티나 왕국의 제2왕자. 끊임없이 미소를 짓고 있지만, 그 속마음은 누구도 읽지 못한다.

로시포드 벨아크 아레스타 플라티나

플라티나 왕국의 제1왕자. 혼수상태에서 깨어났으나 기억을 잃은 상태.

베로니카 에스텔 밸런타인

도로셀의 친구 중 한 명. 마력포화증을 앓고 있으며, 연금술에 흥미를 보이고 있다.

히르메스 리프 그웰

미란다레트의 약혼자. 검술이 특기로, 마술과 검술의 조합에 불타오른다.

미란다레트 루루 월드

도로셀의 친구 중 한 명. 도로셀에게 마술을 배우고 있다.

티나

빛의 정령왕이며, 디트와 쌍둥이. 표정이 그다지 변하지 않는 타입.

디트

무의 정령왕이며, 티나와 쌍둥이. 호기심이 왕성하고 활발한 성격.

루카스 드 오라시오

루크레치아 학원의 학원장. 도로셀에게 자주 휘둘리며 고생하는 인물.

백의 결사

자쿠도

백의 결사의 일원. 사라를 『어르신』이라고 부르나, 그 역시 뭔가를 감추고 있는 듯하다

밀그레인

백의 결사의 일원. 사라에게 심취해 있으며, 경솔하게 입을 놀리는 자쿠도를 경계한다.

사라

백의 결사를 이끄는 정체불명의 존재. 천 년 전 시대에서 전생한 레티시엘의 존재를 안다.

데이비드

학원 대도서실의 사서. 루카스와 함께 도로셀 일행을 지켜준다.

『하얀 소녀』

몇 번이나 레티시엘의 눈앞에 나타나 그녀를 인도하는 수수께끼의 소녀.

Royal Highness Princess
seems to be angry

8.

하얀 소녀와 미지의 빛

CONTENTS

서장 봉인된 자

칙칙한 암벽이 엄청난 압박감을 자아내고, 바람이 계곡을 빠져나갔다.

우울한 회색으로 물든 하늘이 침체된 공기와 함께 어깨를 무겁게 짓누르고, 대지에 쌓인 먼지가 흩날렸다.

기나긴 시간이 깎아낸 광대한 암석의 미궁을, 나이 어린 두 명의 소년 소녀가 걷고 있었다.

너덜너덜한 로브와 닳아 떨어진 신발이 상당히 긴 시간 동안 계속 걸어왔음을 알 수 있었다.

『……저기, 사라. 정말로 갈 거야? 거긴…… 저주받은 신전이야.』

『갈거야, 류트. 몇 번이나 같은 말 하게 하지 마.』

소년의 물음에, 소녀가 강한 어조로 되받아쳤다. 류트라고 불린 소년은 어딘가 불안해 보였으나, 그에 반해 사라라고 불린 소녀는 진지한 표정을 하고 있었다.

소녀가 앞장서고 소년이 반걸음 뒤에서 따라갔다. 소년의 머리에는 하얀 붕대가 감겨 있어서, 그의 오른쪽 눈을 가리고 있었다.

걸으면서도 소년은 소녀에게 뭔가를 말했다. 그것이 성가신 것일까, 뒤를 돌아본 소녀는 매우 심기가 불편해보였다.

『잘 들어. 저주받은 신전이라는 건 이미 옛날부터 알고 있었어. 사실은 가까이 가는 것도 안 된다는 것도. 하지만 아빠도 말했어. 스스로 행동하지 않으면 아무것도 얻을 수 없다고. 그래서 나는 내 의지로 여기에 오자고 결정한 거야. 이곳에는 필요한 것이 있는걸. 내…… 복수를 위해 필요한 것이.』

소녀는 소년의 어깨를 붙잡고는 몸을 숙여 눈을 맞추면서 소년을 설득했다. 꽤나 열기를 띤 목소리였다.

그러나 소년은 그다지 내키지 않는 기색이었다. 그 태도의 차이에서 두 사람 사이에는 의견의 차이가 존재하는 것 같았다.

소녀가 붕대에 덮인 소년의 오른쪽 눈을 가볍게 만졌다.

그대로 붕대를 풀자, 타오르는 불꽃처럼 붉은 눈동자가 드러났다.

『너도 그 눈을 어떻게든 하고 싶어서 같이 온 거잖아? 그 눈 탓에 때때로 아무 이유도 없이 모든 걸 다 부숴버리고 싶어져서 괴롭다고, 그렇게 말했잖아? 해결의 실마리가 될지도 모르는 게 바로 저 앞에 있어. 그런데 꽁무니를 뺄 거야? 나 혼자라면 그런 사정을 알지 못했겠지만, 아빠의 수기를 읽고 알아낸 거잖아. 그 눈은 오랫동안 장기를 계속 쐬어서 생긴 돌연변이라고. 나는 미덥지 못하다고 해도, 아빠도 못 믿는 거야?』

소녀가 말을 이었다. 소년은 그 이야기를 들으며 재빨리 오른쪽 눈을 손으로 감추고 머뭇머뭇 고개를 끄덕였다.

설득된 것인지는 알 수 없으나 반론은 하지 않게 되었다. 소년의 그 모습에, 소녀는 두 손을 허리에 대고 득의양양하게 웃었다.

왜 어린 아이들이 이런 곳에 있는 것인가.

어째서 미로의 건너편에 다다르려 하는 것인가.

두 사람은 변함없이 앞으로 나갔다. 때때로 불어오는 모래가 섞인 바람이 두 사람이 걸친 로브를 말아 올렸다.

무수하게 갈라진 미로를 신중히 나아간 끝에, 다 무너져 가는 신전처럼 생긴 유적이 나왔다.

『아!』

그 순간 소녀의 얼굴이 환하게 빛났다. 소녀는 소년의 손을 잡더니 그대로 유적의 입구를 향해 뛰어갔다.

그리고 돌로 된 아치가 순식간에 두 사람을 집어삼키고, 거칠고 메마른 모래 계곡과 투박한 유적만이 남겨졌다.

그것은 깊은 땅속에 갇힌 채, 다 무너진 신전을 향해 나아가는 두 사람을 기다리고 있었다.

인간이 사는 장소에서 멀리 떨어지고, 모래와 암석에 덮인 이 불모의 땅을 일부러 찾아온 이유. 그것도 어린아이 두 사람이 찾아온 이유는 한정되어 있었다.

이 신전은 돌로 된 거대한 감옥이었다. 보물도 없는, 텅 빈 철창. 도적조차 접근하지 않는, 인간이 아닌 자들의 손으로 세워진 봉인의 제단.

그렇다면 저 소년과 소녀…… 적어도 소녀 쪽은 땅속에 잠들어 있는 살아있는 시체에 용건이 있음이 틀림없었다.

—빨리, 빨리. 내게로 오라…….

그것은 한결같이 그렇게 빌었다.

소년은 긴장한 듯 수상쩍은 움직임을 보이고 있었다. 땅속에서 솟아오르는 이 부름에 영혼이 공명하고 있는 듯 했다.

—빨리, 빨리.

소녀와 소년은 신전 깊숙한 곳까지 들어와, **그것**의 바로 앞까지 왔다.

태고의 성전에서 패배해 이 땅에 봉인된 뒤로 얼마의 세월이 흘렀을까. **그것**은 봉인의 결박을 풀고 혼을 보호해 줄 존재를 줄곧 기다리고 있었다.

때문에, **그것**은 눈앞에 다가온 소녀가 얼굴을 마주하고 입을 열기 무섭게 꺼낸 **계약**을, 재미있다고 여기며 승낙했다.

***

그 후로 벌써 천 년의 시간이 흘렀다.

괴물은 사라의 그림자에 기생하며 이 유별난 여자가 살아가는 모습을 늘 지켜보았다.

그때, 괴물의 봉인을 푼 사라는 괴물의 힘을 빌려 아득한 시간을 살아왔다. 신전에서 나눈 **계약**대로, 이 천년 동안 괴물은 몇 번이나 사라의 영혼을 전생시켰다.

정령의 방해로 현저하게 힘이 소모되었던 시기에는 전생에 수백 년 정도 공백이 생기기도 했으나, 대체적으로 사라가 제공하는 양분으로 회복하곤 했다.

—네 봉인을 풀어줄게. 대신 내 바람을 이루는데 협력해.

—내가 그것을 받아들인다고 하면, 그것이 내게 무슨 이득이 되겠느냐?

—너, 지금 봉인이 없어진다고 해도 힘을 잃어서 아무것도 못하잖아? 내 안에서 키워줄게. 그것만으로는 부족해?

—그렇다면 네놈도 내 야망에 협력해라. 그것이 등가교환이라는 것이겠지.

—좋아. 네 야망이니 뭐니 하는 것도, 내 바람과 함께 이뤄줄게.

괴물은 일찍이 제단에서 사라와 맺은 **계약**을 단 한 번도 잊은 적이 없었다.

사라는 괴물이 힘을 되찾을 때까지 영혼을 빙의시킬 그릇을 만들었고, 괴물은 사라의 요청이 있을 때 그 힘을 빌려

주었다. 모든 것은 서로가 바란 각자만의 결말을 위해.

"앞으로의 절차는 이해했겠지? 밀그레인."

"맡겨주십시오, 마스터. 반드시 말씀하신 역할을 훌륭히 수행해 보이겠습니다."

"그래, 부탁하마. 너는 신용하고 있다. 나를 실망시키지 마라."

"물론입니다. 그런데, 그 남자는 어디에? 이런 중요한 타이밍에 자리를 비우다니……."

"……그것은 신경 쓰지 마라. 너는, 네가 해야 할 일에만 집중하면 돼."

"예…… 마스터의 뜻대로."

괴물은 사라와 그것에 심취한 부하의 대화에는 흥미가 없었다.

그 자리를 잠시 이탈하는 것도 가능했다. 힘이 회복된 지금, 괴물은 천 년 전처럼 기생하는 혼의 주인의 그림자에서 한 걸음도 벗어나지 못할 정도로 약하지 않았다.

괴물이 사라의 영혼에 기생하는 이상, 사라의 생각이나 감정은 혼을 통해 모두 괴물에게 전해졌다. 사라의 모든 것을 알 수 있었다.

하지만 그렇게 하지 않은 것은, 사라가 움직이려 하고 있었기 때문이다. 이제부터 녹테트 산으로 향한다고 말했다. 그곳이 녀석의 계획의 대단원이 될 것이다.

꽤나 길었다. 봉인되었던 유적에서 사라와 계약을 맺은 지 천 년. 천 년이라는 시간이 지났다. 설마 이렇게까지 기다리게 되다니, 어떤 의미로는 예상 밖이었다.

너무나도 긴 시간 동안 계획이 눈에 띄게 진전되지 않은 탓에, 이 무렵 괴물은 이 여자의 행동에 애를 태우는 일이 늘어났다.

천 년이라는 시간과, 사라가 개발한 **주술이라는 양분**은 괴물의 힘을 회복시키고 본래의 강함까지 증폭시키기에는 차고 넘칠 정도였다.

그리고 힘을 회복한 이상, 괴물은 더 이상 타인의 혼에 기생하며 영기를 보충할 필요가 없었다. 사라라는 혼과 계속해서 연결되어있을 이점은 사라졌다고 해도 무방했다.

그래도 괴물이 아직 이 혼에 머물러 있는 것은, 이 여자가 자신과 나눈 계약을 어떻게 이행할지 흥미가 있었기 때문.

—빨리, 빨리 내가 바라는 것을 내놓아라.

그렇지 않으면 네놈과 같이 있는 의미 따위, 지금으로서는 아무것도 없으니까.

1장 붕괴의 시작

녹테트 산 정상, 이름도 없는 칼데라의 폐허. 평소라면 소란스러움과는 거리가 멀 터인 그 장소를, 굉음과 광풍이 덮치고 있었다.

폐허를 둘러싼 산맥들에 의해 둥그렇게 잘린, 짙은 회색의 무거운 구름으로 덮인 하늘에는 하얗고 거대한 마법진이 눈부시게 빛나고 있었다.

북두칠성의 형태를 한 그것은 너무나도 거대했고, 마법진을 구성하는 7개의 빛은 각각 하늘에 매달린 검은 기둥이 꿰뚫고 있었다.

바람이 지상의 폐허를 감아올리듯이 불어대는 가운데, 레티시엘은 폐허의 중심에 솟아있는 반쯤 무너진 시계탑의 전망대에서 그 불길한 마법진을 그저 올려다보는 것밖에 할 수가 없었다.

그 규모를 보건대 아스트레아 대륙 전체를 덮을 수도 있을 것이라 생각되는 하얀 마법진은, 그것을 꿰뚫은 검은 기둥에 의해 더렵혀지는 것처럼 점차 검게 물들고 있었다.

바람이 한층 강해지고, 어디에서인가 우렛소리와도 닮은 소리가 울렸다.

『검은 연못의 혼의 기둥은 모두 무사히 모두 기동한 것 같군.』

방금전 마법진이 출현했을 때, 사라는 그렇게 말했다.

그…… 아니, 육체는 소년일지라도 영혼은 천 년 전 레티시엘의 소꿉친구였던 『사라』이니 그녀라고 불러야 할까.

하얀 로브에 가면을 쓴 그 존재는 시계탑의 돌기둥을 연결하는 거의 다 무너진 아치 위에서 몸을 비트는 것 같은 자세로 마법진을 바라보고 있었다.

검은 연못의 혼의 기둥이라고 하는 것이 무엇인지는 알 수 없었으나, 짐작가는 바는 있었다. 예전에 캘런포드 교외에서 본, 검은 물과도 같은 뭔가도 뒤덮인 크레이터.

십수 년 전 그 장소를 기점으로 발생한 정체불명의 폭발사고가, 당시 별장지로서 번영하던 캘런포드의 마을을 유령마을로 만들었다.

그 이전에도 각지에서 비슷한 사고가 일어났는데, 그것도 모두 혼의 기둥이라고 불린 것과 연관되었다면 사라의 계획은 한참 전부터 진행되고 있던 것인가.

레티시엘의 가슴 속에서 초조함이 더해갔다. 저 북두칠성의 진은 위험한 것이다. 저것이 완성되게 놔두면 안 된다는 본능이 경종을 울리고 있었다.

그러는 사이에도 검은빛은 조금씩, 그러나 착실히 흰색 마법진을 집어삼키고 있었다. 그것이 완전히 검게 물든다면 분명히 무시무시한 사태가 일어날 것이다.

거기까지 직감으로 알아차렸다고 해도, 레티시엘은 할 수 있는 일이 아무것도 없었다. 어떻게 하면 이 마법진을 막을 수 있는지 알 수 없었다. 각지에 설치된 혼의 기둥이라는 것을 제거하면 되는 건가? 아니, 어떻게 제거해야 할까.

검은 안개의 괴물들은 무속성 마술이 약점이었다. 그러나 혼의 기둥은 단순한 검은 안개와는 다르다는 느낌이 들었다. 무속성의 술식으로 공격해도 정화할 수 있을지도 의문이었다.

애초에 레티시엘은 폭발사고가 발생한 현장을 모두 파악하지 못했다. 그마저도 전이를 사용한다고 해도 한 번 가본 적이 있는 장소가 아니라면 이동할 수 없었다.

혼의 기둥의 구조와 원리도, 이 마법진의 효과도, 혼의 기둥에 간섭하면 무슨 일이 일어날 것인가 하는 것도, 모든 것이 수수께끼였다.

사태는 레티시엘이 현재 갖고있는 정보만으로는 이미 대처할 수 없을 수준까지 진행되었다.

"……."

레티시엘은 이 장소에 오기 위해 올라온 나선계단을 돌아보았다. 변함없는 정적의 공간.

레티시엘과 함께 이곳에 온 루카스와 지크는 사라가 방금 사용한 어떤 술법으로 계단의 공간에 갇혀버렸다. 아마 지금도 출구에 다다를 수 없는 계단을 계속 오르고 있으리라. 어떻게든 해서 도와주고 싶었으나, 사라는 이쪽의 패를 다 알고 있었다. 레티시엘과 마찬가지로 마술의 전성기였던 천 년 전 시대를 살았기 때문이었다. 섣불리 행동하면 두 사람의 목숨이 위험할지도 몰랐다.

게다가 사라는 제국에 마술을 무력화하는 나뭇조각을 제공했다. 마술은 이미 만능이 아니었다.

"……어때? 혼란스러워?"

위쪽에서 목소리가 들렸다.

그 소리에 뒤를 돌아보니, 머리 위의 아치에 걸터앉은 사라가 옅은 미소를 띠고 이쪽을 내려다보고 있었다. 그 목소리는 어딘가 즐거운 것 같았다.

"마법진이 완성될 때까지는 시간이 걸려. 좋은 기회이니 질문에 대답해 주지. 너도 아무것도 모른 채 이 세계에서 사라지는 것은 원치 않을 테니까 말이야. 어이쿠. 이상한 생각은 하지 말라고. 네 동료들의 목숨이 무사하길 바란다면 말이지."

이 세계에서 사라진다…… 볼일이 끝나면 레티시엘을 없앨 생각인 모양이었다.

가면 너머로 들여다보이는 사라의 붉은 눈동자는 자신의 승리를 조금도 의심하지 않았다. 여유만만한 그 모습이, 좋든 싫든 레티시엘의 초조함과 굴욕감을 더욱 가속시켰다.

"……좋아."

상대의 손 안에서 놀아나는 것 같은 굴욕감은 사라지지 않았으나, 레티시엘은 마음속에 완전히 풀리지 않고 맺혀 있던 감정과 싸운 결과, 마음을 고쳐먹기로 했다.

어느 쪽이든 현재 상황에서 레티시엘이 손 쓸 방도가 없었다.

지크와 루카스는 인질로 잡힌 것이나 마찬가지인 상황이었고, 사라나 저 마법진에 대항할 수 있는 수단도 짐작이 가지 않았으며, 대등하게 거래할 수 있는 정보도 바닥났다.

체스로 말한다면, 체크메이트 직전이나 다름없었다.

무슨 생각인지는 알 수 없어도, 사라는 이쪽의 질문에 대답할 생각은 있는 듯했다. 그렇다면 그 변덕에 응해주자.

"아까 말했지, 이 장소에서 마술이 멸망했다고. 그건 무슨 의미야?"

마법진이 발동하기 전에 사라가 말하다 만 이야기.

그때에는 이런 마법진이 출현하는 사태 따위 예측하지 못했기 때문에 깊이 생각하지 않았다. 하지만 돌이켜보면 과거 클로비스 수도원에서 대치했을 때, 사라는 자신의 목적을 「마술을 멸망시키는 일」이라고 말했다.

마술의 멸망이 이곳에서 시작되었다고 한다면, 그것에는 사라 자신도 한 역할을 담당했을 터였다.

"흐응. 그 이야기를 들을 마음이 든 모양이군."

"장황한 이야기는 됐어. 질문에 대답해 줄 거지?"

"그래. 그렇게 말했어."

사라가 웃었다. 그 등 뒤의 무너진 천장에서 보이는 하얀 마법진의 검은색이 번지는 것처럼 보였다.

"이 도시는 마술의 폭주에 휩쓸려 하룻밤 사이에 없어져 버렸어. 큰 전쟁이 한창 벌어지던 때였지."

"……."

마술의 폭주로 없어진 도시…… 들은 적 있었다. 어디서였더라. 정령에게서 받은 정보였던가.

600년 정도 전, 복수의 마술사의 마술이 일제히 폭주하면서 지워진, 아마도 드란잘 제국의 수도였다는 도시. 그것이 이 폐허였다는 것인가.

"마술의 일제폭주가 원인이었다지."

"흐응. 그것까지 알고 있군. 정령이 이야기했나?"

사라는 딱히 놀라는 기색도 없이 그렇게 말하며 입술 끝을 끌어올렸다.

"이곳은 원래 드란잘 제국의 수도였던 장소야. 이 장소에서 각국은 드란잘 제국의 통솔 아래 평화를 받아들였지."

그건, 알고 있었다.

레티시엘의 사후, 당시 양대 국가였던 드란잘 제국과 세피로스 왕국은 정전을 결정했다. 그에 따라 길고 길었던 아스트레아 대륙 전쟁은 종언을 고했다. 역사에서 말하는 범주였다.

“그런데, 평화는 그리 오래 이어지지 않았어. 이윽고 대륙 전체가 전화로 인한 피해에서 벗어날 수 있었던 그때, 세피로스 왕국이 와해됐지.”

“와해?”

“그래. 내부붕괴로 말이야. 기근에 더해, 왕위쟁탈전이 심해져 점점 수렁으로 빠져들었지.”

그건…… 모르는 일이었다. 레티시엘이 더듬어 올라간 과거는 고작해야 600년 전…… 플라티나의 왕가가 지금의 아레스타 왕조로 바뀐 이후였다.

“대륙은 또다시 어지러워졌어. 그 전란의 시기로 되돌아간 거지. 드란잘 제국이 있는 동부는 그럭저럭 버텼지만, 세피로스 왕국이 있던 서부와 남부는 다시 전쟁에 빠져들었지.”

사라의 손가락이 어느 한 방향을 향했다.

그 방향은 플라티나 왕국이 있는 남쪽 방향과 일치했다. 서부는…… 지금의 라피스 국에 속한 일대인가.

“알겠어? 지금 이 나라가 통치하고 있는 이 장소에 대한 얘기야.”

“……그것이, 마술의 멸망과 관련이 있다는 거야?”

“그래. 있고말고. 그것이 600년 전에 이 대륙에서 일어난 동란이었으니 말이지. 나는 운이 좋았어.”

무슨 운이 좋았던 것일까……라는 것은 생각할 것도 없었다. 전쟁이었다. 사라는 당시에 전쟁이 일어난 것을 두고 그렇게 말하고 있었다.

"그 무렵은 아직 주술연구를 완성시키는 도중이었어. 주술이야말로 마술에 대항할 수 있는 새로운 힘이었으니 적당히 할 수는 없었지. 뭐, 연금술이니 마법이니 그다지 쓸모없는 부산물도 많았지만 말이지."

"……그러니까, 전란의 시대가 재래한 것이 좋았다는 거야?"

"그래. 나라에 어떤 피해가 발생해도, 전쟁에 빠져 사는 인간들은 제멋대로 『적국의 탓』이라며 모든 것을 정리해주었지. 덕분에 실험은 매우 순조롭게 진행되었어. 그 시대의 인간들에게는 정말 감사하고 있어."

과거 전란을 경험했을 터인 인간이, 전란을 감사히 여기며 이용했다.

레티시엘은 몸을 떨었다. 그 실험이라는 것으로, 얼마만큼의 사람을 희생했을까.

"이 도시에도 실험을 목적으로 방문했어. 드란잘의 수도는 그 당시 사람들이 가장 많이 모이는 장소였으니까 섞여 드는 건 간단했지."

사라는 그렇게 이야기를 늘어놓으며 허공을 바라보고 있었다. 그 눈동자에는, 대체 무엇이 보이는 것일까.

"다만, 예상 밖의 일도 있었어. 정령이 나를 주시하고 있었지. 인간계의 정세에는 관심이 없는 정령이, 말이야."

"……싸운 거야? 이 장소에서?"

거기까지 듣자, 레티시엘도 왠지 모르게 사라가 말하려고 하는 것을 추측할 수 있었다.

아마도 정령은 사라의 행동을 그냥 눈감아주지 않았을 것이다. 사라도 현실에 안주한 것은 아니리라. 그래서 싸웠다. 과거, 드란잘 제국의 수도였던 도시에서.

"눈치가 빠르네. 맞아."

"……."

"꽤 좋은 승부였지만, 최종적으로 정령들이 유리했어. 힘을 극심하게 소모한 탓에 다시 전생하는 데에도 꽤나 쓸데없이 많은 시간을 잡아먹었지."

레티시엘의 뇌리에 예전에 보고 들은 정보가 스쳐지나갔다.

지금의 플라티나, 이리스, 라피스 3국의 국경에 있던 도시는 과거 그곳에 체류하던 마술사들의 힘이 폭주하는 바람에 멸망했다고.

그 말을 들은 처음에는 위화감을 느꼈으나, 적어도 후세에는 당시의 일은 그런 것으로 전해지고 있었다.

'……역시, 폭주가 원인이 아니었던 거네.'

사라가 거짓말을 하는 기색은 엿볼 수 없었다.

그 이야기가 사실이라면, 이 도시가 멸망한 원인은 사라였다. 이곳에서 정령과 싸워 패배해 목숨을 잃으면서, 한 나라의 수도의 번영을 끝냈다.

그리고, 그 결전의 여파를 맞고 모든 책임을 떠안게 된 마술은 그대로 역사의 무대에서 완전히 사라진 것이다.

"……어떻게, 그렇게 잔인한 짓을 할 수 있는 거야?"

레티시엘은 무의식중에 질책하는 어조가 되었다.

과거 전쟁의 비참함을 직접 경험하고 자기 자신도 전쟁에서 죽은 과거를 가진 몸으로서, 사라가 하는 일은 용서할 수 있을 것 같지 않은 소행이었다.

"네 일에 관계없는 사람들을 멋대로 끌어들여서 목숨을 빼앗는 일이, 정의라고 말하고 싶기라도 한 거야?"

"……흥. 혁명에는 희생이 따르는 법이야. 너에게 설교를 들은 이유는 없어."

무슨 말을 들어도 사라에게는 와닿는 것이 없는 모양이었다. 레티시엘의 말에 코웃음을 치며 전혀 아랑곳하지 않았다.

"오히려 이 나라의 국민이 내게 감사해줬으면 할 지경이야. 내가 없었다면 지금의 플라티나 왕국은 존재하지 않았어. 내가 맹인왕을 만들지 않았더라면 말이지."

"……뭐?"

지금 뭔가, 흘려들을 수 없는 말을 들은 것 같은 느낌이 들었다.

전란을 평정하고 아레스타 왕조를 연 위대한 왕이자 현재 왕가의 선조이며, 지금도 국민들에게 계속 사랑받는 영웅.

그 맹인왕을…… 만들었다고?

"그것은 실로 아주 잘 만들어진 것이었어. 완성도가 너무 높았던 탓에 후세에 그것을 복원하고 양산하려고 했을 때는 꽤나 고생을 했지."

"그건, 무슨 말이야……?"

"놀랄 것도 없잖아? 넌 그것과 비슷한 것과 몇 번이나 만났으니까."

레티시엘은 그 말을 듣고 눈썹을 찌푸렸다. 그녀는 과거에 자신이 마주쳤던 적을 머릿속에 떠올렸다.

"……주술병?"

백발에 붉은 눈을 가진, 주술을 행사하기 위해 개조된 꼭두각시. 설마…… 일국의 시조가 된 인간이, 사라가 만든 인형이었다고?

"너는…… 이단의 주술병을 일국의 왕으로 세운 거야?"

"하하하하하! 그래! 인공적으로 만들어진 되다 만 인간이건만, 다들 하나같이 그 녀석에게 고마워했지. 심지어 존경하기까지 했어. 정말로 우스워서 참을 수가 없었다고!"

사라는 레티시엘의 말을 듣고 웃음을 터트렸다. 자신이 준비한 퀴즈의 정답을 맞혀준 것에 기뻐하는 아이처럼, 실로 즐거워보였다.

"주술이 이단이라고? 너희가 그런 말을 할 자격이 있나? 너희 왕국의 인간들이야말로 그 주술로 피를 이어온 왕가를 섬기고 있는데 말이지! 그뿐 아니라, 주술에서 파생된 결함품인 마법을 애지중지하다니, 그야말로 희극이 아닌가!"

"……미쳤어."

마치 이종족을 보는 기분이었다.

육체는 같은 인간일 터인데, 논리가 통하질 않았다.

사라는 웃음을 거두고 또다시 그 차가운 시선으로 되돌아갔다.

"미쳤어도 상관없어. 목적을 달성하기 위해서라면 나는 무슨 일이라도 하겠어."

"……왜 나한테 그런 얘기를 들려주는 거야? 자신의 무용담을 자랑하는 것이 즐거워?"

"즐거워. 네 움직임을 막고 우위에 있을 수 있는 이 상황이 말이지."

레티시엘은 사라가 그렇게 말하면서도 이쪽을 보고 있지 않다는 사실을 알아차렸다. 레티시엘의 쪽을 보고는 있었지만, 미묘하게 눈이 마주치지 않았다.

가면 틈새로 들여다보이는 눈에서 감정을 읽어낼 수 없는 것은, 정말로 아무 감정이 없기 때문인가, 지금의 레티시엘처럼 읽히지 않으려 하고 있기 때문인가.

'……넌, 정말로 즐겁다고 생각하는 거야?'

별로, 그렇게 보이지는 않는 것 같은 느낌이 들었다. 그렇게 생각한다면, 좀 더 방금 전 왕국을 비웃었을 때처럼 되었을 텐데.

레티시엘에 대한 원망과 마술을 없애겠다고 하는 사라의 의지는 확고한 것이었다.

적어도 레티시엘에게는 그렇게 느껴졌다. 하지만…… 뒤죽박죽이 된 것 같은 이 느낌은 무엇일까.

"앞으로 조금만, 조금만 더 기다리면, 내 계획이 드디어 완성되려 하고 있어."

사라가 하늘에 떠오른 북두칠성 모양의 마법진을 올려다보며 중얼거렸다.

그것은 레티시엘에게 들려준다기보다 어딘가 혼잣말을 하는 것처럼도 들렸다. 마치, 자신에게 들려주는 것 같은…….

"다만……."

사라가 문득 말을 끊고 자신의 뒤를 돌아보았다. 그 시선의 끝에는 사라가 스스로 전개한 북두칠성의 마법진이 떠올라 있었다.

"뭔가, 묘하군."

또다시 레티시엘 쪽을 돌아보았을 때, 사라의 얼굴에서는 표정이 사라져 있었다.

"너, 뭘 한 거냐?"

"……?"

레티시엘은 감정을 들키지 않으려고 무표정으로 일관해왔으나, 그 질문에는 역시나 의문을 표시했다.

이쪽을 똑바로 응시하는 사라의 눈은 차갑고 날카로웠다.

아마도 사라에게 좋지 않은 일이 일어나고 있으리라고는 짐작이 되었다. 그리고 그 원인을 레티시엘에게 찾으려 하고 있었다.

딱히 아무것도 하지 않았는데. 레티시엘은 그렇게 생각하면서 재빨리 주위를 관찰했다. 사라가 이 타이밍에 알아차린 일이었다. 분명히 육안으로 이변을 확인할 수 있는 것일 터였다.

언뜻 보기에 묘한 변화는 아무것도 없었다. 그러나 레티시엘은 하늘을 올려다보고 막연한 위화감을 느꼈다. 하늘에는 변함없이 북두칠성의 마법진이 펼쳐져 있었다.

그것을 바라보는 사이, 위화감의 정체를 알아차릴 수 있었다. 색이었다. 검은 빛의 기둥이 기동하면서 하늘에 출현한 마법진은 처음에는 하얗게 빛나다가, 시간이 지나면서 점차 검은 빛에 침식되어 회색이 되어가고 있었다.

그 빛의 침식은 문답을 시작하기 전과 비교해 거의 변화가 없었다. 기동 직후에는 그렇게나 알기 쉽게 색의 변화를 확인할 수 있었는데, 하얀 마법진을 좀먹는 검은색의 침공이 지금은 멈춰 있었다.

'이건…… 아직 완성되지 않았다, 라는 거지?'

구조나 원리는 알 수 없어도 역시나 그 사실은 이해할 수 있었다. 그리고 그것이 아무래도 사라에게는 좋지 않은 것이라는 사실도…….

"……알았다고 해도, 그것을 네게 알려줄 거라고 생각해?"

"이런 상황에서도 허세를 부리는군. 지금의 너 따위, 내게는 하찮은 존재인데 말이지."

사라는 그렇게 말하고 웃으면서 술식으로 만들어진 검은 창을 휘둘렀다.

칠흑색의 삼지창이었다. 사라의 손을 떠난 그것은, 레티시엘의 심장을 노리고 힘차게 날아왔다.

레티시엘은 재빨리 결계마술을 전개하려고 했지만, 술식은 발현되지 않았다.

"뭐지?!"

창이 바닥에 부딪혀 작은 구멍을 만들고 부서져 산산이 흩어졌다.

재빨리 몸을 뒤집어 피하지 않았더라면, 지금쯤 레티시엘의 몸에는 창이 꽂혀있었을 것이다.

몇 번을 시도해도 아주 작고 빈약한 결계가 만들어질 뿐이었다. 마술에 뭔가 이변이 일어났다……. 레티시엘은 즉시 그 사실을 깨달았다.

"이제야 겨우 알아차린 건가. 너도 감이 꽤 둔해졌군."

"……무슨 짓을 한 거야?"

"그저 마소를 이 세상에서 퇴장시켰을 뿐이야."

레티시엘은 한순간 사라가 무슨 말을 하는지 알 수가 없었다. 마소를…… 세상에서 퇴장시켰다고?

“내가 왜 대륙 규모의 마법진을 준비했다고 생각해? 그건, 광범위에 걸쳐 제거할 것이 있기 때문이야.”

“……!”

그리고 그 다음에 이어진 한 마디로, 사라가 던진 말의 의미를 이해했다. 사라가 전개한 이 마법진은 마소를 공격하기 위해 설치된 것이었다.

마소는 마술을 사용하기 위한 연료다. 그 연로에 문제가 발생했기 때문에, 지금 이렇게 레티시엘의 마술은 생각하는 대로 발동할 수 없게 되었다.

‘그럼 지금까지의 이 시간은, 마법진의 효과가 충분히 발동될 수 있을 때까지의 시간벌기에 지나지 않았던 걸까……?’

그렇게 생각하자, 무의미한 것처럼 느껴졌던 사라의 언동도 설명이 되었다. 자신만이 가진 정보를 흘리면, 레티시엘이 그것을 그냥 지나치지 않으리라는 것을 예측했다.

함정에 걸린 것은 자신인가.

”뭐, 됐어. 네가 마법진의 방해에 관여했든 하지 않았든, 그런 건 이제 아무래도 상관없어. 이걸로 너도 정식으로 무능력자의 동지가 되었어. 기분은 어때?”

“……일부러 그런 걸 묻다니, 너도 어지간히 한가한가 보구나.”

“변함없이 입은 잘 놀리는군. 지금의 넌 벌레처럼 간단히 해치울 수 있는데 말이야.”

사라의 등 뒤에서 검은 불꽃같은 뭔가가 피어올랐다.

공격하는 건가.

레티시엘은 그런 생각에 경계태세를 취했으나, 무슨 생각을 한 것인지 사라는 불꽃을 다시 거둬들였다.

"허나…… 없애버리기에는 그 왼쪽 눈이 아까워."

"……눈?"

레티시엘, 아니 도로셀의 몸은 서로 다른 색의 눈동자를 갖고 있었다. 붉은색의 왼쪽 눈과 푸른색의 오른쪽 눈. 레티시엘은 반사적으로 왼쪽 눈에 손을 갖다 댔다. 왜 이것을 아깝다고 하는 것일까.

"네게 안구를 수집하는 취미가 있다는 건 몰랐어. 악취미네."

"맘대로 지껄여라. 내게 그 왼쪽 눈은 아까워할 만큼의 가치가 있어."

"그렇게 붉은 눈에 열을 올릴 줄이야. 뭐가 그렇게 재미있는 걸까."

"맹인왕의 것에 필적할 정도의 질이다. 이 정도로 고밀도의 눈이 선천적으로 태어나다니, 처음 네 존재를 알았을 때에는 꽤 놀랐어. 너를 소재로 하면 틀림없이 좋은 인형을 만들 수 있을 거야."

"……무슨 얘기야?"

아무래도 이 붉은 왼쪽 눈의 이야기를 하고 있는 것이겠지만, 아무래도 레티시엘과 사라 사이에는 이 눈에 대한 견해의 차이가 존재하는 것 같았다.

레티시엘은 눈썹을 찌푸렸다. 사라는 무슨 말을 하려는 것일까. 아니, 그것보다 지금의 이 이야기의 흐름으로는 맹인왕도 붉은 눈이었다는 것이 되는데…….

"네가 좋은 주술병이 될 자질을 갖고 있다고 말하는 거다. 기뻐해라."

"……뭐?"

레티시엘은 무슨 말을 들은 것인지 이해할 수가 없었다. 아니, 이야기가 너무 비약된 것이 아닐까. 왜 붉은 눈의 이야기가 주술병의 이야기가 되는 것인가.

"그건 대체 무슨 농담이야?"

"농담? 나는 지극히 진지한데?"

또 사람을 바보 취급하는 엉터리 소리라고 생각했지만, 사라에게 거짓말을 하는 기색은 없었다.

"정말로 아무것도 눈치채지 못한 거냐? 그 고아원에서 보여주지 않았나? 그 붉은 눈을 매개로 한 마소와 마력의 융합을."

"……!"

"뭐, 그건 연금술의 아종이지만, 실로 근사했어. 후천적으로 주석을 박아넣은 자는 그렇게까지 깔끔하게 융합시키지는 못해. 그만큼 네 육체는 주술과 궁합이 좋다는 거다. 알겠나?"

—너는, 주술의 선택을 받은 아이다.

"주술, 이……."

오한이 등줄기를 타고 올라왔다. 레티시엘은 신음했다.

그러고 보면, 한참 전부터 왼쪽 눈에 통증이 생기는 일이 늘었다. 대개는 주술이 발생할 때 그 자리에 있을 때였다.

그렇다면 지금까지 느낀 왼쪽 눈의 욱신거림은, 레티시엘이 가진 왼쪽 눈이 공존관계에 있는 주술의 힘에 호응해 공명했다는 것일까.

게다가, 왕국에서는 이런 말도 전해지고 있었다. 붉은 눈을 가진 자는 오래 살지 못했으며, 사악함을 흩뿌리는 재앙의 사자라고.

붉은 눈이 주술을 사용하기 위한 도구라고 한다면, 그렇게 불리는 이유도 이해할 수 있었다. 주술은 술자의 생명을 깎아내어 모든 것을 파괴할 수 있는 위력을 발휘하는 힘이었다.

그것을 선천적으로 다룰 수 있는 자질을 가진 붉은 눈의 소유자는 누구보다도 그 부작용의 영향을 받기 쉬웠을 터.

수많은 과거와 사건이 단숨에 이어져서 경악했다. 과거에 사라가 **도로셀**에게 접근한 것도 마찬가지로 이 눈이 원인이었으리라.

주술과 싸우면서 한편으로는 그 누구보다도 주술과 밀접한 관계에 있던 것이 자신이라니…….

"너는 죽이고 싶을 만큼 밉지만, 그 붉은 눈과 몸을 내놓으면 살려둘 수 있다. 죽지 않을 정도로 키워주지."

"……."

붉은 눈이 레티시엘을 똑바로 쳐다보았다. 그 안쪽에 아무 감정이 엿보이지 않는 점에서, 상대도 진심으로 권유하고 싶은 것은 아닌 것 같았다.

그 등 뒤에서 검은 안개가 떠도는 것이 보였다. 사라의 등에 찰싹 달라붙어 있어서, 마치 씌인 것 같은 상태였다.

안개의 안쪽에는 붉은 선과도 같은 것도 있었다. 그것은…… 가늘게 뜬 눈처럼도 보였다.

형태가 없는 안개에 눈이 있다니 이상한 발상이긴 했으나, 예전에 레티시엘은 사람에게 씌인 검은 안개의 괴물을 보았다.

사라도, 자신의 몸에 뭔가의 괴물이라도 키우고 있는 것일까.

"……무슨 생각으로 내게 그런 이야기를 하는지는 모르겠지만."

망설일 필요는 없었다. 설령 이 붉은 눈이 주술 사용자의 증명이었다고 해도, 레티시엘의 대답은 처음부터 정해져 있었다.

"네 인형이라니, 그런 건 사양하겠어."

"……그런가. 그렇겠지."

고개를 끄덕일 것이라고는 생각하지 않았던 것이리라. 예상대로, 사라는 레티시엘의 대답에 코웃음을 쳤다.

"그렇다면 네게는 이제 볼일이 없다. 괴로워하면서 사라지도록 해."

검은 발톱을 닮은 그림자가 사라의 팔에 휘감기듯이 일렁였다. 사라는 레티시엘을 목표로 검은 발톱을 들어올렸다.

레티시엘은 그것을 올려다보며 입술을 깨물었다.

그 공격을 막을 방법을, 지금의 레티시엘은 갖고 있지 못했다. 지금 세상에 온 뒤로 처음으로 죽음이 눈앞까지 닥쳐온 것 같은 느낌이 들었다.

끼이이이이익!!

갑자기 시계탑 안에서 소리가 울려 퍼졌다. 마치 손톱으로 칠판을 힘껏 긁은 것 같은, 등골이 서늘해지는 불쾌한 소리에 레티시엘은 반사적으로 두 귀를 막았다.

이어서, 등 뒤에서 광선처럼 두꺼운 빛의 선이 똑바로 날아와 사라에게 직격했다.

폭음과 섬광. 레티시엘의 가늘게 뜬 눈에 날아 들어온 것은, 방금 전까지 사라가 있던 장소에 떠 있는 하얀 빛의 태양이었다.

"괜찮으십니까? 도로셀 양."

이쪽의 이름을 부르는 목소리.

레티시엘은 한순간 혼란에 빠졌다. 등 뒤에서 들릴 리가 없는 인물의 목소리가 들렸다. 설마 하고 뒤를 돌아본 레티시엘이 본 것은, 나선계단의 입구에 서있는 작은 체구의 하얀 노인이었다.

레티시엘의 허리 정도까지밖에 키가 오지 않고, 풍성한 하얀 눈썹과 수염이 바닥에 닿을 정도로 긴 그 모습은…….

"……데이비드?"

루크레치아 학원 대도서실에서 빈번하게 신세를 졌던 사서 데이비드가 틀림없었다. 점점 영문을 알 수가 없었다. 어째서 그가 이곳에 있는 것일까.

"어이, 도로셀! 무사하냐?!"

데이비드의 등 뒤에는 루카스와 지크의 모습도 있었다. 그들은 사라의 주술에 사로잡혀 있는 것이 아니었던가……?

이 상황에서 생각할 수 있는 가능성은 하나뿐이었다. 데이비드가 사라의 주술 속에 갇혀있던 루카스와 지크를 뭔가의 방법으로 구해낸 것이다.

그러고 보면 방금 들은, 칠판을 긁는 것 같은 불쾌한 소리. 그것은 어쩌면 데이비드가 사라의 주술을 깨부순 소리였는지도 몰랐다.

끼이이이잉……!

상황파악이 미처 끝나기도 전에, 마치 금속이 찌그러지는 것 같은 소리를 내면서 하얀 태양이 둘로 쪼개졌다.

태양 안에서 또다시 사라가 모습을 나타냈다. 아무래도 방금 전의 일격으로는 사라의 움직임을 극히 짧은 시간 멈추는 정도만 가능했던 모양이었다.

"……."

사라는 혜성처럼 나타난 작고 새하얀 난입자를 말없이 내려다보았다. 방금전 광선의 충격 탓일까, 어느샌가 가면이 벗겨져 있었다.

역광이라 얼굴은 잘 보이지 않았으나, 그 입가의 표정에 레티시엘은 또다시 위화감을 느꼈다. 사라는…… 놀라는 기색이 없었다.

"……흐응. 네가 왔군."

"오랜만입니다."

그리고 두 사람 사이에 오간 대화에 한층 더 눈을 크게 떴다. 루카스도 놀라서 데이비드와 사라를 번갈아 쳐다보았다.

양측이 한 마디씩 내뱉은 그 말은, 그러나 두 사람이 이전부터 서로를 알고 있었다는 사실을 여실히 말해주고 있었다.

'사라와 데이비드가, 서로 아는 사이……?'

저 마법진과 사라와의 문답으로 모든 일의 전모가 파악되기 시작했다고 생각했는데, 사태는 그렇게 간단하게 끝나지 않을 모양이었다.

생각해보면 레티시엘은 데이비드의 과거에 대해 아무것도 몰랐다. 아는 것은 루크레치아 학원에서 사서 일을 하는 것 정도였다.

그렇다면, 그 이전의 어딘가에서 두 사람이 만났다고 해도 있을 수 없는 일은 아니었다.

"너는 한참 전에 왕국에서 모습을 감춘 채 행방불명이 되었을 터인데?"

"당신이 나를 노리리라는 것을 알고 있었으니 말입니다. 당신의 눈을 속였다면 공들여 잠복을 계획한 보람이 있군요."

"호오. 그래서 종적을 알 수 없던 것이로군."

사라가 진저리를 치는 기색을 보였다. 두 사람의 대화는 완전히 서로만이 아는 상식을 전제로 성립되고 있었다. 옆에서 듣고 있어도 상황이 잘 파악되지 않았다.

"데이비드 씨? 여기에는 어떻게……."

"전이의 술법을 썼지요. 이 노인에게는 다소 힘겨웠습니다만……."

전이? 그건…… 마술을 이용한 것이 아닌가.

마법진의 발동으로 마소는 변이를 일으켜 더 이상 마술의 연료로서 기능하지 않았다.

마술을 쓸 수 없다는 사실은 방금 전 레티시엘이 몸소 실감한 참이었다.

그랬는데, 데이비드는 마술을 구사해 이곳까지 왔다고? 레티시엘조차 쓸 수 없게 된 마술을, 그는 어떻게……?

"……역시 너는 그때 없앴어야 했군."

지긋지긋하다는 듯이 중얼거리는 사라의 등 뒤에서, 검은 안개가 흘러넘치듯이 조용히 주위를 침식해 나갔다. 그것은 점차 형태를 바꾸어, 이윽고 손과 같은 형태가 되었다.

마치 생명을 갖고있는 것처럼 꿈틀거리며 때로는 눈과 같은 붉은 선을 그리는 그 안개는, 이쪽과 사라를 구분 짓는 것처럼 양자 사이를 가로막았다.

검은 안개의 손에 감싸인 사라의 몸이 허공으로 떠올라, 좁은 시계탑 내부에서 이탈하듯이 폐허의 상공에 머물렀다.

흐린 하늘에서 배어나온 희미한 빛이 사라의 얼굴을 비추었다.

"그러지 않으셨던 일을 후회하십시오."

"너는 어지간히 내 손에 제거되고 싶은 것 같군."

사라의 손에서 검은 불덩어리가 몇 개나 생겨났다. 그것을 휘감은 불길한 기운이 찌릿찌릿 피부를 찔렀다.

불덩어리가 난사된 것과 동시에 데이비드가 순백의 결계를 전개했다. 백과 흑의 빛이 부딪쳐 작렬하면서 주위에 회색의 불티를 튀겼다.

"……아?"

레티시엘은 또다시 눈을 크게 떴다. 믿을 수 없다는 듯이, 사라의 얼굴을 마치 잡아먹을 것처럼 응시했다.

"지, 크……?"

불티에 가려졌다 나타났다 하면서, 사라의 얼굴이 있는 곳에는 지크의 얼굴이 있었다. 정확하게는 지크와 꼭 닮은 얼굴이.

하얀 머리카락과 반짝이며 빛나 보이는 붉은 눈. 머리카락과 눈동자 색만 똑같다면, 지크의 형제라고 해도 놀라지 않을 자신이 있었다.

그 정도로 부자연스럽고 기분이 나쁠 정도로 지크와 닮았다.

'어떻게, 된 거야? 사라가, 어째서……'

사라는 전생을 반복하며 수많은 육체를 전전했다.

어느 몸에 깃들어도 이상하지 않다고 원리는 이해하고 있어도, 그것이 왜 이렇게나 지크와 꼭 닮은 것인지는 알 수가 없었다.

세상에는 똑같이 생긴 사람이 세 명 있다. 세간에서는 그런 설도 전해 내려왔으나, 이 상황에서 그 말을 곧이곧대로 받아들일 정도로 레티시엘은 천진난만하지 않았다.

'또, 뭔가를 꾸미고 있는 거야……?'

지크와 닮았다는 것은, 나오와도 닮았다는 뜻.

그 최후의 순간, 나오를 죽인 것은 사라가 날린 일격이었다.

그런 사라가, 아무 의미도 없이, 우연히 지크를…… 나오를 빼다 박은 육체를 손에 넣었을 것이라고는 생각되지 않았다.

혹은 그것조차도, 레티시엘에게 복수하기 위한 수단의 하나에 불과한 것일까.

"……아, 맞다."

그러고 보니, 지크는 예의 마법진의 영향으로 마술의 사용이 곤란해졌다는 사실을 아마도 아직 모를 터였다.

그도 마술을 전투에 사용하고 있었다. 빨리 그 사실을 전해야 했다. 레티시엘은 다시 정신을 가다듬고 지크를 돌아보았다.

"지크. 이야기해두고 싶은 것이 있는데요……."

"……"

"……지크?"

그때야 비로소 그녀는 지크의 상태가 어딘가 이상하다는 것을 알아차렸다. 지크는 곤혹스러움이 배어나오는 시선으로 물끄러미 사라를 쳐다보고 있었다.

레티시엘의 부름에도 반응이 없었다. 생각해보니 방금 전부터 계속되고 있는 사라와의 전투에, 지크는 계속 참전하지 않고 있었다는 사실에 새삼 생각이 미쳤다.

"지크!"

"아! 예, 죄송합니다."

레티시엘이 좀 더 강하게 부르며 어깨를 두드리자, 지크는 그제야 정신을 차리고 이쪽에 시선을 주었다. 역시 타도해야 할 적이 자신과 똑같은 모습을 하고 있었다는 사실이 견디기 힘들었던 것일까.

"마술에 대해 얘기를 하려고 했는데…… 괜찮아요?"

"예, 예에. 조금 멍했던 것뿐이라…… 그보다 마술에 대해서라는 건, 무슨 말씀입니까?"

"저 하늘에 떠있는 마법진은 마소를 변질시켜서 소멸시키기 위한 것이었어요. 때문에 지금 마술을 사용할 수 없어요."

"예?!"

지크는 경악하며 눈을 크게 떴다.

레티시엘은 길게 설명할 시간이 아까워 단적으로 정보를 나열했지만, 그것만으로도 충분히 전해진 모양이었다.

"기다려 주십시오. 마술을 사용할 수 없게 됐다니…… 그럼……."

"……미안해요."

레티시엘은 사과하는 것밖에 할 수 없었다. 이런 중요한 때에 그저 짐이 되어버린 것이 참으로 면목없었다.

무언갈 해보려고 해도, 레티시엘은 마술에만 의존해왔기에 마술을 봉쇄당한 지금은 마법이나 연금술이라는 다른 힘을 사용할 수 있는 마력도 없었다.

"아뇨, 괜찮습니다. 사과하실 일은 아닙니다. 그렇게 되어버린 것은 어쩔 수 없으니까요."

놀란 것도 잠시, 지크는 의외로 침착했다.

"저희끼리 싸우겠습니다. 마술은 봉쇄당했지만, 아직 마법이 있습니다."

"그건, 그렇지만……."

그렇게 말을 하던 중, 레티시엘의 시야 끄트머리에 칠흑의 칼날이 들어왔다.

이 불길한 기운. 의심할 것도 없이 사라가 날린 주술이었다. 레티시엘은 조건반사처럼 마술의 구축을 시도했으나, 실패하고 말았다.

시야 가득히 퍼지는 검은 빛. 칼날은 레티시엘에게 도달하기 직전, 뭔가에 격돌한 것처럼 날카로운 소리를 내면서 엉뚱한 방향으로 날아갔다.

유리가 깨지는 것 같은 소리였다.

산산이 흩어지는 검은빛 속에서 비단실처럼 가느다란 하얀빛의 잔해가 떠돌다가 사라졌다. 지크가, 레티시엘의 앞을 가로막고 서 있었다.

“이처럼, 꽤 미덥지 못하다고 생각합니다만…….”

“……아뇨. 고마워요, 지크.”

레티시엘은 뒤늦게 방금 그것이 지크가 마법을 사용해 전개한 결계였다는 것을 알아차렸다.

연비가 나쁜 마법을 이용한 결계는 주술의 공격을 받아낸 것만으로도 한계를 맞이한 것이리라.

그래도 지금은 그것이 무척이나 믿음직하게 느껴졌다. 여하튼 마술은 이미 쓸모가 없었다. 아무리 약하더라도 주술에 대항할 수 있는 힘이 있는 것만으로도 고마웠다.

데이비드와 사라의 싸움은 아직 계속되고 있었다. 루카스도 가세하긴 했으나, 힘의 차이는 거의 호각인 것 같았다.

양쪽이 끊임없이 술법을 전개하며 날리는 탓에 시계탑의

전망대에서 보이는 풍경은 술법끼리 부딪치면서 만들어지는 난반사되는 빛뿐이었다.

싸움에 집중하고 있는 것인가, 아니면 데이비드가 막아주고 있는 것인가. 사라의 공격이 이쪽으로 날아오지 않았다.

사라의 공격이 날아오지 않는 것은 좋았지만, 주술 때문에 발생하는 사악한 기운이 조금씩 레티시엘의 몸을 휘감았다.

눈에는 보이지 않았다. 그러나 확실히 존재한다고 본능이 호소하고 있었다.

"……으."

공연히 구역질이 났다. 그 기운은 레티시엘의 안으로 들어오려고 하고 있었다. 침입을 허락해서는 안 된다. 레티시엘은 정신을 유지하며 사악한 기운이 안으로 들어오지 못하도록 막았다.

"도로셀 님, 괜찮으십니까?!"

"예. 아무렇지 않아요……."

굉음이 끊임없이 울려 퍼지고 있다.

지크처럼 목소리를 높이지 않으면 아무것도 들을 수 없었다. 대답은 했지만, 분명 지크에게는 들리지 않았으리라.

또다시 섬광이 일었다. 정면에서 열기를 품은 바람이 굉장한 기세로 불어왔다.

마술과 주술의 충돌로 생긴 여파였다. 레티시엘은 밀려서 날아가지 않도록 몸을 낮추었으나, 타이밍이 맞지 않아 비틀거렸다.

"도로셀 님!"

바람에 다리가 들려 몸이 뒤로 넘어졌다. 폐허가 된 시계탑의 전망대에 원래부터 있던 난간은, 이미 풍화되어 존재하지 않았다.

이대로 추락해서 지면으로 곤두박질…… 칠 뻔했으나, 지크가 반사적으로 뻗은 손을 붙잡았다. 레티시엘의 한쪽 다리가 전망대의 바닥에서 벗어났을 때였다.

곧바로 몸이 앞쪽으로 끌어당겨졌다. 레티시엘은 그대로 지크에게 안기는 듯한 자세로 전망대 가장자리에서 벗어났다.

"……."

방금전까지 레티시엘이 딛고있던 자리에 금이 가더니, 작은 돌조각으로 변해 지면으로 무너져 내렸다.

조금만 늦었더라면 지금쯤 레티시엘은 죽었으리라. 이 높이에서 떨어진다면 마술로 방어하지 않고 살아남는 일은 불가능했다.

"……고마워요. 덕분에 살았어요."

"늦지 않아서 다행입니다."

누군가의 보호를 받는 일은 익숙하지 않았다. 천 년 전의 인생 때부터, 레티시엘은 줄곧 누군가를 지키는 쪽의 인간이었다.

그것이 당연한 일이었으며, 긍지이기도 했다. 때문에 아무것도 하지 못하고 그저 보호받는 일이 이렇게까지 애끓게 하는 일이라고는 알지 못했다.

데이비드의 마술과 사라의 주술이 격돌해 폭발했다. 레티시엘은 침을 삼키며 그것을 그저 지켜보았다.

몸에 휘감기는 것 같은 기운은 여전히 기분 나빴으나, 적어도 이 싸움은 지켜보고 싶었다.

어째서 데이비드는 마술을 사용할 수 있는 것일까. 데이비드가 사용하는 것은 어떻게 보아도 마도술식이었다. 어째서 그는 사용할 수 있는데, 레티시엘은 쓸 수 없는 것인가.

술식에 뭔가 특수한 가공이라도 해놓은 것일까. 아니, 하지만 마술인 이상 연료로서 마소가 필요한 부분은 동일할 터인데…….

"도로셀 님은 물러나 계십시오. 저도 가세하겠습니다."

지크가 레티시엘을 감싸듯이 앞으로 나서며 말했다. 지크의 얼굴빛은 계속 좋지 않았다.

어딘가 무리해서 노력하고 있는 것 같은, 그런 기색마저 느껴졌다. 역시…… 적의 우두머리가 자신과 닮은 일은 충격이었던 것일까.

"괜찮은, 가요?"

"이대로는 끝이 나질 않습니다. 격퇴를 하든 뭘 하든, 저 사람을 이곳에서 떠나게 해야 합니다."

분명히 데이비드와 사라의 싸움은 조금 전부터 줄곧 평행선을 유지한 채였다.

서로 물러서지 않는 일진일퇴의 공방. 그러나 장기전에 돌입한 탓인지 체력 면에서 조금씩 데이비드가 밀리고 있었다.

지크는 사라를 응시한 채로 한 걸음 앞으로 내디뎠다.

그 등이 감싸고 있던 탓에, 레티시엘의 위치에서 지크의 표정은 볼 수 없었다.

다만, 등을 통해 막연한 불안감이 느껴지는 것은, 정말로 레티시엘이 그렇게 생각하기 때문인걸까.

"……."

자신에게 쏟아지는 시선을 눈치챘는지 사라의 붉은 눈동자가 지크를 향했다.

지크와 사라는 아무 말이 없었다. 서로를 마주보고 있는 두 사람은, 보면 볼수록 쌍둥이 형제라고밖에 생각되지 않았다.

모든 공격이 멈추고 바람이 휘몰아치는 소리만이 감도는 폐허의 전망대는 침묵에 휩싸였다.

이 두 사람도 어딘가에서 접점이 있던 것은 아닐까. 레티시엘은 그렇게 생각했다.

불티를 튀기는 것도, 경계심이나 적개심을 드러내는 것도 아니었다. 두 사람의 대치는 데이비드와의 싸움과는 달리 그저 고요했다.

"……고대의 칠흑."

"……?"

잠시 후, 사라의 입이 작게 움직이는 것이 보였다.

목소리는 들리지 않았으나, 입모양을 읽은 느낌으로는 그렇게 중얼거리고 있었다. 사라에게 달라붙은 안개가 출렁거렸다. 그 단어에 반응한 것만 같은 타이밍이었다.

그 단어는 전에 정령에게서 들은 적이 있다. 그러나…… 지금 이 장소에서 지크를 앞에 두고, 왜 사라가 그것의 이름을 입에 올린 것인가.

"……조금 더 놀아줘도 되지만, 슬슬 때가 됐다."

사라는 그렇게 말하고 또다시 가면을 썼다. 지크와 닮은 그 얼굴은 다시 가면 아래에 감춰졌다.

"도망치는 건가요?"

"도망가는 게 아니야. 시간을 유용하게 활용하는 거다. 더 이상 네 상대를 하고 있어도 의미가 없어."

어처구니 없다는 것처럼 말하는 사라의 음색에는 어딘가 성가셔하는 울림도 섞여 있었다.

"내 마법진을 방해한 것은 칭찬하마. 힘껏 헛된 발악을 계속 하도록 해."

"헛된지 어떤지는, 직접 눈으로 확인하신 뒤에 말씀해 주셨으면 합니다만."

데이비드는 아직 사라를 놓칠 생각이 없는 모양이다. 대화를 하면서도 줄곧 경계하면서 추격의 기회를 엿보고 있었다.

"사라!"

레티시엘은 반사적으로 이름을 불렀다. 그 목소리에 반응해, 사라가 레티시엘 쪽을 쳐다보았다.

"……왜 내게 질문을 하게 한 거야? 네게 뭔가 이득이 있는 것 같지는 않았어."

뭔가 특별히 묻고 싶은 것이 있던 것은 아니었지만, 자연스럽게 그런 의문이 흘러나왔다.

"네 목적은 뭐야? 이 세계에 진짜로, 뭘 바라는 거야?"

"……."

그렇게 물어도 사라는 이쪽을 마주 바라볼 뿐, 아무 말도 하지 않았다. 가면의 그림자에 가려져진 그 얼굴에서 감정을 읽어낼 수 없었다.

"그걸 지금 네게 말해줄 의리는 없어, 레티시엘."

그리고 불온한 미소와 함께 뒤로 쓰러져, 그대로 전망대 가장자리에서 사라졌다.

일부러 떨어지는 모습을 보인 것이다. 레티시엘은 급히 아래를 내려다보았으나, 이미 그곳엔 사라의 모습은 없었다.

남은 것은 허공에 감도는 희미한 검은 안개와도 같은 것뿐. 마치 사라가 남기고 간 잔해같다고 생각했다.

"도로셀, 무사하냐?"

레티시엘의 옆에 루카스가 나란히 와서 섰다. 마소의 영향을 받지 않는 마법의 숙달자인 그에게는 방금 전의 싸움에서도 도움을 받았다.

"학원장님, 고맙습니다."

"감사인사는 됐다. 필요한 일을 한 것뿐이니까."

그 뒤에는 데이비드가 옷의 먼지를 털면서 서 있었고, 옆에는 지크가 파랗게 질린 얼굴로 서 있었다.

레티시엘은 그 광경을 바라보았다. 설마 이 장소에 데이비드가 오다니, 완전히 예상 밖이었다.

"……데이비드 씨."

레티시엘이 이름을 부르자, 데이비드는 그 새하얗고 풍성한 눈썹을 이쪽으로 향했다. 변함없이 눈썹에 가려 눈은 전혀 보이지 않았다.

"당신은 대체, 어떤 사람인가요? 적인가요, 그렇지 않으면 아군인가요?"

"……."

데이비드는 침묵했다. 이곳에 나타나고, 사라와 뭔가의 관계가 있는 이상 그는 틀림없이 이번 사태에 관련되어 있을 터.

어떤 상황인지 알고 싶었다. 레티시엘은 줄곧 자신이 사건의 중심에 있다고 생각했다. 아니, 실제로 사건의 중심에 있는 것이 맞았다.

하지만 사태는 생각했던 것 이상으로 거대해져, 지금 레티시엘은 완전히 사건에서 배제되었다.

"저 마법진에 대해서 어디까지 알고 계신 건가요? 구하러 와줬을 때부터, 당신은 전혀 놀라지 않았어요. 처음부터 무슨 일이 일어날지 전부 알고 있던 건가요?"

"……."

"대답해주지 않는 건가요? 지금, 세계에서는 대체 무슨 일이 벌어지고……."

쿠르르르르르…….

레티시엘의 목소리를 덮어씌우듯이 땅울림과도 비슷한 굉음이 가까워졌다.

무슨 소리인지 생각할 필요도 없었다. 소리가 커짐에 따라, 레티시엘 일행이 서 있는 바닥이 점차 진동하기 시작했다.

"여러분, 탑을 내려가죠. 무너질 거예요!"

레티시엘이 그렇게 외치자, 그 자리에 있던 모든 사람이 상황을 이해한듯 대답도 하지 않고 일제히 시계탑에서 뛰어 내려갔다.

빠르게 계단을 내려가는 도중에도 굉음과 진동은 점점 더 커져갔다.

쩍 소리가 나서 벽을 쳐다보니, 이끼가 낀 낡은 벽돌벽에는 이미 무수한 금이 내달리고 있었다.

나선계단의 아래쪽에 출구의 빛이 보였다. 벽의 균열은 멈출 기미를 보이지 않고 퍼지며 레티시엘 일행의 뒤를 쫓아왔다.

콰아아아아아앙……!

그리고 전원이 시계탑을 탈출해 탑이 있는 광장의 가운데까지 이동했을 때, 또다시 굉음이 울렸다. 시계탑 건물이 무너지는 소리였다.

그렇게나 격렬하게 싸웠는데 지금까지 잘 버텼다는 생각이 들었다. 어쩌면 전투가 끝날 때까지 무너지지 않도록 사라가 뭔가 손을 썼던 것일지도 몰랐다.

"……."

레티시엘은 돌의 산으로 변해버린 시계탑의 잔해를 돌아보았다.

아마도 방금 전 사라와 교전한 영향으로 다 무너져가던 건물이 드디어 한계를 맞이한 것이리라.

뒤에서는 루카스와 데이비드의 대화 소리가 들려왔다. 하지만, 대화 내용은 머릿속에 잘 들어오질 않았다.

탈출이 조금만 더 늦었더라도 일행은 다 같이 돌조각에 뭉개졌을 것이다.

"그런데, 데이비드. 넌 어떻게 여기에 온 거냐? 왜 우리가 여기 있다고 생각한 거지?"

"다 알 수 있습니다, 루카스 님. 다른 사람들보다 오래 살았으니 말입니다. 알게 되는 것도 많지요. 그런 피입니다요."

"……너, 그 녀석과 아는 사이인 거야? 친한 것 같다……라고 하기엔 어폐가 있지만, 초면으로는 보이지 않아."

"……훗훗훗. 그 사람과는 아주 오래 알고 지냈지요. 제가 태어났을 때부터 말입니다. 그 사람은……."

갑자기 말이 끊어졌다.

무슨 일인가 해서 뒤를 돌아보자, 그곳에는 가슴을 부여잡듯이 하고 쓰러지는 데이비드의 모습이 보였다.

"이봐! 왜 그러는 거냐, 데이비드?!"

루카스가 쓰러진 데이비드에게 달려갔다. 갑작스러운 사태에 지크도 혼란을 감출 수 없는 것 같은 기색이었다.

데이비드는 정신을 잃은 것 같았다. 낯빛은 파랗게 질려 있었고, 식은땀을 흘리고 있었다.

"이거…… 열이 심하군."

루카스가 데이비드의 하얀 머리카락과 눈썹을 헤치고 이마에 손을 갖다 대더니 미간을 찌푸렸다.

"우선 데이비드를 데리고 이곳을 떠나자. 여기 계속 있어봤자 의미가 없어."

"……그러네요."

루카스가 데이비드를 등에 업고 일어서고, 레티시엘도 그렇게 대답했다.

지금도 폐허를 덮친 진동과 붕괴는 계속되고 있어서 이 장소도 머지않아 휘말릴 것이다.

레티시엘은 루카스의 뒤를 쫓아갔다. 그리고 지크가 복잡한 얼굴을 한 채 말없이 따라왔다.

그에게 뭔가 말을 걸어주고 싶었지만, 세심한 배려의 말은 떠오르지 않았다. 레티시엘의 마음에는 그럴 만한 여유도 남아있지 않았다.

사라의 일, 마법진의 일, 마술에 대한 일. 그리고 데이비드도 걱정이 되었다. 대체 무엇부터 생각하면 좋을까.

일행은 붕괴하는 폐허의 거리를 침묵을 유지한 채 달려나갔다. 등 뒤에서는 끊임없이 흙먼지 섞인 충격파와 굉음이 쫓아오고, 건물의 잔해가 무너지는 충격이 지면을 흔들었다.

올라올 때 지나왔던, 산의 표면에 뚫린 커다란 동굴. 그 안으로 들어서자 갑자기 소리가 먹먹해졌다. 그리고 그 소리는 이동함에 따라 조금씩 들리지 않게 되었다.

그래도 일행은 발을 멈추지 않고 동굴을 빠져나와 언덕길을 내려갔다.

"……됐다. 여기까지 오면 붕괴에 휘말릴 걱정은 없겠지."

다시 이야기를 할 여유가 생겼을 때는, 녹테트 산 중턱에 다다랐을 때였다. 루카스가 참았던 숨을 단숨에 토해내듯이 말했다.

레티시엘은 왔던 길을 돌아보았다.

이미 칼데라의 모습은 보이지 않았다. 뒤에서 따라오던 지크와 눈이 마주쳐, 왠지 모르게 이유도 없이 서로 고개를 까닥여 인사를 하고 말았다.

“우선 이대로 산기슭까지 가자. 그곳에서 왕도로 돌아가다 보면 왕국군과도 합류할 수 있겠지.”

“…….”

“……괜찮은 거냐? 너희.”

루카스가 걱정스럽다는 듯이 말했다. 레티시엘은 지크와 얼굴을 마주보았다.

서로가 괜찮지 않은 상태라는 것은 보면 알 수 있었지만, 두 사람은 아무 말도 하지 않고 결국 모호하게 웃기만 했다.

틀림없이, 두 사람은 똑같은 표정을 하고 있으리라.

“학원장님, 산을 내려가죠. 해가 집니다.”

지크가 말했다. 말에는 패기가 없었다. 전투 시에는 기운 넘치게 행동했던 그였지만, 역시 무리를 하던 것이었던 모양이었다.

“……그렇군.”

뭔가를 느낀 것일까. 루카스는 그 이상 아무 말도 하지 않았다. 그저 등 뒤의 데이비드를 다시 고쳐 업고는 그대로 조용히 언덕을 내려갔다.

그 뒤를 지크가 따라갔다. 순간 레티시엘과 눈이 마주치자 지크는 작게 웃었다. 「괜찮습니다」라고 전하고 싶었던 것일까.

만약 그럴 의도였다면, 그것만큼 「괜찮지 않은」 미소는 없을 것 같다. 하지만 레티시엘 자신도 같은 반응을 했다는 자각은 있었다.

자신은 지금 지크의 미소에 제대로 마주 웃어줬는지 자신이 없었다.

"……."

레티시엘은 녹테트 산 정상을 돌아보았다. 하늘은 여전히 흐렸고, 검게 물든 하얀 마법진은 회색 하늘에 펼쳐져 있었다.

처음과 다른 것이 있다고 한다면, 그것은 폐허의 붕괴로 발생한 바람이 흙먼지나 돌조각들을 띄워 올려 하늘에 흙색을 더하고 있다는 것 정도일까.

레티시엘은 루카스와 지크를 시야에서 놓치지 않을 정도로 뒤를 따라가면서 사라에 대해 생각했다.

레티시엘에게는 마술의 스승이자, 사라에게는 아버지였던 사람을 구하지 못했다. 그리고 그렇게 사라의 원망은 점점 커져갔다.

서로 다른 길에 들어섰어도 원망은 사라지지 않고, 이렇게 천 년의 집착을 거쳐 대륙에 꽃피었다. 모든 것은, 레티시엘을 괴롭히기 위해…….

"……사라."

그 이름을 말해도 누구의 귀에도 닿지 않고, 그저 공기 중에 녹아 사라져갔다.

방금 전의 해후. 결과만 본다면 사라는 레티시엘의 힘…… 마술을 봉인할 수 있었지만 목숨은 빼앗지 못하고,

적지 않은 정보를 레티시엘에게 내보이기만 한 채 끝났다.

'단순히, 마법진이 발동해서 내가 마술을 쓸 수 없게 될 때까지 시간을 번 것일 뿐일까……?'

하지만, 다른 이유가 있는 것 같았다.

어딘가 자조적인 분위기도 감돌던 그 시간은, 단순히 시간벌기를 위한 것이라고는 생각되지 않았다.

그것만이 목적이라면 일부러 자신이 불리해질 상황을 만드는 의미를 알 수 없었다.

사라의 속내를 알 수 없다는 점이 레티시엘의 불안을 더욱 자극했다.

사라는 정보를 알려주면서도 초조해하지 않았다. 끝까지 여유만만하게 레티시엘 일행의 앞에서 모습을 감추었다.

그렇지 않으면 레티시엘에게 정보를 주고 이야기하는 것 자체가 사라의 목적이었던 것일까?

레티시엘이 그것을 들어서, 대체 무슨 의미가 있던 것일까……?

막간 북두칠성의 밤

꿈을 꾸었다. 오랜만에 꾸는, 그리운 꿈이었다.

황야가 내려다보이는 작은 언덕 위에 세 명의 어린아이가 나란히 앉아 있었다.

거듭된 전쟁의 영향으로 풀 한 포기, 나무 한 그루도 자라지 않는 불모의 땅이 된 장소도 많은 가운데, 이 언덕에는 드물게 녹색과 하얀색의 꽃밭이 있었다.

"꽃, 이렇게나 많이 있어야 해? 다 뜯어버릴 것 같아서 무서워."

갈색머리의 소녀가 들고 있는 바구니에 뜯은 꽃을 담으며 중얼거렸다. 과거, 레티시엘로서 살던 무렵 자신의, 어릴 적 모습이었다.

"괜찮아. 아빠도 늘 이 정도는 뜯어오니까."

또 한 명의 소녀는 아랑곳하지 않고 바구니가 가득 찰 때까지 치자꽃을 계속 뜯고 있었다.

저건…… 천 년 전, 아직 레티시엘의 소꿉친구였던 사라였다. 그러고 보면 꽤나 성격이 드세고, 지기 싫어하는 성격의 소녀였던 것으로 기억한다.

"게다가, 그렇게 되면 어쩔 수 없잖아? 모두 사이좋게 아빠한테 혼나면 돼."

"왜 나까지……."

두 소녀 사이에 있던 소년이 불만스러운 듯이 목소리를 높였다.

흰색에 가까운 회색 머리카락에, 한쪽 눈은 붕대로 감아 감추고 있었다. 선생님이 예전에 보호해서 데려온 레티시엘, 사라와 비슷한 또래의 소년.

그 아이의 이름은 뭐였더라……. 아아, 그래. 류트다. 원래 고아였어서 이름조차도 없었지만, 사라의 독단으로 그렇게 결정되었다.

"그치만 사실이잖아? 류트도 우리를 돕고 있으니까."

"그건…… 그렇, 지만……."

"뭐야, 그렇게 자신이 없어? 이 꽃들은 말이지, 다친 사람들을 위한 약이 될 거야. 좀 더 가슴을 펴. 많은 사람을 구할 수 있는 거라고."

류트는 그다지 자기주장을 잘 하는 아이가 아니었다. 지금 생각하면 낯을 가리고 소심한 아이였다고 생각한다.

때문에 언동에 거침이 없는 사라는 류트의 태도에 불만을 늘어놓는 일도 많았다.

지금도 사라는 발끈해서 미간에 주름을 잡고 있었다. 이 세 사람 사이에서는 자주 있는 광경이었다.

"자자, 두 사람 다 그만해……. 군생지, 다른 곳에도 있지?"

"응. 아빠도 그렇게 말했어. 그러니까 그렇게 예민하게 굴지 않아도 돼."

"그렇대, 류트. 그렇게 생각하면 마음이 좀 편하지?"

"으, 응……. 고마워, 레티."

류트가 우물쭈물 인사를 했다. 이럴 때, 늘 두 사람을 중재하는 것은 레티시엘이나 선생님이었다.

세 아이는 충분한 양의 치자꽃을 바구니에 한가득 채우고, 일몰이 시작되는 것과 함께 귀로에 올랐다. 이 주변은 비교적 안전하다고는 해도 밤은 언제나 위험이 많았다.

언덕을 내려가 이 시대에는 보기 드문 숲 안을 나아가자, 나무들 사이에 숨듯이 사라의 집이 있었다.

"어이쿠. 어서 오렴."

집에 도착하자 선생님이 맞아주셨다. 연구를 막 끝마친 뒤인 걸까, 옷도 머리카락도 부스스했다.

"다녀왔습니다! 아빠, 여기, 꽃."

"꽤 많이 뜯어왔구나……. 설마 다 뜯어버린 것은 아니지?"

"아니야. 조금은 남았는걸."

"조금…… 조금, 인가. 뭐, 그곳은 휴경지로 두면 되겠지."

선생님이 딸의 머리를 쓰다듬었다.

선생님은 이 숲에서 은거하며 마술 연구를 하고 있었다. 마술 솜씨도 뛰어나서 레티시엘도 존경하는 좋은 스승님이었다.

"고맙구나, 사라. 류트와 레티시엘도."

"아, 아뇨…… 저, 는, 대단한 일은, 하지 않았어요."

"류트는 아주 착실하구나. 그런데 벌써 저녁때인데도 레티시엘이 아직 있다는 건…… 오늘은 자고 가는 거니?"

"예. 아바마마께 허락은 받았습니다."

일국의 왕녀였던 레티시엘은 기본적으로 해가 지기 전에 성에서 마중 나온 이와 함께 성으로 돌아갔다.

하지만 때때로 부왕의 허가가 있을 때만 선생님의 집에서 묵는 일도 있었다. 그럴 때면 선생님도 익숙한 기색으로 「그렇구나, 어서오렴」이라고 말해주었다.

선생님은 외부에서 온 사람이라고 들었다. 이곳에 오기 전에는 무엇을 했는지는 몰랐다.

하지만 그 나름대로 대단한 사람이었던 건 아닐까 싶었다. 레티시엘은 부왕이 선생님과 구면이었던 인연으로 이 사람 밑에서 마술을 배우고 있었기 때문이다.

국왕과도 인연이 있는 은거 연구자라니, 지금 생각하면 평범한 사람일리 없었다.

선생님에 대해 생각하면 최후에는 반드시 한 가지 의문에 다다랐다. 그렇게 골똘히 생각에 잠기게 되지만, 그 질문에 결론이 나오는 일은 없었다.

―선생님, 당신은 왜 죽어야만 했던 건가요? 당신은 대체, 누구였던 건가요?

"아. 아빠, 또 밥을 대충 먹었어!"

주방을 들여다본 사라가 선생님을 돌아보며 눈꼬리를 치켜세웠다.

"몸을 위해서라도 밥은 제대로 균형 있게 먹으라고 했는데!"

"아아…… 미안하구나. 연구가 순조롭게 진행되면, 나도 모르게 식사가 뒷전이 돼 버린단다."

"아빠는 늘 그렇게 말하잖아! 제대로 먹지 않으면 연구도 잘 안 될 거야. 그렇지? 류트."

"으, 응. 그럴, 지도……?"

"잠깐, 류트! 거기서는 거짓말이라도 좀 더 자신 있게 말해야지! 이래서는 전혀 아빠한테 닿질 않잖아!"

"미, 미안……."

류트는 사라에게는 강하게 이야기하지 못했다. 그는 사라의 아버지…… 레티시엘의 마술 선생님이 주워온 고아였기 때문이었다.

출신은 리제네로제 왕국의 국토보다도 좀 더 서쪽의 미개척지라고 들은 적 있었다. 특이한 체질을 갖고있기 때문에 고향에서 쫓겨났다던가.

"미안하구나, 사라. 내가 잘못했다. 화내지 마렴."

"흥. 저녁밥 만들어 올게!"

"또 화나게 만들었군…… 그렇지. 류트, 눈을 봐도 되겠니?"

"아, 네. 잘 부탁합니다……."

류트는 눈을 감추기 위한 붕대를 풀었다. 그 밑에서 깊은 핏빛의 눈동자가 모습을 드러냈다.

이 붉은 눈이 선생님이 류트를 주워온 이유라고 생각한다. 선생님이 류트를 데려왔을 무렵, 류트는 빈번하게 발작 비슷한 것을 일으키곤 했다.

온몸을 찌르는 것 같은 고통과 눈이 터질 것 같은 강한 통증이나 욱신거림. 때로는 뭔가에 빙의한 것처럼 착란을 일으키는 일도 있었다.

선생님은 간병과 치료에 힘을 다해서 발작의 원인이 붉은 눈에 있다는 사실을 규명해냈다.

"오늘 하루, 눈의 상태는?"

"좋았던 것, 같아요. 아픈 일도 없었고, 이상한 목소리도, 전혀……."

"그래. 일단 발작은 일어나지 않은 것 같구나. 이런 느낌으로 좀 더 상태를 지켜볼까. 레티시엘. 연구실에서 늘 쓰는 약을 가져와 주겠니?"

"예, 알겠습니다."

선생님은 류트의 붕대를 다시 감고, 과거의 레티시엘이 안쪽 방으로 달려가는 것을 지켜보았다.

—류트의 눈도, 붉었다.

지금 자신의 눈에도 류트와 똑같은 붉은색 눈동자가 있다. 류트의 몸에 일어났던 일이, 형태를 바꾸어 이 몸에 일어나고 있었다.

이것은 단순한 우연일까. 아니, 그렇게는 생각되지 않았다.

공통된 일이 너무 많았다. 백보 양보해 우연이었다고 해도, 이만큼 우연이 모이면 그것은 필연이었다.

—류트는 그 화재 뒤에 어떻게 됐을까.

레티시엘은 그 직후 사라와는 연을 끊었기 때문에 보호자를 잃은 사라의 뒷일을 알지 못했다.

다만, 사라와 함께 행방을 감춘 것만큼은 알고 있었다. 선생님이 세상을 떠난 이후에도 사라는 불탄 집터 주변에서 계속 생활했다.

그러나 어느 날, 사라는 그곳에서 없어졌다. 류트는 사라와 함께 행동하고 있었다. 때문에 그때에도 함께 모습을 감추었다.

"……저, 언젠가 선생님 같은 훌륭한 마술사가 되고 싶어요."

순식간에 풍경이 바뀌었다. 밖은 이미 밤이었다.

어린 레티시엘이 엄청난 양의 책꽂이와 서적에 둘러싸여 방 한가운데 서 있었다. 이 풍경도 기억에 있었다. 선생님의 서재였던 방이었다.

"나는 죄 많은 연구자란다. 마술사라니, 그런 훌륭한 것이 될 수 없어."

의자에 앉아 있던 선생님은 고개를 좌우로 흔들었다. 오렌지색의 촛불에 비친 그 옆얼굴은 자학적이고, 어딘가 슬

퍼 보였다.

레티시엘에게 선생님은 줄곧 동경의 대상이었다. 지금 한 말도 거짓말이 아니었다.

하지만 레티시엘이 이렇게 동경의 말을 입에 올리면 선생님은 늘 그렇게 부정했다. 언제나 꼭, 무척 괴로운 것 같은 얼굴을 했다.

그랬기에 언제부터인가 레티시엘은 동경을 말로 표현하는 것을 그만두었다. 마음속으로 생각하고 있는 것뿐이라면, 상처 입히는 일은 없을 테니까.

"잘 들으렴, 레티시엘. 마술은 양날의 검이란다. 결코 마술에 빠져서는 안 돼. 그것은 본래 인간에게는 과분한 힘이다. 잘못 사용하면 안 돼. 알겠니?"

"네, 선생님……"

그리고, 부정의 뒤에는 선생님은 늘 그렇게 말을 이었다.

작은 어린아이에게 들려주듯이, 혹은 주문을 외우듯이 매번, 매번 같은 말을 반복했다.

마치, 자신은 마술을 싫어하는 것 같은 그 말은, 레티시엘의 기억에 깊이 남았다.

싫어한다면…… 선생님은 왜 일생을 마술 연구에 몰두했던 것일까. 마술을 포기하는 선택지도 있었을 터인데, 마술을 포기하지 않았다.

이유는 지금도 알지 못한다. 어째서 선생님은 마술구사

자…… 마술사를 싫어하고, 마술을 싫어했던 것일까.

과거에 그렇게 될 만한 사정이 있던 것일까. 마치, 사라가 아버지를 잃은 일을 계기로 레티시엘을 원망하고 마술을 저주한 것처럼.

"있지, 봐봐! 별님이야!"

또다시 장면이 바뀌었다. 이번에는 밤의 침실이었다. 사라가 창밖에 펼쳐진 밤하늘을 가리키며 환성을 지르고 있었다.

선생님 집에서 자고 갈 때, 레티시엘은 언제나 사라의 방에서 신세를 지곤 했다. 두 사람은 나란히 침대에 누워 하늘을 올려다보고 있었다.

"예쁘다……. 저기, 사라. 오늘은 무슨 별자리가 보여?"

"어, 그러니까…… 아, 저거야."

"어느 거?"

"봐, 저기. 별님이 일곱 개 이어져 있잖아?"

레티시엘은 천문에는 어두웠으나, 사라는 해박했다. 선생님의 서재에는 별과 관련된 책도 많아서, 그것을 접하며 컸기 때문이리라.

"저건 말이지, 북두칠성이라고 한대. 요전에 아빠가 갖고 있는 별에 대한 책에 있었어!"

"북두칠성…… 왠지 국자 같이 생겼네."

"맞아. 저건 소원을 퍼 올려주는 마법의 국자야."

"마법의 국자?"

"일곱 개의 별님에 각각 맹세를 하고, 그것을 전부 달성하면 북두칠성이 딱 한 번 소원을 들어주는 거야. 그런 동화, 멋지지?"

"흐응……."

레티시엘은 사라에게 별에 대한 이야기를 듣는 일이 싫지 않았다. 모르는 것을 아는 일은 순수하게 즐거운 일이었다.

"그럼 사라는, 만약 별님에게 소원을 빈다면 뭐라고 할 거야?"

"우—웅…… 모르겠어. 게다가 기회는 한 번뿐인걸. 쉽게 써버리는 건 아까워."

"아아…… 그것도 그렇겠다."

"아, 그럼 대신에 우리 둘이서 약속을 하지 않을래? 지금이라면 북두칠성이 증인이 되어줄 거야!"

"……북두칠성은 사람이 아니야."

"그런 사소한 건 됐으니까!"

사라는 이미 레티시엘과 약속을 할 의욕으로 가득찼다. 생각해보면, 옛날부터 한 번 정하면 무조건 해야만 하는 성격이었다…….

"그럼—."

사라의 입이 움직였다. 빛이 없는 밤의 어둠 속, 그것이 어떤 말의 형태를 취했는지는 알 수 없었다. 신기하게도 그때에 한해 꿈속은 조용한 침묵으로 가득 찼다.

"약속이야, 레티!"

"응, 약속."

—약속.

자신의 목소리를 들은 것 같은 기분이 들어, 새카만 어둠 속에서 레티시엘은 눈을 떴다.

그때, 사라는 뭐라고 말했을까. 레티시엘은, 무슨 약속을 나눈 것일까.

생각이 나지 않았다. 하지만, 생각이 났어도 어쩔 수 없다는 생각이 들었다.

그 약속은, 천 년의 세월이 지나도 달성될 일은 없을 테니까.

2장 태양의 마법진

그날, 아스트레아 대륙 전체가 충격에 휩싸였다.

대륙 각지에서 솟아오른 정체불명의 칠흑색 기둥과 짙은 회색의 하늘에 새겨진 수수께끼의 거대 마법진.

마소의 본질 그 자체를 바꿔 마소를 소멸시키기 위한 마법진. 모든 사람이 하늘을 올려다보고 깜짝 놀라 그 광경을 바라보았다.

이변은 얼마 지나지 않아 찾아왔다.

몸 상태가 안좋아져 갑자기 졸도하는 사람이 나타나고, 각지에 흩어진 성유물이 일제히 폭발했다. 하늘에서는 검은 눈처럼 보이기도 하는 가루가 떨어져 세상을 검게 물들여갔다.

세상은 혼란에 휩싸였다. 공황상태에 빠지는 자, 종말을 예견하고 절망하는 자, 포기하는 자, 안전한 장소를 찾아 이동을 시도하는 자.

각국의 국경에는 도망치려는 자들이 쇄도해 얼마 지나지 않아 국경이 봉쇄되었다.

어두운 구름이 하늘을 덮고, 정체불명의 검은 입자가 허공을 떠돌며 조용히 공기를 좀먹었다. 이 세계에 무슨 일이 일어나려고 하는지, 그것을 아는 자는 아직 없었다.

***

플라티나 왕국 왕도 니르반에 있는 루크레치아 학원의 현관홀은 쥐 죽은 듯이 조용했다.

레티시엘은 조용한 현관에 혼자 있었다. 그날, 녹테트 산에서 내려온 뒤 왕국군과 합류해 그대로 왕도까지 물러난 것이 며칠 전의 이야기였다.

대륙 전체가 휘말린 이번 비상사태에, 플라티나 왕국은 이리스 제국과의 전쟁을 종전으로 끌고 갔다.

이런 급박한 상황에서 전쟁을 하고 있을 여유는 없는 것이다. 각지에서는 혼란이 불안을 부르고, 그중에는 폭동으로까지 발전하는 지역도 있다고 했다.

레티시엘은 줄곧 휴교상태인 탓에 사람이 없는 복도를 걸어 별관의 대도서실 앞까지 왔다. 오늘 레티시엘이 학원에 온 이유는 대책회의에 참가하기 위해서였다.

왕성이 아니라 굳이 학원에서 회의를 진행하는 이유는 데이비드가 학원에서 이동하는 것을 거부했기 때문이었다. 자세한 이유는 모르나, 마법진의 진행을 저지하기 위한 술법의 중심지가 이 장소이기 때문이라고 했다.

"실례합니다."

노크도 하는 둥 마는 둥 문을 열자, 회의의 참가자들은 모두 모여 있었다.

루카스와 에델하르트, 데이비드, 그 외 몇 명의 상급 관료와 귀족들. 회의 자체는 이미 시작된 것인지 이미 다양한 대화가 들려오고 있었다.

레티시엘의 지인인 세 사람은 그렇지 않았으나, 다른 참가자들은 하나같이 얼굴빛이 어두웠다. 불안한 탓인지 끊임없이 다리를 떨거나 침착하지 못하고 주변을 어슬렁거리는 사람도 있었다. 뭐, 무리도 아닌가.

국왕 오스왈드는 보이지 않았고, 그 대신 라이오넬이 있었다. 제국과의 전쟁 전부터 상태가 좋지 않았던 국왕은 지금도 침대에서 일어나지 못할 정도라고 들었다.

때문에 제2왕자인 라이오넬이 나라의 통치를 맡고 있었다. 이 회의에 참가하는 것도 국왕 대리로서 온 것이리라.

"왔느냐, 도로셀."

눈치 빠르게 레티시엘의 모습을 발견한 사람은 벽에 기대서서 팔짱을 끼고 있던 루카스였다. 그가 부르는 손짓에 따라, 레티시엘은 루카스의 옆으로 이동했다.

"지각인가요?"

"지각해도 문제는 없다. 현재 상황이 불안한 녀석들이 모여서 서로에게 감정을 표출하고 있을 뿐이니까 말이지."

루카스는 그렇게 말하고 대도서실의 중앙을 힐끗 쳐다보았다.

대도서실 중앙에 밀집해있던 독서용 테이블과 의자는 모

두 치워져 있었고, 많은 사람이 들어올 수 있도록 넓은 공간이 확보되어 있었다.

"대체 지금, 이 나라에서는 무슨 일이 일어나고 있는 겁니까?! 저 하늘에 나타난 마법진은 대체 뭡니까?!"

"우리 영지의 백성이 하늘에서 내리는 검은 비를 맞고 쓰러졌단 말이오! 이게 저주가 아니면 뭐란 말인가!"

"이대로라면 사람들이 점점 빠져나가서 영지를 꾸려나갈 수 없게 될 겁니다. 전하, 확실하게 설명을 해 주시겠습니까?"

그곳에 모인 귀족들은 각자 의견을 제시하고 있었다. 의견이라기보다는 말싸움이라고 하는 것이 더 옳은 것 같은 어조였다.

객관적인 관조를 결심한 것 같은 기색의 라이오넬을 대신해, 에델하르트가 그들 사이를 돌아다니면서 중재해 분위기를 조정하고 있는 것이 보였다.

"이 회의…… 왜 굳이 열게 된 것일까요."

"신하들의 강한 반발이 있었다는 것 같다. 현재 무슨 일이 벌어지고 있는 것인가, 아무 설명이 없는 것은 백성을 가볍게 보고있는 것이다, 라고 말이지."

옆에서 보면 회의로서의 기능은 하지 못하는 것처럼 생각되지만 말이지……. 레티시엘은 그렇게는 말하지 않았다.

천 년 전에도 왕가와 백성 사이에는 지식수준에 차이가 있어서 뭔가 특수한 사태가 발생했을 때는 왕가에서 직접 백성들에게 사정을 설명하곤 했다.

그것은 서로의 의견을 개진하면서도 서로가 이해할 수 있는 부분을 찾아내 절충하고, 상대를 이해, 납득시키기 위한 과정이었다.

하지만 이곳에는 그 과정이 없었다. 신하들은 그저 자신들이 하고 싶은 말만을 멋대로 떠들고 있는 것에 불과한 것처럼 보였다.

"다만, 정무를 관장하는 왕성에서 회의를 열게 되면 왕성의 업무가 정체될 테니 이곳을 사용하고 있는 거다. 어쨌든, 학원은 지금 휴학 중이니 모두 빈 교실이라 쓰고 싶은 대로 마음껏 쓸 수 있으니까 말이다."

"과연. 쓰고 싶은 대로 쓸 수 있다는 말은 참 절묘한 표현이네요……."

"신하들에게 불안을 토해내게 해서 진정시킨다는 명분에 회의를 이용하고 있는 것뿐이니, 뭐 타당한 판단이겠지."

분명히, 그 말을 듣고 보니 회의를 조용히 관망하는 라이오넬은 지루하다는 얼굴을 하고 있었다.

구체적으로 할 수 있는 것은 아무것도 없는 낭비의 시간이라는 것을 알면서도, 신하들의 요망에 응해 이 회의의 개최를 용인한 것이리라.

회의라고 들었기 때문에 정보를 캐물을 것이라고 생각했는데, 아무도 레티시엘와 루카스의 곁으로 다가오지 않았다.

루카스가 말하길, 아무래도 레티시엘 일행이 녹테트 산에서 사라와 접촉한 일은 함구령 덕분에 대중에게는 감춰져 있는 것 같았다.

『나는 그대들에게 기대하고 있습니다. 지금 이 나라, 아니, 세계에서 이 상태를 타개할 수 있는 그대들뿐이겠지요. 그러니 섣불리 정보를 퍼트려 나를 포함한 무지한 군중을 상대하게 하는 것은 생산성이 좋지 않습니다. 그대들은 현 상태를 해결하는 것에 집중하면 됩니다.』

함구령을 내린 장본인인 라이오넬은 그런 말을 했다고 한다.

이리스 제국과의 전쟁에서 함께 싸울 때부터 꽤 실리적인 인물이라고 생각은 했지만, 역시나 그다운 말이었다. 자신조차도 무지하다고 딱 잘라 말하다니…….

레티시엘은 멍하니 회의가 진행되는 양상을 지켜보았다. 그러는 사이, 점차 회의참석자들이 안고있는 불안의 패턴을 파악할 수 있었다.

첫째, 갑자기 하늘에 출현한 정체불명의 마법진. 그것이 어떤 효과를 불러일으키는 것인지 알지 못해서 하늘이 무너지는 것은 아닐까, 혹은 태양이 소멸한 것은 아닐까, 라는 등의 자연재해적 사건을 걱정하는 패턴.

둘째, 북두칠성의 마법진이 출현한 뒤 각지에서 확인되지 않은 현상이 많이 보고되고 있다는 것. 그리고 그로 인해 사람이 피해를 입은 것과 관련해, 국가의 앞날을 불안시하는 패턴. 크게 보아 이 두 개의 그룹이 있는 것 같았다.

그 외에 피난이나 망명으로 인한 인구이동으로 자신의 재산을 유지할 수 없게 되는 것을 걱정하는 귀족도 있었으나, 이 두 가지와 비교하면 매우 사소한 문제였다.

실제로 건강했던 사람이 갑자기 정신을 잃고 쓰러지거나, 복수의 성유물이 동시에 폭발해 피해를 입은 일은 이 며칠간 왕도 안에서 수십 건이 보고되었다.

그중 전자는, 아마도 마소의 소멸에 따른 영향이었다. 마소를 다루는 기술은 잃어버렸어도 인간은 줄곧 마소가 존재하는 상황에서 살아왔다. 그렇기에 마소가 갑자기 사라지면서 생긴 변화에 육체가 따라가지 못하는 것이리라.

후자는…… 손에 쥔 정보만으로는 그 이유와 원리를 확실하게 알 수 없었다. 그때, 사라에게 물어봤으면 좋았을 텐데. 레티시엘은 새삼스레 후회와도 같은 감정을 품었다.

예전에 정령에게서 들은 이야기로는 그들은 아주 오래전 옛날에 뭔가 엄청나게 위험한 것을 성유물에 봉인했다. 그것은 레티시엘도 몇 번이나 싸웠던 검은 안개의 괴물로, 그 괴물들이 서로에게 영향을 주는 것을 확인할 수 있었을 뿐이었다.

'……혹시 사라가 말한 『고대의 칠흑』과도 뭔가 관계되어 있는 것이 아닐까……'

그 자리에서는 그 이름 하나만을 들을 수 있었지만, 왠지 그것이야말로 이번 사태의 모든 일과 관련된 중요한 실마리가 될 것 같은 느낌이 들었다.

“도로셀, 일단 밖으로 나가자.”

여러 생각에 잠겨있던 차에, 누군가 어깨를 두드려서 정신을 차렸다. 루카스였다.

“괜찮은가요? 전 이제 막 도착한 참이고, 회의도 아직 끝나지 않았는데요.”

“저 상황에, 얘기가 진전될 거라고 생각하는 거냐?”

레티시엘은 회의에 모인 사람들의 모습을 살폈다. 방금 전부터 수많은 목소리가 오가고 있어서 누가 무슨 말을 하고 있는지 전혀 파악되지 않았다.

다들 불안감이 한계를 맞은 것이리라. 냉정하게 대책을 논의할 분위기가 아니었다. 좀 더 진정되기를 기다리는 편이 좋을 것은 명백했다.

“……당분간은, 아무런 움직임도 없겠네요.”

게다가, 그들에게 사태를 설명하는 것도 매우 어려운 일이 될 것이다. 애초에 마소나 마술, 주술에 대해 알지 못하면 상황 파악이 어려웠으며, 그밖에도 전생이나 정령에 대한 것 등 이해해야 하는 사항이 너무 많았다.

레티시엘은 반드시 설명이 필요할 사항을 머릿속에 나열해보고, 이것들을 완전히 처음부터 설명할 자신이 없다고 멍하니 생각했다.

"라이오넬 전하에게 중도 퇴실 허가는 받았다. 이 자리는 전하께 맡기자꾸나. 우선은 학원장실로 갈까. 그곳이라면 침착하게 이야기를 할 수 있을 거야."

"데이비드 씨, 이야기해주실 것 같은가요?"

"본인은 그럴 생각인 것 같으니 괜찮지 않을까? 어쨌든, 일단 자리를 옮기자."

두 사람은 큰 소리를 내지 않도록 조심스럽게 문을 열고 대도서실을 나섰다. 또다시 문이 닫히자, 안에서 오가는 목소리는 전혀 들리지 않게 되었다.

레티시엘은 루카스의 뒤를 따라 학원장실로 향했다. 학원장실은 대도서실과 마찬가지로 별관에 있었기 때문에, 이동 시간은 그렇게 오래 걸리지 않았다. 인적이 없는 복도를 지나 목적지에 도착하자, 그곳에는 이미 먼저 온 손님이 있었다.

"오오, 도로셀 양. 오셨습니까."

등받이가 높은 의자에 인형처럼 앉아 있던 데이비드는, 레티시엘의 모습을 확인하자 흔들흔들 작게 수염을 흔들었다.

학원장실에는 데이비드와 지금 막 도착한 레티시엘, 루카스 이외의 사람은 보이지 않았다. 레티시엘은 루카스가 빼준 회의용 의자에 앉아 데이비드와 얼굴을 마주보았다.

"자, 그럼…… 무엇부터 이야기해야 하나."

데이비드는 긴 수염을 매만지면서 잠시 생각에 잠겼다. 레티시엘과 루카스도 데이비드를 재촉하지 않았다. 이윽고 데이비드는 수염을 만지던 것을 멈추고, 무엇인가를 생각해냈는지 꾸벅 머리를 숙였다.

"우선은 사죄부터 하지요. 도로셀 양에게는 언젠가 내가 아는 모든 것을 다 이야기하려고 했으나, 일이 벌어지고 난 뒤가 되어버리고 말았습니다. 미안합니다."

"아, 아뇨. 사죄 같은 건 됐습니다. 데이비드 씨는 아무 잘못이 없으니까요."

갑자기 사과를 하리라고는 예상하지 못해서, 레티시엘은 놀라서 머리를 가로저었다.

데이비드에게도 자신의 사정이 있었을 터이고, 사라의 눈을 경계해서 이야기하지 못했을 가능성도 있었다. 누구도 미래를 알 수 없으니, 비난할 생각은 조금도 없었다.

"그래서, 도로셀 양은 어떤 것부터 듣고 싶으십니까?"

"……으음."

그렇게 질문을 받으니 레티시엘도 대답을 하기 힘들었다. 묻고 싶은 일, 듣고 싶은 것을 특정하기 어려웠기에 무엇부터 질문을 하면 좋을지 고민이 됐다.

"……데이비드 씨는, 그 아이…… 사라를 잘 아는 것 같은 기색이었는데요."

"그러하지요. 그 사람은, 그래도 일단은 내 어머니이니 말입니다."

"……네?"

시작부터 상대에게서 엄청난 대답이 돌아와서 레티시엘은 저도 모르게 당황하고 말았다. 동석한 루카스도 명백히 곤혹스러운 얼굴이었다.

"어, 어머니라니, 무슨……."

"음. 도로셀 양. 그 사람이 오래전부터 매우 긴 시간 동안 계속해서 전생을 거듭해 온 것은 알고 계시겠지요."

"예. 본인이 그렇게 말했으니까요……."

"400년 정도 전이었을까요. 당시 그 사람의 전생체는 여인이었습니다. 그 인생을 살았을 때, 그 사람은 나를 이 세상에 낳았지요."

"……."

400년이라니, 꽤나 긴 세월이었다. 그 당시는…… 분명히 성 루크레치아가 이 장소에 루크레치아 학원의 전신인 고아원을 만들었을 무렵인가.

"저기, 데이비드. 의심하는 것은 아니다만…… 인간은 백 년도 살지 못해. 너, 대체 몇 살이냐?"

"훗훗훗. 400살입니다요, 루카스 님."

데이비드는 납득할 수 없다는 듯이 있는 대로 미간에 주름을 잡은 루카스에게 아무렇지도 않은 기색으로 대답했다. 거짓말을 하는 것처럼 보이지는 않았다.

"저는 보통 인간이 아니어서 말입니다. 언제 죽는 건가 생각하는 사이에 400살까지 살았습니다."

"데이비드 씨, 당신은…… 누구인가요?"

"……."

레티시엘이 그렇게 묻자, 데이비드는 살짝 고개를 숙였다.

"그렇군요…… 인간과 정령 사이에서 태어난, 어느 쪽도 아닌 반푼이라고 할까요."

"인간과 정령의 사이라니……?"

혼혈이라는 것일까. 하지만 두 종족 사이에서 아이가 태어났다는 말은 들어본 적이 없었다.

오히려 정령과 인간은 신체 구조가 달라서 아이를 만들지 못한다는 것이 천 년 전에는 상식이었을 터…… 천 년 사이에 체질의 변화라고 생긴 것일까?

"그런 게, 가능한 건가요……?"

"실제로 제가 있으니, 가능했던 것이겠지요."

레티시엘은 예전에 츠바루에게서 들은, 성 루크레치아를 주역으로 빗대어 만든 동화를 떠올렸다. 천사와 인간 여성이 사랑에 빠졌다는, 왕도적인 비련담.

그러나 탐구자의 일족인 츠바루의 집안에 전해지는 이야기에서는 천사는 자신의 마음을 고하지 않고 여자의 곁을 떠나고, 여성은 순결을 유지한 채 천사의 아이를 낳는 전개가 되었다.

'……천사의 아이는, 혹시 데이비드 씨를 말하는 걸까?'

천사가 암흑의 정령, 여성이 성 루크레치아…… 400년 전의 사라라고 생각한다면, 그렇게밖에 생각할 수 없었다.

데이비드에게 그 이야기를 물어보고 싶은 마음은 있었다. 그러나 지금은 중요한 일은 아니었다. 레티시엘은 이야기를 계속하기로 했다.

"다시 말해, 그 아이는 천 년 전의 제 소꿉친구인 소녀이면서, 600년 전에 맹인왕을 만들어 주술을 개발한 남자이기도 하고, 400년 전에 데이비드 씨를 낳은 성 루크레치아이기도 하다는 건가요?"

"전생하는 그릇은, 인종과 성별 모두 무작위라는 것 같으니까 말입니다. 그런 것이지요."

"……혼란스러워졌어요."

너무나도 복잡한 상황에, 레티시엘은 저도 모르게 관자놀이를 눌렀다.

한 번의 전생만을 경험한 레티시엘과 달리, 사라는 이 대륙에서 끊임없이 전생을 반복해왔다. 즉, 천 년의 역사를 더 들어본다면 다양한 모습의 사라를 확인할 수 있다는 것이었다.

셀 수 없을 정도의 인생이 있었을 터이고, 지금 거론된 것 외에도 이름 없이 역사의 소용돌이 속으로 사라진 경우도 결코 적지 않을 것이다.

다만, 유일하게 한 가지 명확하게 판명된 것은 있었다. 그것은 천 년 동안, 세계의 전환점이 된 사건 사고의 중심에는 늘 사라의 전생체가 있었다는 것.

시간을 뛰어넘고, 모습을 바꾸면서 아스트레아 대륙 역사의 그늘에서 몰래 계속해서 덫을 치고 있었다.

“그 정도로 긴 계획이었군요. 그 아이의, 그 마법진은.”

“그렇습니다. 그 계획을 알았을 땐 막으려고 했습니다. 직감적으로, 달성시키면 안 되는 계획이라고 생각했지요. 인류라는 종에게 어떤 영향을 미칠지 상상도 할 수 없었으니까 말입니다.”

“……그래서 그 아이는 당신을 없앴어야 했다고, 그렇게 이야기했던 것이군요.”

사라의 야망을 알고 막으려고 했다가 실패해서 도망쳤고, 지금 이곳에 있다.

데이비드는 그렇게 말하고 활짝 웃었다. 길고 풍성한 하얀 눈썹과 수염은 그 안쪽에 숨어 있는 진짜 표정을 감추고 있었다.

“애초에 그 정체불명의 마법진은 뭐냐? 어째서 그 마법진으로 마소를 없애는 것이 가능한 거지?”

옆에서 루카스의 질문이 들어왔다. 그로서는 그것이 가장 큰 수수께끼이자 해명하고 싶은 일이리라. 레티시엘도 데이비드에게 시선을 돌렸다.

“루카스 님도 보셨을 겝니다. 그 마법진의 각각의 점을 지탱하고 있던 검은 빛의 기둥을.”

"그래, 그런게 있었지."

"그 아이는「혼의 기둥」이라고, 그렇게 불렀어요."

"예. 그것은 혼의 기둥입니다. 그 기둥 하나하나에 어둠의 정령의 혼이 쐐기로서 사용되고 있습지요. 그것은, 제물입니다."

"어둠의, 정령의…… 혼?"

예상외의 말이었다. 그 검은 기둥이 정령의 혼이라니, 누가 예측이나 할 수 있었을까.

그러나 정령의 혼을 쐐기로서 사용했다고 말하는 것은 간단하지만 대체 어떻게 한 것인가. 어둠의 정령들은 정령계에서 추방된 뒤 행방을 감추었다. 데이비드의 말에 따르면, 그들은 그 후로 사라의 손에 떨어진 것이리라.

그렇다고 해도 혼을 쐐기로 사용하는 것이 쉬운 일이라고는 생각되지 않았다. 애초에 혼을 사용한 마법진이라면, 어둠의 정령들의 육체는 어디에 있다는 것인가.

"자, 도로셀 양. 어둠 속성의 정령에 대해 정령들에게는 어디까지 들으셨습니까?"

"……전생을 거듭해서 그 개체 수는 109개체를 유지하며, 400년 전에 타 속성의 정령들을 학살해 정령계에서 추방되었다, 까지요."

"거기까지 아신다면 이야기는 빠르겠군요."

데이비드는 그 뒤로 이야기를 늘어놓았다. 어둠의 정령이라는 종족은 특수한 자들로, 다른 정령들과 다르게 유일하게 출생이 수수께끼에 싸여 있었다.

그들의 본체는 혼의 돌인 검은 보석. 수명을 다한 뒤, 육체를 해체해 검은 보석으로 되돌아갔다가 그 보석을 축으로 새로운 육체를 재구축하여 전생을 반복한다.

사라는 그 재구축 과정에 개입해 전생에 사용되어야 할 에너지를 보석 내부에 봉인하는 것으로 그들의 육체를 빼앗고, 에너지로 이용하는 방법을 확립한 것이라고 한다.

'정령계에서 추방된 뒤, 암흑의 정령들은 어디로 갔는지 의아하게 생각했는데…….'

아마도 그들은 추방된 지 얼마 되지 않아 혼의 돌을 원하는 사라의 손에 한 개체도 남기지 못하고 검은 보석에 봉인되어버린 것이리라. 그렇게 생각하면 가여웠다.

"어둠의 정령의 힘을 봉인한 검은 보석…… 본 적이 있는 것 같아요."

예전에 루크레치아 학원의 박물관에서.

구 피리아레기스 공작령의 반란 당시, 성 레티시엘교의 거점에서 반출해 한때 박물관에 보관하던 검은 보옥이 있었다.

검은 보옥은 박물관이 습격당했던 때에 누군가가 훔쳐갔지만, 그 보석을 직접 보았을 때 느꼈던, 돌의 건너편에 있는 누군가가 끌어당기는 것 같은 감각은 지금도 똑똑히 기억하고 있었다.

만약 그 검은 보옥이 어둠의 정령의 혼의 돌이라고 한다면, 그때 레티시엘을 끌어당겼던 것은 그 돌 안에 잠든 이름 없는 어둠의 정령의 혼이었다는 것일까.

"어둠의 정령은 특수한 종족이라 말입니다. 저 역시 들은 얘기이지만, 어둠의 정령들은 다들 똑같이 보석을 핵으로 하고있는 탓인지 한 개체가 세뇌를 당하거나 폭주하면 다른 개체도 그 영향을 받는다는 것 같습니다."

"……그렇다면, 과거에 어둠의 정령들이 다른 정령들을 일제히 배신한 것은 그들 중에 세뇌나 뭔가를 당한 개체가 나타났기 때문이라는 것일까요."

분명히 티나와 디트의 아버지 정령이 전해준 정보에서는, 정령을 배신한 필두는 어둠의 정령왕…… 정확하게는 정령왕에 필적하는 힘을 가진, 일족의 리더격인 개체였다고 했다.

어둠의 정령 일족이 그렇게 연결되어있다고 한다면, 리더가 폭주했을 때 다른 정령들도 그에 이끌려 폭주에 가담하리라.

그렇게 생각하자, 대륙 각지에서 확인되는 성유물의 동시 폭주는 어둠의 정령의 상호 영향과 매우 비슷한 느낌이 들었다. 검은 안개가 어둠의 정령과 관계되어 있다고 한다면, 있을 수 있는 이야기였다.

"……그러합니다. 그것은 나의 아버지에 해당하는 존재이지요."

“어…… 하지만, 어둠의 정령에게는 생식능력이 없다고 이전에 들은 적이…….”

“그렇습니다. 분명히 생식능력은 없지요. 저는 그 사람 자신의 피와 어둠의 정령의 핵의 일부를 융합해서 만든 인공의 존재입니다.”

“융합…… 사라는 인간도 만들어낼 수 있다는 건가요?”

“그런 것을 가능하게 하는 것입니다. 주술이라는 힘은.”

그것은 이 세상에 태어나면 안 되는 힘이었다. 데이비드는 그렇게 말하고 침묵했다.

레티시엘도 무슨 말을 해야 할지 알 수 없었다. 이야기를 들으면 들을수록 자신이 진정한 의미에서 아무것도 알지 못했다고 통감할 뿐이었다.

줄곧 생각하고는 있었다. 백의 결사가 모습을 내보이기 시작할 무렵부터 줄곧. 아무리 사건의 수수께끼를 풀어도 그 밑바닥이 조금도 보이지 않는다고.

보이지 않는 것도 당연했다. 천 년이나 되는 긴 시간이 있었으니까. 그 사이에 셀 수 없을 정도의 사건이 복잡하게 얽혀 쌓여왔다. 그것을 풀어헤치기 위해서는 과거를 어디까지 거슬러 올라가야만 하는 것일까.

무거운 침묵. 그것을 깬 것은, 옆에서 줄곧 미간에 주름을 모은 채 이야기를 듣던 루카스였다.

“우선은…… 뭔가 복잡하게 얽혀있는 것 같다는 사실은

알았다. 정령에 대한 건은, 솔직히 나는 뭐가 뭔지 잘 모르겠지만 말이지."

"훗훗훗. 죄송합니다, 루카스 님. 이야기를 되돌리지요. 어디까지 이야기했지요?"

"정령의 이야기보다 전이지? 분명히…… 그 마법진에 대한 얘기였다. 그걸로 어떻게 마소를 없앨 수 있는 거지?"

"오오. 그랬었지요."

애초에 루카스를 포함해, 당대에 사는 사람들에게 정령은 동화 속에나 나오는 존재였다. 그것과 관련해 이런저런 이야기를 듣는다고 해도 바로 이해하고 납득할 수 있을 리 없었다. 데이비드가 웃었다.

"그렇다고는 하나, 그 마법진이 마소를 없애는 구조에 대해서는 저도 완전히 이해하고 있다고는 말할 수 없습니다."

"그런가요?"

"예. 아마도 혼의 기둥으로서 사용되고 있는 어둠의 정령의 힘이, 마소 변질 과정에 관여하고 있다. 그리고 그 사람에게 붙어있는 검은 그림자…… 『고대의 칠흑』도 한 역할을 담당하고 있다, 라는 것까지는 나도 알고 있지요."

"고대의, 칠흑……."

사라가 그 시계탑의 폐허에서 흘렸던 이름이었다.

"뭔가, 어둠의 정령과 관계가 있을 것 같은 명칭이네요."

"굳이 말하자면, 성유물 쪽과 관계가 더 깊다고 들었습니다요."

"……? 그렇다는 건, 성유물에 봉해진 검은 안개의 괴물과 어둠의 정령의 혼의 기둥은 또 별개의 것인 건가요?"

"그럴 겁니다."

"……또 뭔가가 있는 거냐."

루카스가 질린다는 기색으로 말했다. 레티시엘도 동감이었다. 수수께끼가 하나 풀리면 바로 다른 수수께끼가 나타나 앞으로 가로막았다. 이래서는 영원히 해답에 닿지 못하는 것은 아닐까. 그런 기분조차 들었다.

기회가 있을 때 어둠의 정령에 대해서도, 괴물에 대해서 정령들을 추궁해보는 편이 좋지 않을까? 하지만 이쪽에서 먼저 연락할 수 있는 수단이 없으니, 다음번에 그쪽에서 사람이 올 때까지 기다려야 했다.

"……그, 사라에게 붙어있는 『고대의 칠흑』에 대해, 뭔가 아시는 점은 있나요?"

레티시엘은 정령을 추궁하기 전에, 만일을 위해 데이비드에게도 물어보기로 했다.

레티시엘이 아는 것은 소꿉친구였을 무렵의 사라뿐. 적어도 천 년의 세월을 거치며 바뀐 그녀에 대해서는 데이비드가 더 많이 알 것이다.

"음. ……저도 그 그림자에 대해서는 뭐라 말을 할 수가 없군요…… 그 사람은, 『고대의 칠흑』이 누군가에게 알려지는 것을 무척이나 두려워했기에……."

매우 모호한 대답이 돌아왔다. 밑져야 본전이라는 기분으로 물어본 것이라 딱히 실망하지는 않았다. 하지만 그 『고대의 칠흑』이라는 것은, 사라에게는 상당히 중요한 존재인 것 같았다.

"다만, 천 년 전부터 줄곧 붙어있는 악연 같은 녀석이라고, 그 사람은 말했습니다."

"천 년 전…… 그렇게 옛날부터요?"

그렇다면 레티시엘이 아직 살아있었던 천 년 전쟁의 시대부터, 사라는 그 『고대의 칠흑』과 함께 있었다는 말이 되는데…….

선생님이 돌아가셔서 레티시엘과 어긋나고, 마지막에 알현의 방에서 레티시엘을 전생시키기까지의 사이에 만난 것일까. 그렇지 않으면 레티시엘이 죽고 난 다음의 일인가.

"그리고 그 검은 그림자는, 놀랍게도 과거에 스피리아 지방의 어딘가에 봉인되어 있었다고도 들었습니다."

"네? 스피리아 지방에요?"

"천 년이나 같이 있었다면, 봉인이 풀린 것은 천 년 전의 일일 테지만 말입니다."

레티시엘은 저도 모르게 루카스를 쳐다보았다. 그도 머릿속이 복잡한 듯이 눈썹을 찌푸리고 있었다. 스피리아 전쟁을 경험한 당사자였기에 그 이름에 반응하는 것은 당연하리라.

"……그렇다는 건, 뭐냐? 스피리아에서 일어난 그 전쟁도,

결사 녀석들에게 필요해서 일어난 것이었다는 건가?"

"그 아이는…… 사라는 말했습니다. 그 마법진의 중심은 스피리아 지방에 꽂아 넣은 것이라고."

"어둠의 정령과 마찬가지로, 그 『고대의 칠흑』도 마법진의 중요한 열쇠였으니 그 녀석과 연이 있는 땅을 중심으로 골랐다고 해도 이상하지는 않지요."

"……젠장."

루카스가 혀를 찼다. 아무리 결사에게는 원하는 토지를 얻기 위한 전쟁일 뿐이었어도, 이쪽에서 본다면 커다란 피해를 입은 사건임에는 변함이 없었다.

하물며 루카스는 그 전쟁에서 병사를 이끌고 생사의 기로에 서서 끝까지 싸워나갔다. 이런 이야기를 듣고 기분이 좋을 리 없었다.

"하지만 지금의 마법진은 불완전한 것이죠? 사라는 데이비드 씨가 뭔가를 했다고 말했어요……."

"그렇습니다. 분명히, 마법진의 발동을 막고 있는 것은 내가 발동한 술법입니다요."

레티시엘의 질문에 데이비드는 고개를 끄덕였다. 그리고 품속에서 천천히 한 장의 종이를 꺼냈다.

"……? 저기, 이건 뭐죠?"

이쪽으로 내밀기에 레티시엘은 종이를 받아들고 살펴보았다. 종이에는 화려한 태양 문양의 도형이 그려져 있었다.

그 태양의 문양은 다른 복잡한 도형들로 치밀하게 짜여 있었다. 색이 다양한 것은 문양을 이루는 여러 도형의 색이 다르기 때문이었다. 이것만 봐서는 뭐가 뭔지 전혀 알 수 없었다.

"그것이, 제가 그 사람의 마법진의 효과를 방해하기 위해 짠 또 하나의 마법진입니다."

뭐, 그것의 도면을 베낀 것이지만요. 데이비드는 그렇게 덧붙였다.

"그때에는 도로셀 양에게도 신세를 졌습니다."

"네? 무슨 말이죠?"

신세를 졌다? 이 태양의 마법진의 일로? 짚이는 곳이 없는데…….

"왜, 그것 말입니다. 두닉스의 유산."

"……아."

기억났다. 꽤 오래 전의 일이긴 했지만, 레티시엘은 어떤 오르골을 손에 넣은 적이 있었다.

조금 낡았고, 바닥 부분에 신기한 도형이 그려져 있었다. 그것은 분명히, 안면이 있는 행상인의 조언을 듣고 감정을 위해 데이비드에게 맡겼을 터.

"하지만, 이 문양과 마법진은 어떤 관계가 있나요?"

오르골과 마법진이 어떻게 이어지는 것일까. 오르골에도 도형은 있었는데, 설마 그 도형과 뭔가 관계라도 있는 것일까.

"도로셀 님은 아시리라 생각합니다만, 두닉스의 유산에는 어딘가에 반드시 알록달록한 도형이 새겨져 있습니다."

테이블 위에 펼쳐진 태양의 마법진의 모사도. 데이비드가 그것을 바라보면서 말했다. 레티시엘은 고개를 끄덕였다.

"그건, 단순한 도형이 아닙니다. 눈가림이지요."

"눈가림?"

"그것에 짜넣은 술식의 단편을 위장하기 위한 조치입니다."

"술식의 단편……."

레티시엘은 다시 태양의 마법진의 모사도를 관찰했다. 태양을 이루고 있는 것들은 무수히 많은 색을 가진 도형. 그렇다. 이 마법진은 복수의 도형이 모여 이루어진 마법진이다.

"……혹시, 태양의 마법진을 구성하고 있는 이 도형은, 원래는 전부……."

"예. 각각 다른 물건에 분할되어 각인된 것을, 제가 모아 새로 연결해서 이 형태로 재구축한 것입니다요."

그렇게 간단히 말하지만, 언뜻 본 느낌만으로도 태양을 구성하는 도형의 수는 백 개가 넘었다.

데이비드의 말에 따라 생각한다면, 이것들과 똑같은 수만큼 레티시엘이 발견한 오르골같은 물건이 있다는 뜻. 한곳에 모으는 것만으로도 상당히 힘든 일이 아니었을까.

게다가, 어떤 물건에 술식 단편을 새겨 넣었는지는 알 수 없었지만, 만약 일상 용품에 새겨졌다면 찾아내는 일도 더 더욱 곤란했다.

“어째서, 이렇게까지 많이 쪼개야 했던 걸까요? 만일의 일을 생각해 분할했다고는 생각하지만, 그래도 너무 많은 것이 아닌가요?”

“……아니요. 아주 조금이라도, 그 사람이 눈치챌 가능성을 남기지 않기 위해서입니다.”

데이비드는 고개를 절레절레 저으며 길게 한숨을 내쉬었다.

“그 사람은…… 오랜 시간 마술과 주술에 몸을 담그고 있었던 영향인지 술식의 발동이나 기척에 이상할 정도로 민감합니다. 하물며 이것은 그 사람의 계획을 저지하기 위한 것. 극한까지 기척을 지우고, 발동시킬 그 날까지 존재를 감출 필요가 있었습니다.”

“……그랬, 나요.”

“그래서 그 남자…… 두닉스는 술식을 쪼개, 형태도 모두 다른 물건들 속에 봉한 뒤 각지를 전전하며 감추었지요.”

“……!”

두닉스. 지금까지 몇 번이나 들었던 음유시인의 이름. 설마 이곳에서도 듣게 될 줄이야.

두닉스가 각지를 떠돌아다녔던 것은 이 두닉스의 유산을 분산시키는 감춰진 목적 때문이었나. 그리고 그는 데이비드와 뜻을 같이하는 동지였다.

“데이비드 씨는 그 여행에는 따라가지 않으셨네요.”

"술식을 완성하는 연구를 계속하기로 정해서 말입니다. 그 녀석이 이 태양의 구상을 가져온 단계에서 마법진 본체는 완성되어 있었으나, 발동하기 위한 『열쇠』는 아직 미완성이었습니다"

"이 마법진의 구상은, 두닉스 씨가 혼자서, 한 것인가요……?"

"그렇지요."

레티시엘은 태양에 시선을 떨어뜨렸다. 그것에 어떤 술식이 새겨져 있는지, 레티시엘은 전혀 알 수 없었다. 대체 어떤 구조로 움직이고 있으며, 어떻게 사라의 마법진을 막고 있는 것일까.

데이비드는 태양의 마법진은 사라의 마법진이 수행하고 있는 공정을 역행하여 그 효능을 없애고 있는 것이라고 설명했다.

북두칠성진은 공기 중의 마소에 개입해 그 성질을 바꿔 전 세계의 마소를 마법진의 중심 지점에 모으는데, 태양의 마법진은 그 바꿔 쓰기를 무효화해 마소를 해방하는 것으로 효과를 중화하고 있다, 라는 것 같았다.

레티시엘은 마술의 연구에는 오랫동안 매진했지만, 마소에 대해 깊게 탐구한 적은 없었다. 놓치고 있던 맹점이었다.

"이것도 역시, 사라의 마법진과 마찬가지로 대륙 규모인가요……?"

"그렇습니다. 이 학원을 중심으로 전개한 그 마법진의 도면은 어디까지나 『열쇠』입니다. 『열쇠』를 구성하는 도형과 같은 개수만큼, 대륙 각지에는 각각의 술식에 대응하는 별도의 유산이 배치되어 있습지요."

"어, 그러니까…… 그 말은, 『열쇠』가 기동하면, 그것에 대응하는 유산의 효과가 발동한다는 연쇄 작용인 건가요?"

"예. 그렇게 각지의 유산이 순차적으로 기동하면, 최종적으로 유산들이 하나의 선이 되어 술식을 구성하지요. 그것으로 마법진이 완성되는 것입니다. 완전히 발동하기까지 약간 시간이 발생하는 것이 좀 애석하지만 말입니다."

"……그렇게 생각하면, 두닉스의 유산이라는 것은 그 수가 상당하지 않나요?"

"흐음. 단순 계산으로 2배는 되겠지요."

"그런 규모의 술식을 혼자서……. 그 두닉스라는 인물은 어떤 인간이었던 거냐……?"

루카스는 완전히 구조를 이해하지는 못해서 아직 어딘가 멍한 상태로 신음하듯이 중얼거렸다.

레티시엘도 같은 마음이었다. 위에는 위가 있다는 말은, 바로 이 상황이다. 마소 레벨에서 간섭하는 것이 된다면, 역시나 레티시엘의 지식으로도 따라가는 것이 힘들었다.

"그 녀석에 대해 이야기하려고 하면 길어지겠으나…… 어쨌든 마도와 관련된 일에는 무척이나 밝은 남자였습니다."

"마도와 관련된 일이라고 하면…… 마법이나 마술에도요?"

"연금술과 주술에 대해서도 해박했지요."

"하아, 정말…… 전지전능하네요……."

들으면 들을수록 두닉스에 대한 인상은 인간의 영역을 벗어났다.

정말로 그런 만능의 인간이 존재할 수 있는 것일까? 차라리 인간이 아니라고 말해도 분명히 놀라지 않을 자신이 있었다.

"그런가…… 그 남자, 지금은 뭘 하고 있지? 그 남자가 협력해 준다면, 이 사태를 타파하는 데에도 도움이 되지 않겠어?"

"……."

루카스가 무심하게 던진 질문에 데이비드는 입을 닫고 말았다. 갑자기 찾아온 침묵.

"……이미, 죽었습니다."

이윽고 다시 입을 뗀 데이비드는 짧게, 그 한 마디만을 중얼거렸다.

"결사가 그 녀석을 눈여겨봐서 말입니다. 그 사람의 손에 떨어지기에 앞서, 자결하는 것을 선택했습니다."

"……미안하다."

"아니요. 루카스 님이 사과하실 일은 아닙니다. 신경 쓰지 마십시오."

조심했다고는 하나, 늦든 빠르든 결국 이렇게 됐을 겁니다. 그렇게 덧붙인 데이비드는 차분했다. 자신은 이미 동지의 죽음을 받아들인 기색이었다.

"……긍지 높은 분이었군요, 두닉스 씨는."

"그렇지요…… 세상을 뜨기엔 아까운 사람이었습니다. 롤랜드 녀석은……."

"데이비드가 그렇게 말할 정도의 자인가……. 어떤 녀석인지 만나봤으면 좋았겠군."

"……?"

롤랜드? 레티시엘은 고개를 갸우뚱했다.

어디선가 들은 적이 있는 이름이라는 느낌이 들었다. 아주 사소한 위화감이었지만, 왜인지 그 이름이 묘하게 레티시엘의 마음속에 눌어붙어서 떨어지지 않았다.

데이비드는 자신이 그 이름을 입에 올린 사실을 눈치채지 못한 기색이었다. 평소부터 자주 불러서 입에 붙은 이름이라는 것인가.

이야기의 흐름에서 생각하건대, 아마도 그것은 음유시인 두닉스의 본명인 것이리라. 하지만, 어디서 들었지……?

"……!"

깊이 생각한 끝에 정답이 번뜩 떠올랐다. 왜 그 이름이 귀에 익었는지, 그 이유가 생각났다.

지크였다. 예전에 지크의 입에서 그 이름을 들은 적이 있었다. 그는 말했다. 그의 아버지의 이름이, 롤랜드, 비올리스라고.

'뭐야? 음유시인 두닉스는…… 지크의 아버님이었다는 거야?'

전에 지크는, 자신의 아버지는 노래를 잘 못 부른다고 말했을 터. 그것이 사실이라면, 실력 좋은 음유시인 역할을 잘 수행하리라고는 생각되지 않는데…….

그렇지 않으면, 지크의 앞에서는 노래를 잘 부르지 못하는 척 했던 것일까.

"그렇지만, 다소 마음의 여유는 가질 수 있을 것 같군."

루카스가 고개를 끄덕이면서 그렇게 말했다. 그 소리에 레티시엘의 사고는 중단되었다.

"이 태양의 마법진이 기동하는 동안에는, 그 검은 마법진이 이 이상 번지지는 않을 거잖아? 그렇다면 그 시간에 할 수 있는 모든 대책을 강구해야지."

"그렇습니다만…… 유감스럽게도, 이 마법진은 완벽한 것이 아닙니다."

"……응? 그런 거냐?"

또다시 루카스의 미간에 주름이 잡혔다. 레티시엘도 형세가 살짝 불온해지는 것을 짐작하고 작게 눈썹을 찌푸렸다.

"사실대로 말씀드리면…… 이 태양의 마법진은 미완성입니다."

"미완성? 사라의 마법진에서 시작되어 그런 건가요?"

"예. 그 사람의 마법진이 발동해버려서, 빨리 저지하기 위해 어쩔 수 없이 미완성인 채로 기동시켰지요."

그렇게 대답하는 데이비드는 어딘가 면목이 없는 것 같았다. 완전한 형태로 진을 발동하지 못했다는 사실을 신경 쓰고 있는 것일지도 몰랐다.

그렇다고 해도, 미완성이라도 북두칠성진을 저지할 만큼의 위력이 있다니, 상당히 강한 힘을 가진 마법진이리라. 그것에는 레티시엘도 솔직하게 감탄했다.

"도로셀 양. 마법진의 한 부분이 공백인 것을 아시겠습니까?"

"이 부분, 인가요? 분명히 색이 미묘하게 비어있긴 한데요……."

"그 마지막 한 조각이 아직 없습니다."

"어디에 있는지도 알지 못하는 건가요?"

"부끄럽게도……. 양날의 검과도 같은 조각인 듯하여, 특히 신중하게 감춘 것 같아서 말입니다……."

"양날의 검?"

"그 사람에게도 매우 유용한 효과를 가져다주는 물건이라는 것 같습니다."

"……."

그건…… 그 아이의 손에 넘어가게 하면 안 되는 물건이 아닌가. 결사에 대항할 수단의 모색과 함께 보물찾기도 병행해야만 할 듯 했다.

짐작 가는 곳은, 솔직히 전혀 없지만…… 우선 박물관의 비품이라도 확인해볼까. 일단은 학원 안에서는 가장 많은 물품을 수납하고 있는 장소이니.

"……콜록."

문득 데이비드가 손으로 입을 가리고 기침을 했다. 줄곧 이야기를 하고 있었으니, 목이라도 멘 것일까…….

레티시엘이 그렇게 생각한 것은 한순간이었다. 입을 가린 데이비드의 손의 틈새, 손가락 사이로 아주 적은 양이었으나 붉은 물방울이 흘러나오는 것을 발견했다.

"데이비드 씨?!"

곧바로 데이비드가 피를 토했다는 사실을 알아차리고, 레티시엘은 저도 모르게 자리에서 일어났다. 루카스는 이미 데이비드의 옆으로 이동해 있었다.

"이봐, 왜 그래! 괜찮은 거냐?!"

"그렇게 큰 소리를 내지 않으셔도 됩니다. 괜찮습니다. 요즘 자주 있는 일이니까요."

그러나 피를 토한 장본인은 정말이지 태연스러웠다. 손으로 슥슥 입가를 훔치며 별 일 아니라는 듯이 웃었다.

"아무리 정령의 피가 섞여 있다고는 하나, 400년이나 살았습니다. 인간으로서는 이미 한참 전에 끝났어도 이상하지 않을 목숨이건만, 여기까지 버틴 것만으로도 횡재한 것이겠지요."

홋홋홋. 평소처럼 쾌활한 웃음소리를 내는 데이비드의 목소리에서 강한 힘을 느낄 수 없었다. 레티시엘은 함께 웃을 수가 없어서, 바닥을 볼 수 밖에 없었다.

"우선 차라도 마셔라. 대단한 것이 없어서 미안하다만."

"상관없습니다. 물이든 뭐든 고맙게 받겠습니다."

"도로셀, 너도 마실 테냐?"

"괜찮을까요? 그럼 마시겠습니다."

루카스가 컵과 찻잎을 준비하기 위해 자리를 뜨고, 데이비드가 그것을 배웅했다. 그사이 대화는 끊어지고, 실내에는 어딘가 평온한 공기가 흘렀다.

'……빨리 이 세계를 뒤덮은 어둠을 걷어내야 해.'

아직 해결 방법은 알 수 없다. 그러나, 레티시엘은 방의 창문으로 내다보이는 먹구름이 낀 하늘을 올려다보며 마음속으로 그렇게 결의했다.

덧붙여 왜 마법진의 형태가 북두칠성인지는, 역시나 데이비드도 모르는 기색이었다.

북두칠성은, 천 년 전에 사라와 둘이서 함께 올려다 본 유일한 별이었다. 일부러 그것을 마법진의 형태로 선택한 것은, 레티시엘을 향한 감정을 나타내는 것일까……?

***

그 뒤로도 대담은 이어졌으나, 데이비드의 체력이 한계에 달한 것 같았기에 오늘은 그만하기로 했다.

"그럼 나는 데이비드를 구호실까지 데려가마."

레티시엘은 학원장실에서 퇴실해 복도로 나왔다. 그 뒤를 따라 나온 루카스는 등에 데이비드를 업었고, 데이비드는 잠들어 있었다.

"학원장님은 이제 어쩌실 건가요?"

"라이오넬 전하께 지금 들은 이야기를 공유하고 올 생각이다. 너는…… 뭐, 너 좋을 대로 해라."

"좋을 대로…… 아, 예. 그런가요."

좋을 대로 해도 좋다고 해도, 이 상황에선 뭘 하면 될까. 맥 빠지는 대답이 되고 말았으나, 어쨌든 레티시엘은 고개를 끄떡였다.

"그럼……."

레티시엘은 루카스를 배웅하고 앞으로의 예정에 대해 생각했다. 이대로 귀가할 생각은 들지 않았다.

그러고 보면 연구실에는 오랫동안 가보질 못했다. 마술 연구를 위해 주어진 연구실이었는데, 최근에는 거의 들르지 않게 되었다

줄곧 구 공작가의 반란과 백의 결사와의 싸움, 제국과의 전쟁이 있어서 쉴 틈도 없던 탓이다. 레티시엘은 자신의 연구실이 있는 구 제7연구동에 가보기로 했다.

그렇다고는 하나, 가서 무엇을 할지는 생각하지 않았다. 이제 와서 마술 연구를 해도 의미가 없었다. 사라의 마법진

이 발동한 뒤, 마술은 아무 도움도 되지 않게 되었으니까.

아마도 현 상황에서는 아무리 마술을 연구해도 돌파구를 찾아낼 수 없을 것이다. 그렇다고 해서 마법이나 연금술이 열쇠를 쥐고 있다는 생각도 들지 않았다. 대체 어떻게 하면 좋을까…….

"……아, 도로셀 님!"

복도를 이동하고 있으니, 등 뒤에서 레티시엘을 부르는 목소리가 들렸다.

레티시엘이 뒤를 돌아보자 미란다레트와 베로니카가 마침 이쪽을 향해 오고 있었다. 히르메스의 모습은 찾아볼 수 없었다. 따로 행동하는 모양이었다.

"안녕하세요, 미라 님. 베로니카 님. 뭔가 굉장히 오랜만이네요."

"네. 정말로요. 오늘, 뵐 수 있을 것이라고는 생각도 못했어요."

그 말대로 미란다레트는 정말로 놀란 것 같은 기색이었다. 밤색의 눈을 동그랗게 뜨고 있었다.

"히르메스 님은 같이 안 계신가요?"

"아아, 리프는…… 자원봉사라고 할까요……."

"자원봉사?"

"그게, 지금 왕도는 여러모로 사람이 부족하잖아요. 그…… 일련의 소동으로."

그 이야기는, 방금전 대도서실의 회의에서도 언급되었다. 도시나 마을은 지금 벌어지고 있는 이상 사태에 피난을 가는 주민들이 여기저기로 빠져나가서, 잘 돌아갔던 사회가 기능 불능상태에 빠졌다고 했다.

"그래서 구조 활동이라든가, 그런 종류의 자질구레한 일을 해 줄 사람들을 모으는 곳이 꽤 많아요."

"그렇군요……. 히르메스 님은 그것에 참가하고 계신 것이군요."

"그래요! 벌써 매일…… 무리는 좋지 않다고 줄곧 말했는데……."

매일매일 왕도에서 사람들을 돕는 일에 힘쓰다니, 왠지 무척 히르메스답다고 레티시엘은 이야기를 들으며 생각했다.

그것과 비교해 지금의 자신은 무엇을 할 수 있을까. 레티시엘의 특기는 마술로, 특이성이기도 했다. 그것을 잃어버린 지금, 전투면에서 할 수 있는 일은 없어진 셈이나 다름없었다.

자원봉사에 대해서는 지금 처음 알게 되었다. 그것에 종사해보는 것도 좋을지 몰랐지만, 사라의 계획과 복수가 착실히 진행되고 있는데 자신은 그것을 손가락을 물고 지켜보는 것밖에 할 수 없는 것인가.

"……저, 도로셀 님을 만나면, 물어보려 했던 것인데요……."

문득 대화가 끊어진 타이밍에 미란다레트가 조심스럽게 입을 열었다. 쭈뼛쭈뼛하는 기색이었다.

“요전에, 저 마법진이 하늘에 떠오르고 난 뒤의 일인데요. 마술을 쓰려고 했는데, 쓸 수 없었어요. 혹시 어째선지 아시나 해서요…….”

“……그랬군요. 자세히는 이야기할 수 없지만, 저 마법진은 마소의 성질을 바꿔서 소멸시키기 위한 것이라는 것 같아요.”

“네?”

“아직 완전하지는 않다는 것 같지만, 그래도 마술을 사용하는 일은 상당히 곤란해졌어요.”

“어, 그럼 설마 도로셀 님…….”

“……마력이 없는 자는 마술과의 궁합이 좋은 만큼, 저 마법진의 영향도 컸을 거예요. 지금으로서는 생각하는 대로 마술을 발동할 수가 없어요.”

레티시엘은 그렇게 말하고 두 손을 앞으로 내밀었다. 아주 살짝 공기 중에 아지랑이가 피어올랐을 뿐, 그 외에는 아무 일도 일어나지 않았다.

일단 가장 간단한 불의 기초술식을 시도한 것인데, 이미 불을 형성해내는 일도 할 수 없었다.

“……왠지, 무서워요.”

두 사람 모두 그 광경을 보고 아연실색했다. 미란다레트가 중얼거렸다.

“미안해요. 중요한 때인데 도움이 되지 못해서.”

“아, 아뇨. 도로셀 님에 대해 말한 게 아니에요! 저를 말한 거예요!"

"네?"

틀림없이 레티시엘이 힘을 쓰지 못하는 상황을 말하는 것이라고 생각했는데, 미란다레트가 있는 힘껏 머리를 흔들었기에 레티시엘은 고개를 갸우뚱했다.

그런데 레티시엘의 반응을 알아차리는 일 없이, 미란다레트도 우물우물 이야기를 시작했다.

"저, 줄곧 남들보다 뒤쳐졌었잖아요. 마법을 잘 못 써서. 그랬는데, 도로셀 님과 만나서 마술을 알게 돼서……."

시선이 살짝 허공을 헤매는 것은 분명히 당황해서가 아니라 긴장했기 때문이리라.

"하지만 지금은 그 힘을 거의 쓸 수 없게 돼서, 또 그 서툴기만 한 마법밖에 쓸 수 없는 상태라. 요 한동안은 줄곧 한 치 앞도 알 수 없다고 할까…… 무슨 일이 일어나도 이상하지 않은 날이 이어져서, 그래서 전에 습격당했을 때 같은, 그런 위험한 일이 없다고는 장담할 수 없어서……."

미란타레트는 횡설수설하면서도 열심히 말을 이어나갔다. 옆에서 베로니카가 응원하듯이 물끄러미 지켜보는 시선을 보내왔다.

"어 그게, 그러니까…… 자신이나 다른 사람을 지킬 힘이 없어져서, 무슨 일이 생겼을 때에는 또 아무것도 할 수 없는 것이 아닐까 하고 생각하니까 무서워서……. 죄송해요. 뭔가 말이 두서가 없어서…….”

“아뇨. 무슨 말을 하고 싶은지는 제대로 전해졌어요.”

정신을 차리고 보니, 레티시엘은 자연스럽게 미소를 짓고 있었다. 미란다레트의 말이 순수하게 기뻤다.

‘나도, 언제까지나 막다른 길 앞에 서 있을 수는 없네요.’

녹테트 산에서의 일 이후, 이것저것 생각을 거듭해도 언제나 「이제는 마술을 사용할 수 없다」라는 결론에 다다라서, 다람쥐쳇바퀴 도는 것 같은 기분이 들었다.

그래서는 일부러 생각을 하는 의미도 없으리라. 손에 쥔 카드를 봉쇄당했다면, 봉쇄된 채로 앞으로 나아갈 방법을 모색할 따름이었다.

“그러고 보니 이야기가 길어졌는데, 뭔가 볼일이 있던 건가요? 일부러 휴교 중의 학원에 와 있기도 한 것이.”

“아, 대단한 볼일은 아니에요. 어제 마술을 사용할 수 없는 게 아닐까 하고 알아차려서, 정말로 그런가 서둘러 확인하고 싶어서요. 집에서는 역시 조출하게밖에 확인할 수 없으니까요. 학원의 마법훈련장이라면 괜찮을까 해서 온 거예요. 그랬더니 도중에 베로니카 님을 발견해서요.”

“저, 저는, 도서실에 볼일이 있어서…… 하지만, 대도서실은 사용 중이라, 소도서실 쪽에, 다녀오는 길이에요…….”

소도서실…… 그러고 보니 별관의 대도서실 외에 본관에도 도서실이 있었다는 사실을 기억해냈다. 레티시엘은 오직

대도서실로만 다녔기 때문에, 본관 도서실의 존재는 까맣게 잊어버리고 있었다.

"오늘, 대도서실 쪽은 회의장으로 쓰이고 있으니까 말이죠. 베로니카 님은 무슨 책을 읽으셨나요?"

"어, 저기, 연금술 책, 이에요. 이전에, 관련 자료를 몇 개인가, 도서실에 마련해두었다고, 에델하르트 전하가 말씀하셔서요."

베로니카는 그렇게 말하고 낡고 오래된 가죽 표지의 두꺼운 책 두 권을 소중하게 끌어안았다.

"연금술 책은 역시, 별로 찾아볼 수가 없고 말이죠…… 이런 때이니만큼, 빨리 이 힘을 능숙하게 쓸 수 있게, 되고 싶으니까요."

분명히 연금술 그 자체가 이미 사용되지 않은 지 오래되어 술사도 없고 다루고 싶어 하는 사람도 적으니, 입문서나 학술서 등의 서적은 구하기 어렵겠지. 레티시엘은 마음속으로 베로니카에게 동의했다.

"……어머? 베로니카 님, 연금술은 지금도 쓸 수 있나요?"

레티시엘은 이상한 사실을 알아차렸다. 그녀가 잘못 기억하는 것이 아니라면, 연금술이라는 힘은 술자의 체내의 마력을 추출한 뒤 특수한 술식을 이용해 공기 중의 마소와 융합시키는 것으로 발동할 터였다.

그렇다면 당연히 북두칠성의 마법진에 영향을 받는 셈이

었다. 마소를 잃은 현재, 이론적으로는 마소를 사용하는 연금술도 행사할 수 없게 된 것은 아닐까……?

"예? 아, 예, 딱히 문제없다고, 생각하는데요……."

"그런, 가요……."

레티시엘은 고개를 갸우뚱했다. 대체 어떤 구조인 것일까. 생각해보려고 해도 레티시엘은 연금술에 관한 상세한 지식이 없었기 때문에, 찾아볼 방법이 없었다.

생각할 수 있는 가능성으로서는, 똑같이 마소를 연료로 삼는다고 해도 마술과 연금술에서 사용하는 마소는 그 성질이 서로 다르다거나, 그 정도밖에 생각이 나질 않는데…….

애초에 연금술 그 자체를 아직 쓸 수 있는 것인가, 그렇지 않으면 베로니카만 쓸 수 있는 것인가. ……잘 알 수가 없었다.

자신이 사용할 수 있으면 가장 손쉽고 빠르게 알아볼 수 있으나, 유감스럽게도 레티시엘은 연금술 사용에 필요한 마력을 갖고 있지 않은 마력이 없는 자였으니…….

"어쨌든 순조로운 것 같다고 들어서 안심했어요. 다만, 부디 몸조심을 하세요. 몸 상태가 나빠지면 주객이 전도되는 꼴이에요."

"예, 알고 있습니다, 괜찮아요! 최근에는 스스로 많이 연습해서, 술식이라고 할까요, 발동 모체가 되는 그 종이, 잘 그릴 수 있게 되었으니까요, 걱정 안 하셔도, 돼요."

베로니카가 힘차게 주먹을 쥐었다. 그런 그녀의 눈동자는 세계의 불온함 따위에 사로잡히는 일 없이 생기 넘치게 빛나고 있었다.

마력포화증이라는 특수한 체질 탓에 마법세계에서도 마술세계에서도 따돌림당했지만, 연금술과의 만남은 그녀에게 큰 전환점이 된 모양이었다.

베로니카가 강해지는 것은 기뻤으나 혹시 앞으로는 그녀도 전장에 차출되는 것일까……. 그 점만큼은 마음에 걸렸다.

"두 분은 이후로 어쩌실 건가요? 대도서실은…… 오늘은 이용하지 못하지 않을까요."

"저, 저는, 이 책들을, 다 읽고 싶으니까, 어딘가 빈 교실이라도 찾아서, 읽고 싶습니다……."

"저는 돌아갈 거예요. 지금은 선생님들도 바쁘신 것 같으니 내일 다시 오려고요. 리프를 마중 나가기로 해서요. 또 상처투성이가 된 건 아닐까……."

"상처투성이…… 미라 님도 고생이네요."

"괜찮습니다. 리프는 옛날부터 변하질 않았는걸요."

레티시엘은 그런 대화를 나누면서 두 사람과 헤어졌다. 두 사람 모두 레티시엘에게 마주 손을 흔들면서 복도 끝으로 사라져갔다.

미란다레트와 베로니카가 돌아간 뒤, 레티시엘은 손을 벌리고 불덩어리를 구축하고자 다시 한번 시도해보았다.

처음에는 변함없이 불꽃조차 나오질 않고, 손바닥에서 연기만 피어오를 뿐이었다. 잠시 동안 마도술식의 조합과 해체를 반복한 끝에, 겨우 불꽃 하나를 피웠다. 크기는 가느다란 촛불 하나의 빛 정도.

"……하아."

레티시엘은 주먹을 꽉 쥐어 불꽃을 끄고는 한숨을 내쉬었다.

태양의 마법진이 상쇄하고 있어서 북두칠성 마법진은 아직 불완전했고, 마소도 전부 소멸한 것은 아니었으나, 이래서는 불씨 정도밖에 만들 수 없다.

방금 전 결의를 새롭게 했다고는 하나, 마술을 다루는데 안성맞춤인 마력이 없는 자의 몸으로 이 정도의 술식만 전개할 수 있으니 앞으로 사라와의 결전에서 마술은 분명히 아무 도움도 되지 않으리라.

지금부터라도 마법과 연금술 연구를 하는 편이 좋을까. 다만, 마법 쪽은 이 이상 발전할 수 있을 정도의 잠재력이 없었고, 연금술도 자신이 사용할 수 없는 이상 연구하려도 해도 제약이 걸렸다.

무엇보다, 사라가 그렇게 대책을 세울 시간을 허용해줄지도 의심스러웠다. 현재 움직임은 없지만, 그저 폭풍전야의 조용함이라는 느낌이 들어 참을 수가 없었다.

"……아."

"?"

복도 저편에서 작은 목소리가 들렸다. 그 소리에 시선을 향하자, 지크가 이쪽을 보고 있었다. 마침 안쪽 복도의 모퉁이를 돌아 나온 모양이었다.

"지크……."

"……도로셀 님."

거북한 침묵. 두 사람은 서로 거리를 유지한 채 말없이 상대의 기색을 살폈다.

"……얼굴빛이 별로 좋지 않네요."

먼저 입을 연 것은 레티시엘 쪽이었다. 녹테트 산에서 같이 귀환한 뒤로 이제 겨우 며칠이 지났건만, 지크의 모습을 보는 것은 꽤나 오랜만이라는 느낌이었다.

잠깐 못 본 사이에 지크는 상당히 야윈 것처럼 보였다. 잠을 제대로 못 자는지, 눈 밑에는 희미하게 다크서클이 생겨 있었다.

"하하…… 요즘 식욕이 별로 없어서 말입니다……."

지크는 그렇게 말하고 희미하게 웃었다. 녹테트 산에서의 일이 꼬리를 끌고 있음은 명백했다.

데이비드의 공격으로 벗겨진 사라의 가면과 후드 아래에는, 지크와 닮은 얼굴이 있었다. 흑발의 지크에 비해, 그쪽은 백발에 두 눈이 붉다는 점 외에 다른 점이 없었다.

"……원인이, 뭔가요?"

정신을 차렸을 때에는, 그렇게 묻고 있었다.

"……예?"

"당신, 왠지 평소와 다른 것 같은 느낌이 들어요. 그렇게까지 당신을 고뇌하게 만드는 것은 뭔가요?"

"……저는, 특별히 변한 게 없는데 말이죠."

지크는 그렇게 말하고 고개를 숙였다. 양쪽 모두 그 자리를 떠나지 않고, 그저 말없이 서로 마주보고 서 있었다.

"제 아버지는, 무척 수수께끼가 많은 사람입니다. 새삼스레 저는 제 아버지가 어떤 사람인지 알 수가 없게 돼 버렸습니다."

"……지크의 아버님?"

갑자기 시작된 지크의 이야기에, 레티시엘은 의문을 느끼면서도 그 이야기에 귀를 기울였다.

"저는 아버지와는 면식이 없습니다. 또, 아버지의 뒷모습은 지금도 먼 옛날의 기억 속에나 머물러 있지요. 저는 멈춰버린 시간 속을, 줄곧 아버지의 그림자를 보면서 오늘까지 살아온 겁니다."

"그런가요……."

"저는 제가 아는 아버지 이외에는 알지 못하는데, 현실은 그곳에서 발을 멈추는 것을 허락하질 않습니다. 돌아갈 수 없어도 좋다고 재촉합니다. 이런 수렁이라는 것을 알았다면, 시간 따위 멈춘 채 있어도 좋았습니다."

"지크……."

"……묘한 애기를 해버렸군요. 죄송합니다. 대체 무슨 얘기를 하는 걸까……."

"아뇨, 딱히 상관은 없는데요……."

그건 정말로, 아버지에 대한 얘기인가요? 그게, 당신, 당장에라도 울 것 같은 얼굴을 하고 있어요. 지금의 얘기는 「결과」이지, 「원인」은 아니에요.

"……저는 아직 볼일이 남아서, 그만 가보겠습니다."

지크는 그런 말을 남기고 조금 거북한 공기를 띤 채 그 자리를 떴다.

"……."

지크는 틀림없이 레티시엘을 배려한 것이리라. 그랬기에 방금 전의 대응과 독백이 그가 할 수 있는 최대한의 고민의 표출이었을 것이다.

레티시엘은 자리를 뜨는 지크의 뒷모습을 지켜보면서 안타깝다는 마음을 품었다.

지크의 일이 마음에 걸렸다. 그렇게 고뇌하지 않았으면 좋겠다고 생각은 했으나, 더 이상 파고들 수 없었다. 지크가, 파고들게 하려고 만들지 않았다.

'……오래 알고 지낸 루카스 님이라면, 깊이 파고들 수 있었을까?'

어쩌면 아무도 그가 마음속에 끌어안은 뭔가를 끌어올려 공유해줄 수는 없는 것일까.

쫓아가면 바로 따라붙을 수 있을 정도로 물리적인 거리는 아직 가까웠지만, 지크와 자신 사이에 두껍고 투명한 벽이 있는 것 같은 느낌이 들어 견딜 수가 없었다.

막간 붉은 눈의 모순

루크레치아 학원 본관 1층에 있는 구호실.

휴교가 되었기 때문에 상주하던 구호원의 모습은 없었다. 아무도 없는 구호실에는 무기질적인 하얀 침대만이 차갑게 늘어서 있었다.

루카스는 구호실의 문을 열었다. 등에는 작은 체구의 노인이 업혀 있었다.

루카스는 입구에서 가장 가까운 침대에 업고 온 데이비드의 몸을 내려놓았다. 학원장실 앞에서 도로셀과 헤어진 뒤, 곧바로 이곳으로 왔다.

데이비드는 아직 잠들어 있었다. 방금전, 학원장실에서 이번 사태에 대해 이야기할 수 있는 정보를 모두 알려 주었다.

그리고 피로가 원인이 된 것인지 정신을 잃었다.

"……."

그러고 보면 녹테트 산으로 구하러 와주었을 때에도 데이비드는 피를 토하고 쓰러졌다.

데이비드는 자신을 정령과 인간의 혼혈이라고 말했다. 그 탓에 본래 인간으로서는 살 수 없는 400살까지 살 수 있었다고.

이 녀석의 몸은 이제 한계를 맞이한 것이 아닐까. 루카스는 그렇게 생각했다.

아무리 정령의 피가 섞여 있다고는 해도 절반은 인간이었다. 몸에 이상이 생겨도 이상하지 않은 나이는 이미 한참 전에 지났다.

루카스는 주위를 둘러보았다. 교직원이 없으니 이대로 잠든 데이비드를 방치하고 돌아갈 수는 없다.

그는 일단 가까이에 있는 찬장에 들어 있던 물병과 컵을 꺼내 물을 보충했다.

누군가의 간병을 하는 것은 오랜만이었다. 가족 이외라면, 그 스피리아 전쟁 이후로 처음일지도 몰랐다.

"……으."

침대 옆에 놓인 의자에 앉아 창밖의 풍경을 바라보며 잠시 그대로 멍하니 있으니, 작은 신음소리가 들렸다.

데이비드가 눈을 뜬…… 모양이었다. 자고 있어도 깨어 있어도, 이 녀석의 눈은 늘 풍성한 눈썹에 가려져 있는 탓에 알기가 힘들었다.

"일어난 거냐."

"……어이쿠. 루카스 님이십니까."

"그래. 일어날 수 있겠냐? 꽤 오래 자고 있었다. 거기 물이 있으니까 우선 마셔라."

"오오. 송구스럽군요."

데이비드는 물이 든 컵을 받아들고 단숨에 들이켰다.

"그런데, 저는 또 쓰러진 모양이군요."

자신의 일인데도 마치 남의 일인 것처럼 말했다.

아까 학원장실에서 피를 토했을 때에도 그랬다. 마치 언제 이 세상에서 사라져도 좋다고 말하기라도 하는 것 같은 어조였다.

그 말은 체념이나 허용과도 닮은 것 같은 느낌이 들었다.

루카스는 상상도 할 수 없는 세계였으나, 사람은 400년이나 산다면 자신의 생사조차 아무렇지도 않은 것처럼 생각하는 것일까.

"그래. 그래서 여기로 옮겨왔다. 그대로 학원장실에서 재울 수는 없잖아?"

"훗훗훗. 그것 참, 몹시 수고를 끼치고 말았습니다."

"상태는…… 보기에는 나쁘지 않은 것 같군."

실제로 어떨지는 제쳐두고, 데이비드의 얼굴빛으로 판단했을 때는 위험한 상태인 것처럼 보이지는 않았다. 적어도 얼굴에 혈색은 돌아온 것 같다.

"너무 무리하지 말아줘. 그렇게 몇 번이나 쓰러지면 몸이 몇 개가 있어도 부족하잖아."

"나이가 나이이니 말입니다. 체력이 여러모로 쇠해서 참 곤란합니다."

"……뭐 어쨌든, 몸조리를 해라. 우선은 그게 먼저다."

정말로 체력만의 문제인지 의문이었으나, 루카스는 굳이 본인에게는 묻지 않았다. 그런 것을 물어도 아무 의미가 없을 테니까.

“걱정해주셔서 황송하군요……. 루카스 님에게는 여러 가지로 폐를 끼치고 말았습니다. 그 이야기도 갑자기 들으셔서 놀라셨지요?”

“분명히 놀라긴 했다만, 네가 신경 쓸 일은 아니겠지.”

방금 전 학원장실에서 루카스가 도로셀과 함께 들은 일련의 이야기에 대한 말일 것이다. 루카스는 팔짱을 끼고 그때를 돌이켜보았다.

“오히려 처음 듣는 정보들뿐인 덕분에 현재 상황에 대해 잘 이해할 수 있었다. 감사는 할지언정 민폐라고 생각하지는 않아.”

“그렇게 말해주시니 감사하군요.”

데이비드가 안도한 듯 어깨의 힘을 뺐다.

들은 내용에 입각해, 우선 할 수 있을 것 같은 일은 빠져 있다는 두닉스의 마지막 유산을 찾아내 태양의 마법진을 완성하는 일이리라.

그렇게 한다면, 하늘에 펼쳐진 마법진의 효과도 없앨 수 있을 터. 마술이 봉쇄당한 이상, 이쪽이 전력을 내는 일도 불가능했다.

저 마법진이 있는 한 일방적으로 불리할 뿐이었다. 마술을 사용하지 않는 루카스는 그다지 관계없지만, 도로셀이라는 비장의 카드가 봉쇄당한 것은 꽤 뼈아픈 문제다.

"유산의 건에 대해서는, 내 쪽에서도 여러모로 알아보겠어. 밑져야 본전일지도 모르겠지만, 아무것도 하지 않는 것보다는 낫겠지."

"면목없습니다. 적어도 후보 정도는 말씀드릴 수 있었다면 좋았을 텐데 말입니다……."

"없는 것을 탓해도 소용없지. 인간은 만능이 아니야. 모르면 모르는 대로 노력하면 돼."

"그렇, 군요……."

데이비드의 눈썹이 튀어 올랐다. 루카스는 저도 모르게 고개를 갸웃거렸다.

"왜 그러는 거냐? 또 뭔가 걱정거리라도 있는 거냐?"

"아니요. 걱정거리라고 할 것은 아닙니다만……."

"그럼 뭐냐. 말해도 상관없어."

"도로셀 양의 일로, 말입니다……."

데이비드는 고개를 끄덕이긴 했으나 구체적으로 이야기하지 않았다. 만능이라는 단어에 반응한 것처럼 보였는데, 그것이 어떻다는 것인가.

"루카스 님. 그 아이는 대체 누구일까요?"

"뭐? 누구라니, 그 녀석은 도로셀 이외에는 아무도 아니잖나."

"그건 물론 그렇습니다만, 참으로 신기한 아이라고 생각해서 말입니다……."

"으음…… 뭐, 별난 녀석이기는 하지. 갑자기 엉뚱한 일을 시작하거나 뜬금없는 소리를 해대거나 하니까. 그 점이 재미있는 점이지만."

"아니요, 그런 의미에서 신기한 것이 아니라는 말입니다."

"응?"

아무래도 대화의 의도가 다소 어긋나 있던 모양이었다.

대화가 미묘하게 맞물리질 않았다. 루카스는 이 이상 말하면 취지가 혼선될 것 같다고 판단해, 우선 듣는 것에 전념하기로 했다.

"녹테트 산에서 그 사람이 도로셀 양에게 했던 말을, 루카스님도 들으셨지요?"

"……그 사라라는 남자가 말했던, 붉은 눈 말이지? 주술을 매개할 때 필요불가결한, 돌 같은 것이라는 이야기였지."

시계탑의 나선계단에서 정체불명의 결계에 사로잡혔던 루카스와 지크는 갑자기 나타난 데이비드에게 구조되어 전망대…… 도로셀이 있는 장소로 탈출할 수 있었다.

그리고 탈출 직전, 결계 너머로 도로셀과 사라의 대화가 들려왔다.

—붉은 눈을 가진 자는, 주술의 선택을 받은 아이이다.

그 소년은 분명히, 도로셀을 향해 그렇게 말했다.

"그렇습니다. 붉은 눈을 갖지 못한 자는, 후천적으로 주석을 체내에 박아 간신히 주술을 다룰 수 있게 되지요."

"그것이, 도로셀과 무슨 관계가 있는 거냐?"

"……그 아이의 왼쪽 눈도, 붉습니다. 주술을 다루는 선천적인 자질을 갖고 있지요."

데이비드는 방의 천장을 멍하니 올려다보며 조금씩 이야기를 시작했다.

"하지만 주술이라는 것은 체내에서 마력과 마소를 연성해 폭발시키는 것으로 공격으로서 표출하는, 자신의 생명을 깎아먹는 능력입니다. 마법도 연금술도, 그 연구 과정에서 태어난 잔재에 지나지 않습니다."

"……우리가 사용하는 힘의 기원이었던 건가."

"그렇습니다. 부모에게서 분리된 것에 지나지 않지요."

"……."

루카스는 자신들이 무의식적으로 주술과 연관된 힘을 사용하고 있었다는 사실은 마음에 들지 않았다. 하지만 과연. 그 말을 듣고 보니 분명히 묘한지도 몰랐다.

마력을 갖지 않아서 애초에 주술을 사용할 수도 없는 도로셀이, 무엇을 위해 주술적 재능을 타고난 것일까.

"다만, 붉은 눈을 갖고 태어나는 건 운이잖아? 우연이 겹쳐서 때마침 그렇게 된 것뿐이라는 가능성은 없는 거냐?"

"……내가 봐 온 400년의 세월 속에서, 그 아이와 같은 사례를 본 적은 한 번도 없습니다. 보통이라면, 같이 존재할 수 없는 것이지요."

루카스의 말에 데이비드는 고개를 좌우로 흔들었다.

"마력과 마소는 본래 상반된 것입니다. 마력은 사람의 생명력으로 만들어져 순환되는 힘으로, 그것에 마소라는 이분자는 개입할 수 없을 터입니다."

마력이 생명력이라는 개념은 처음 듣는 말이었다. 지금까지 그런 연구 결과는 나온 적도 없고, 생각해 본 적도 없었다.

그러나 아르마 리액터에 연결되었던 사람들의 말로를 생각하면, 아마도 진짜로 그러한 것이리라.

"그렇기에 마력은 마소에 대한 저항력이 됩니다. 마력이 많은 자는 설령 붉은 눈을 갖고 있다고 해도 주술을 다루는 것이 어렵고, 마력이 적은 자는 쉽게 주술에 삼켜집니다."

"……잠깐. 그렇다는 건, 도로셀 녀석, 주술에 저항력이 전혀 없다는 거냐?!"

"예. 그러니 그 분이 참 신기한 겁니다."

붉은 눈과 마력이 없는 자. 주술의 그릇으로서 가장 무방비할 터인데, 그녀는 사악한 기운에 의한 정신 침식을 전혀 받지 않았다. 그렇게, 데이비드는 신기하다는 듯이 말했다.

"흠……."

루카스는 왠지 모르게 데이비드가 말하려는 내용이 파악되기 시작했다.

즉, 데이비드는 본래 함께 갖춰질 리 없을 터인 마력이 없는 체질과 붉은 눈이라는, 상반되는 속성을 갖고 태어난 도로셀이 수수께끼라고 말하고 싶은 것이었다.

심지어 마력에는 주술의 침식에 대항하는 저항력이라는 기능도 있었다. 마력을 갖고 있는 것으로, 주술의 장기로부터 어느 정도 정신을 지킬 수 있기도 했다.

그것이 없는 상태임에도, 도로셀이 주술의 영향을 전혀 받지 않는 일도 묘한 일일 것이다.

거기까지 듣자…… 루카스도 도로셀이 신기하다는 말이 이해가 되는 것 같았다. 그 녀석 자신이 수수께끼를 하나 숨기고 있었다. 그것도 꽤 큰 수수께끼를.

“그럼 마력이 없는 자는 대체 뭐냐? 그 말투로는, 인간은 살아있는 한, 모두 마력을 갖고 있어야 이상하지 않잖아.”

“이론상으로는 그렇게 되지요.”

허나 모든 일에는 예외는 있습지요. 데이비드는 그렇게 말을 계속했다.

“생명력은 사람에게는 빼놓을 수 없는 것입니다만, 그것을 마력으로 만드는 공정은 필수적인 것이 아닙니다. 때문에 마력을 갖지 않고 태어나는 자가 때때로 있는 것이지요.”

“그것이, 도로셀 같은 녀석이라는 건가…….”

한참 전의 일이긴 했으나, 도로셀은 이 세계 마법의 연비가 나쁘다는 것을 한탄하곤 했다. 나쁜 것이 당연하리라. 여하튼, 생사와 직결되는 힘이니까.

통상적이라면, 마력을 소비할 때 인간은 몸과 마음에서 본능이 제한을 걸고 있다.

그것을 무시하고 제국의 아르마 리액터처럼 강제적으로 추출하면, 인간은 살아있을 수 없게 된다.

마법을 숭상하며 마력의 많고 적음으로 인간의 우열을 재는 지금의 상류계급은, 도를 넘으면 스스로를 멸할 가능성도 품고 있다는 뜻이 되었다.

"뭐, 생각해봐도 역시 모르겠습니다만."

"이 이야기, 그 녀석에게 안 해도 괜찮은 거냐?"

"도로셀 양은 마술이 봉쇄된 것에 충격을 받으셨습니다. 상황개선에 도움이 되지 않는 일을, 굳이 이 타이밍에 알릴 건 없겠지요."

"……그것도 그런가."

애초에 도로셀은 마력이 없는 자…… 생명력을 마력으로 바꾸는 공정을 갖지 못한 자였다.

지금 마력에 대해 그녀에게 이야기해도 사태의 해결로 이어지지는 않으리라.

마력의 본질이 열쇠가 된다면, 이 일을 상당히 전부터 알고 있었던 데이비드가 이미 규명했을 터였다.

마법을 앞으로 어떻게 할 것인지는 생각해 볼 문제였으나, 그것도 지금 할 일은 아니었다.

"그 얘기를 들을 수 있어서 다행이군. 고맙다, 데이비드."

루카스는 그렇게 말하고 웃었다. 마법을 주로 사용하는 자신에게는 매우 유의미한 정보였다.

"감사 인사를 들을 만한 일은 아무것도 하지 않았습니다."

게다가 루카스의 경우, 마법 외에 마력을 잡아먹는 의수가 또 있었다. 앞으로 전투 시에는 마법사용 빈도를 조정하는 것을 고려하는 편이 좋을 것 같았다.

"저, 루카스 님."

"뭐냐?"

"도로셀 양을 잘 부탁합니다."

데이비드가 방금 전 이야기할 때와는 180도 달라져서, 갑자기 온화한 어조로 그런 말을 꺼냈다.

"갑자기 왜 그러는 거냐? 꼭 유언 같은 말이군."

"유언…… 딱 맞는 표현이군요."

"바보. 그러지 마라."

지금 상태의 데이비드가 말하자 전혀 농담으로 들리질 않았다. 루카스는 데이비드를 노려보았다. 그러자, 데이비드는 대단히 타격을 받은 기색도 없이 어깨를 움츠려 보였다.

"네가 그렇게 말하지 않아도 그 녀석을 내치거나 하지는 않아. 이래도 일단 그 녀석의 보호자이니 말이지."

피리아레기스 공작가가 몰락하고 도로셀이 평민이 된 뒤에도 그녀의 감시역은 줄곧 루카스가 맡고 있었다.

무엇보다, 임명된 뒤로 전쟁이니 뭐니 해서 여러 사건이 너무 많아서 스스로도 잊어버릴 것 같지만.

게다가 도로셀은 그런 성격과 외모 탓에 차분한 것처럼 보였고, 실제로 본인도 담담하게 있는 것 같았다.

다만, 오래 알고 지내온 루카스는 알 수 있었다. 그렇게 보이는 것뿐이지, 의외로 그렇지 않다는 것을.

그 아이는 때로는 당치도 않은 거친 일을 해치우기도 하고, 자기 자신도 제쳐놓고 타인을 구하기도 했다. 여러 가지 의미에서 눈을 뗄 예정은 없었다.

"하지만 너도 있어주지 않으면 곤란하다. 나 혼자서는 다 커버할 수 없는 부분도 있어."

"그 녀석이 그 팔을 맡겼다면, 전부 맡길 수 있습니다."

"팔? 무슨 소리냐?"

갑작스러운 말에 루카스는 그렇게 되물었다. 그러자, 데이비드는 천천히 루카스의 팔을 가리켰다. 그것은…… 과거에 하룻밤 잠자리를 빌려줬던 남자가 남기고 간 의수였다.

"너, 그 말투로는 이것이 뭔지 짐작 가는 곳이 있는 것 같군."

"훗훗훗…… 제가 만든 것이니 말입니다."

"……뭐? 그런 거냐?"

루카스는 놀랐다. 마력을 흡수해 멋대로 가동하는, 구조도 잘 알 수 없는 이 의수는 대체 누가 만든 것인가. 줄곧 마음속 한 구석에서 의문으로 여기고 있었다.

그것이 설마, 오랫동안 동료로서 옆에 있었던 데이비드였다고는 조금도 생각하지 못했다.

"뭐, 정확히 말씀드리면 공동제작으로 만들어진 것이지만 말입니다. 제가 만든 것은 그 의수의 모형과 본체뿐입니다. 안의 구조물을 만든 것은…… 그 남자입니다."

"……설마, 두닉스인가."

그 이외에는 생각할 수 없었다.

그렇다면 그날 밤, 루카스가 잠자리를 빌려준 로브 차림의 정체불명의 남자가 모든 열쇠를 쥐고 있던 음유시인 두닉스였던 것이다.

"그 남자는 그것을 유산의 모체로 쓰려고 했습니다. 허나 태양의 마법진의 시작(試作)을 위해 내부에 짜 넣은 회로 탓에 오히려 모체로서는 기능할 수 없게 되어버려서 말입니다."

"흐응. 그것이 없었다면, 이 팔은 예의 두닉스의 유산이니 하는 것이 됐을지도 모른다는 건가……."

그리고 지금 이렇게 루카스의 팔로 기능하는 일도 없었으리라. 정말이지 묘한 운명도 있다고 생각지 않을 수 없었다.

"나는 껍데기를 만든 것에 불과해서 말입니다. 그 뒤 두닉스 녀석이 그것을 어쨌는지는 몰랐는데…… 설마 루카스 님의 팔이 되어있었을 줄이야. 깜짝 놀랐습니다."

"뭐야, 놀란 건 서로 마찬가지잖아."

"필연 같은 우연이라는 것도 아직 쓸만하군요. 훗훗훗."

데이비드가 웃었다. 그에 이끌려 루카스도 웃었다. 두 사람의 웃음소리가 텅 빈 구호실에 조용히 울려 퍼졌다.

의수의 기능에 대해서는 날을 다시 잡아서 듣기로 했다. 데이비드가 의수를 만든 사람인 이상 묻고 싶은 것은 산처럼 많았으나, 지금은 그를 쉬게 해야 한다.

"저는 여기서 좀 더 쉬겠습니다. 루카스 님은 다른 일을 보셔도 됩니다."

"이제 괜찮은 거냐?"

"예. 지금은 아직 픽 쓰러지거나 하지는 않을 테니 걱정하실 필요 없습니다."

"오히려 안심이 안 된다만……."

어디까지가 본심인지. 루카스는 이럴 때에도 어딘가 표표한 데이비드의 태도에, 맙소사 하고 탄식했다.

"알았다. 무슨 일이 있으면 불러라. 거기 머리맡의 종을 울리면 나한테 전달되도록 되어 있어."

"어라. 우리 학원의 설비는 어느새 원격조작까지 가능하게 된 겁니까?"

"바보자식. 몇 년도 더 전부터다."

"아아…… 알아차리지 못했군요."

"그거야 네가 평소부터 대도서실에 틀어박혀 있기만 했으니까 그렇겠지."

"오오, 분명히. 말을 듣고 보니 그럴지도 모르겠습니다……."

이렇게 아무 영양가 없는 대화를 나눌 수 있는 점을 보건대, 정말로 지금은 상태가 안정된 모양이다.

루카스는 정기적으로 상태를 보러 오겠다는 말을 남기고 구호실에서 나왔다.

일단, 우선은 대도서실로 돌아가자. 대도서실을 나오고 시간이 꽤 흘렀다. 예의 회의도 슬슬 끝났으리라.

데이비드가 들려준 정보는 상당한 중요한 안건이었다. 두 전하에게도 공유해 두지 않으면 않되리라.

그리고 의수에 대해서도 이번에야말로 본격적으로 조사를 해야한다. 열쇠가 될 가능성이 있는 이상, 주저하고 있을 수 없었다.

루카스는 발소리 높게 걷기 시작했다. 복도를 비추는 오렌지색 램프가, 그 그림자를 길게 창문에 비추었다.

체크메이트까지는 아직 유예가 있을지도 몰랐다.

3장 박암행로

경계심을 강하게 하고 있을 때는 꼭 아무 일도 일어나지 않는 법으로, 데이비드의 이야기를 듣고 이틀이 지났다.

레티시엘의 주위에도, 왕도 주변에도 딱히 이변은 없었다. 국경 쪽에서는 변함없이 보고가 들어오고 있는 것 같았으나, 적어도 그것은 시정에까지 내려오지지는 않았다.

“아가씨. 차를 가져왔습니다.”

“고마워요, 루빅. 거기 놔줄 수 있을까요.”

이곳은 왕도 교외에 있는 레티시엘의 저택. 매일 학원에 의미도 없이 오가봤자 별 수 없었기 때문에, 지금은 자신의 집에서 여러 모로 문헌 등을 읽고 있는 참이었다.

레티시엘은 가볍게 어깨를 풀어주고는 루빅이 가져다 준 차를 바로 입에 가져갔다. 딱 좋게 피어오르는 허브 냄새가 기분이 상쾌했다.

“……그러고 보면, 이 집의 물품들은 어떻게 되었나요?”

허브티를 마시면서 레티시엘은 문득 그런 생각을 했다.

이미 물가의 폭등이 시작되었다고 들었다. 하늘에 날리는 검은 입자 탓에 작물에 괴멸적인 피해가 나오고 있기 때문이리라.

최소한의 간결한 생활을 해 온 이 집에는 아직 영향은 없었다. 그러나 금전 등의 관리는 주로 루빅에게 맡겨놓고 있었기 때문에, 레티시엘은 상황을 들어두고 싶었다.

또한, 니콜이 현재 고향에 귀성한 상태였다. 이번 소동으로 본가 쪽에서도 어머니가 검은 입자 때문에 건강이 나빠져 며칠 전 급하게 돌아간 참이었다.

"물품들 말이십니까? 뭐, 현재로서는 아직 어떻게든 변통할 수 있지 않을까, 그렇게 생각합니다."

"자신이 없는 것 같군요."

"자신이 없다고 할까요, 앞날이 보이지 않는 상황이 불안하다고 할까요……."

루빅은 그렇게 말끝을 흐렸다. 그 감정은 누구나가 지금 안고 있는 감정이리라. 레티시엘 역시 그 감정을 품고 있었다.

"현재, 보급을 하지 않아도 저택의 비축분으로 며칠은 버틸 수 있을 거라 생각합니다."

"평소부터 저장을 의식해 온 것이 주효했네요……."

"그렇죠…… 다만, 이 상황이 몇 주간이나 계속된다면 아무리 비축분이 있다고는 해도 버틸 수 없을 것 같습니다."

"……."

레티시엘의 집만이 아니라, 전 대륙의 국민들에게도 괴로운 나날이 이어질 것은 틀림없었다. 제한시간까지는 그리 오래 남지 않았다.

그런데도 아직 그럴듯한 타개책이 없는 것이 안타까웠다. 사라는 대체 무엇을 꾸미고 있는 것일까…….

"그럼 저는 저장고 정리를 하고 오겠습니다. 아가씨는 편히 쉬고 계십시오."

"알았어요. 고마워요, 루빅. 당신도 제대로 쉬도록 해요."

"배려 감사합니다, 아가씨."

루빅이 인사를 하고 방을 나갔다. 어제와 비교해 눈 밑의 다크서클이 한층 더 진해진 것 같았다. 어젯밤에도 잠을 별로 못 잔 것이리라.

틀림없이 스스로는 챙기지 않을 테니, 나중에 불면에 잘 듣는 허브티라도 타서 갖고 가자. 레티시엘만 마셔봤자 정작 필요한 사람에게 도움이 되지 않는다면 의미가 없었다.

게다가 홍차라면 몰라도, 허브티 정도라면 레티시엘도 탈 수 있을 터였다. 허브에 대해서도 조사를 해야겠다…….

레티시엘은 책상 위에 펼쳐놓은 가죽표지의 책들을 바라보았다. 모두 저택의 서고에서 갖고 온 것들이었다.

사라가 천 년간 다양한 인생으로 전생했다는 말을 듣고, 역사를 살피면 의심가는 인물을 찾을 수 있지 않을까 하는 생각에 이렇게 서적과 마주하고 있었다.

그 인물들의 궤적…… 말하자면 사라의 과거 행동을 더듬어서, 뭔가 실마리가 될 만한 정보를 얻을 수 있지 않을까. 그렇게 생각한 것이었다.

'하지만…… 역시 그렇게 잘 풀리지는 않네.'

대륙 천 년의 역사를 거슬러 올라가, 각국의 역사는 물론 성인의 위인전도 읽어 본 결과, 분명히 『이건 사라의 전생체였는지도 모르겠다』라는 인물은 있었다.

상당한 수였기 때문에 도중부터 세는 것을 관뒀지만, 적어도 열 손가락으로는 부족했다. 천 년이라는 세월이 얼마나 긴 지를 실감했다.

그러나 그럴듯한 인물을 발견해도 실제로 전기나 역사에 위업, 패업으로 기록된 내용은 극히 표면적인 내용뿐이었다. 게다가 그것들마저도 후세의 인간은 필요 이상으로 미화하거나 했다.

때문에 당연히 그 기록들에서 사라의 행적을 읽어내는 일은 모래밭에서 바늘을 찾는 것 같은 어려운 작업이었다.

지금 펼치고 있는 책은 성인전. 전승으로 전해지는 성인들의 도감 같은 것이다. 마침 『성 레티시엘』이라는 이름이 지면을 채우고 있었다.

'이것도, 아마도 사라의 전생체라고 생각하지만…….'

구 공작령의 반란 때에도 한 번 들은 적이 있는 이름. 이명으로 『학살의 성녀』라고 쓰여 있는 점이 의심스러웠다. 대체 무슨 짓을 저지른 것일까.

이런 위험한 별명이 붙은 탓인지 성 레티시엘에 대한 기록은 극단적으로 적었다. 유례가 없는 미모와 지성을 갖고 있었다는 점과, 라피스 국의 여명기 때 살았다는 점. 나머지는…….

'……『정령의 가호를 받은 몸』이라는 건 무슨 뜻일까?'

성 레티시엘의 이명 뒤에는 그런 단어가 있었다. 낯선 칭호였다. 무엇을 의미하는 단어일까.

레티시엘이 기억하는 한, 정령이라는 종족은 애초에 인간에게 가호를 내려주거나 하지 않았다. 정령이 마음에 들어 하는 인간은 있으나, 그렇다고 해서 정령이 그 인간을 지켜준다는 보장은 없었다.

기본적으로 정령이란 인간계와는 동떨어진 존재로, 일시적인 변덕으로 이쪽으로 넘어와 인간과 섞여 놀더라도 인간과 깊은 친분을 쌓는 일 없이 다시 자신의 세계로 돌아갔다.

성 레티시엘은 무슨 특이성이 있어서 후세에 이런 칭호가 전해지게 된 것일까…….

정령에게 직접 물어보고 싶었으나, 마법진이 기동한 이후로 아직 한 번도 모습을 보지 못했다. 마법진이 마소를 변질시키는 이상, 마소를 만들어내는 정령이 무사하리라고는 생각하기 힘들었다.

'다들, 아무 일 없으면 좋겠는데…….'

레티시엘은 티나와 디트가 언제나 찾아오는 방향을 응시했다. 역시 기척은 없었다.

"……하아"

결국, 문헌은 그다지 기대할 수 없다고 확인한 시간이었다. 레티시엘은 책을 덮었다.

창문으로 검은 구름이 퍼져나가는 하늘을 바라보며 이후의 예정을 생각했다. 현재 레티시엘이 불려갈 만한 상황은 발생하지 않았다. 루카스에게 호출에 대비해 대기하고 있으라는 말을 들었다.

다만, 이런 사태 속에서 집에서 한가하게 시간을 주체하지 못하고 있을 수 있을 리도 없었다. 문헌조사 이외에 무엇을 할 수 있을까. 레티시엘은 머릿속에서 후보를 나열해 모색했다.

'……학원에 갈까.'

머릿속에 떠오른 안은 순식간에 채택되었다. 레티시엘은 외출준비를 하기 위해 옷장으로 향하며, 학원에서 할 일을 떠올렸다.

"……."

레티시엘은 별 생각 없이 뒤를 돌아보았다. 아무도 없을 뿐더러, 아무 소리도 나지 않았다.

최근……이라기보다는, 마법진이 발동된 이후, 누군가가 뒤에 있는 것 같은 느낌이 드는 일이 몇 번인가 있었다. 당연히 돌아봐도 아무도 없었기에 기분 탓인 것은 분명했지만, 왠지 모르게 가슴 속이 개운하지 않았다

마치 누군가가 지켜보고 있는 것 같은, 그런 감각. 나를

부르는 것은, 대체 누구일까.

***

휴교가 이어지고 있는 루크레치아 학원의 정문은 한산했다.

많은 사람이 모이는 회의도 예정되어 있지 않은 탓인지 드나드는 사람은 드물었다. 레티시엘은 목적지를 향해 정문을 통과했다. 오늘은 마차를 이용하지 않고 도보로 학원까지 왔다.

평소에는 전이마술을 쓰는 일이 많았고, 마차를 이용해도 루빅에게 마부를 맡겼다. 하지만 지금은 전이마술을 발동할 수 없을 뿐 아니라, 루빅은 저택의 일로 필요 이상으로 신세를 지고 있었기 때문에 부탁을 하지 않았다.

레티시엘은 본관 현관에 들어섰다. 문 근처는 텅 비어 있었으나 내부에는 직원이나 교원들이 있었기 때문에 사람이 그럭저럭 왕래했다.

아마도 루카스의 배려이리라. 갑옷을 입은 남자들도 있다고 생각하면서, 레티시엘은 홀을 지나쳐 훈련장 앞까지 왔다.

오늘 레티시엘이 학원에 온 이유는 이곳을 사용하기 위해서였다. 이 장소는 마술을 다양하게 시험해볼 수 있어 실로 편리했다.

'……아무도 없구나.'

학생이 사용하는 장소이니, 정작 중요한 학생이 없는 지금 비어있는 것은 당연한가.

레티시엘은 마법연구회의 활동 장소로서 줄곧 확보해두었던 가장 안쪽 부스로 향했다. 이용자가 없어 관리가 소홀해진 것인지 단단하게 다져진 흙의 갈라진 틈에서는 잡초가 얼굴을 내보이고 있었다.

레티시엘은 훈련장에 설치된 과녁 앞에 섰다. 그녀가 오늘 이 마법훈련장에 온 것은, 오로지 마술이 현재 놓인 상황을 확인하기 위해서였다.

사라가 전개한 북두칠성의 마법진의 영향으로, 대륙 전체의 마소를 쓸 수 없게 되었다. 그 탓에 마소를 연료로 삼는 마술도 같은 타격을 받고, 쓸 수 없게 되었다.

그러나 마법진은 미완성이기도 해서 미약하게 살아남은 마도술식도 있었다. 어느 마술을 아직 쓸 수 있고, 어느 것을 쓸 수 없는지. 혹은 앞으로는 어떻게 싸우면 좋을지.

그 시행착오를 하기 위한, 시간이었다.

레티시엘은 부스 안에 놓인 시계를 확인했다. 검게 물든 하늘 탓에 시간 감각은 이미 흐트러졌는데, 시계의 방향을 보니 지금은 정오인 것 같다. 실험에 열중해서 한밤중이 되거나 하지 않도록 조심해야겠다.

"자, 그럼……."

무엇부터 확인할까. 잠시 생각한 결과, 우선 속성별로 시험해보기로 하고 불 속성부터 시작했다.

레티시엘은 표적을 향해 불덩어리의 술법을 발동했다. 손바닥 앞에 마도술식이 전개되고, 작게 만들어진 불꽃 덩어리가 재빠르게 과녁으로 빨려 들어갔다.

잠시의 침묵을 거친 뒤, 얇은 천주머니가 터지는 것 같은 작은 폭발음이 들렸다. 시선의 끝에 있는 과녁에는 조금의 파손 흔적도, 검게 탄 흔적도 발견되지 않았다.

기초술식이라고는 하나, 역시 상당히 위력이 떨어져 있었다. 이래봬도 할 수 있는 만큼 힘을 압축해, 현재 낼 수 있는 최대위력으로 발사했다고 생각했는데…….

'……이래서는 도저히 실전에서 쓸 수 없겠네.'

훈련용 과녁 하나 파괴할 수 없으니 전투에서는 조명이나 불씨 정도의 도움만 될 것이다.

그것보다 고도의 불 속성 마술도 발동하려고 시도해 보았으나, 술식은 전개 도중 구축이 완료되기 전에 확산해 불발로 끝나고 말았다.

원인은 아마도 연료 부족이리라. 복잡한 술식일수록 구축이나 기동과정에서 소모하는 마소의 양이 많았다.

때문에 마소가 변이되어버린 지금, 틀림없이 공기 중에는 이 술식의 발동을 지탱할 수 있을 정도의 마소가 남아 있지 않았다.

즉, 불속성 마술 중에서 현재 사용 가능한 것은, 가장 약한 기초술식뿐인 것 같다. 꽤나 미덥지 못했다.

처음이 이래서야 뒷일도 쉽게 상상이 되는걸……. 레티시엘은 다른 속성들의 결과도 예상이 갔다.

불 속성의 실험이 끝났으면 다음에는 물 속성. 그 다음에는 바람, 흙, 번개의 방식으로 리듬감 있게 진행해 나갔다.

왜냐하면, 실험하지 않은 빛과 어둠 이외의 5속성은 무엇 하나 빠짐없이 전투를 감당할 수 없을 정도로 술식의 위력이 저하되어 있었기 때문이었다.

"……."

그리고 지금 5속성의 실험을 모두 마친 참이었는데, 아직도 깨끗하게 남아있는 과녁을 복잡한 심경을 바라보았다.

정확하게는 일부가 푹 파이거나, 베인 자국이 여러 군데 생기거나, 검은 얼룩과도 같은 탄 자국이 생기기는 했으나 전체적으로는 큰 상처는 나지 않았다.

원래라면 불덩어리 하나만으로도 저 과녁은 이미 폭발해 흩어졌을 정도였으니, 위력의 차이는 명백했다.

'곤란하네…… 설마 이렇게까지 쓸모없게 되었다니…….'

레티시엘이 예상했던 것보다 상황은 훨씬 심각했던 것 같았다.

수많은 마도술식 중에서 공격 마술은 압도적으로 5속성에 편중되어 있었다. 다섯 가지 속성의 마술이 이 모양이어서는 공격수단으로서의 마술은 실질적으로 쓰지 못할 것이리라.

'이 상태로는, 남은 속성들도 가망이 거의 없겠네…….'

이것은 점점 더 마술을 사용하지 않는 전투법을 진심으로 모색해야만 할지도 모르겠다.

그런 생각을 하면서, 레티시엘은 일단 순서대로라는 이유로 빛속성 술식의 실험으로 넘어갔다.

빛속성의 술식에는 공격성이 있는 것은 적었다. 기본적으로 결계나 치유, 수비나 후위용 효과들이 있었다.

"……아."

발동됐다. 반 정도밖에 기대하지 않은 탓에, 레티시엘은 저도 모르게 작게 소리를 흘렸다.

반투명한 옅은 노란색의 막이 레티시엘 주변을 작게 물결치는 수면처럼 일렁일렁 흔들리며 감싸고 있었다. 분명……결계였다.

지금까지의 결과가 처참했기 때문에 발동에 제대로 집중하지도 않았으나, 그래도 일단 술식이 발동한 건 놀라운 일이었다.

레티시엘은 일단 마술을 해제하고 이번에는 술식을 압축하면서 재발동했다. 방금 전보다 강한 빛을 내뿜는 결계가 전개되었다. 위력도 제대로 올라간 것 같았다.

레티시엘은 어느 정도의 공격까지 방어할 수 있는지 결계의 위력을 검증하고 싶었다. 하지만 공격해 줄 상대가 없었기 때문에 스스로 검증을 실시했다. 한쪽 팔에만 결계를 집중시키고, 근처에서 주운 돌을 결계를 향해 내리찍었다.

돌덩어리들끼리 부딪치는 것 같은 둔탁한 소리. 있는 힘껏 휘두른 돌조각의 끝은 가볍게 피부를 파고들었을 뿐, 피가 흐르지는 않았다.

아무래도 돌 정도의 내구성을 가진 물체라면 상처 없이 막아낼 수 있을 것 같았다. 그것보다 단단한 철이나 다른 금속쯤 된다면 상처없이 끝날 것 같지는 않지만…… 어느 쪽이든, 실전에서 결계를 사용하는 우위성은 상실되었다는 것인가.

결계로 가능한 한 적의 공격을 막아내어 아군의 부상자를 줄이는 일이, 홈에서의 결계마술의 의미였는데…….

'……하지만 그때에는 전혀 쓸 수 없었는데…….'

레티시엘은 시계탑에서의 일을 떠올렸다. 사라의 마법진이 발동한 직후, 레티시엘은 그 장소에서 결계마술을 쓸 수 없었다.

그때에는 냉정함과 집중력이 부족했기 때문에? 아니면 데이비드가 말하는 태양의 마법진의 발동 시차에 걸려버려서? 그렇지 않으면 그곳이 북두칠성진의 영향을 한층 더 강하게 받고 있어서?

"……."

가슴이 술렁거렸다. 또였다. 누군가가 보고 있다고 할까,

부르고 있다고 할까, 안쪽에서 뭔가가 끓어오르려고 한다고 할까…… 잘 설명할 수 없는 느낌.

무엇을 생각하든 막다른 골목이라, 레티시엘은 지금은 실험에 정신을 집중하기로 했다. 치유계의 마술은 어떨까. 발동은…… 할 수 있을 것 같았다.

레티시엘의 손에는 치유마술의 술식이 완전한 형태로 전개되었다. 레티시엘은 방금 전 검증에 사용한 돌조각을 그대로 이용해, 이번에는 평범하게 팔을 찔렀다. 통증과 함께 붉은 물줄기가 가늘게 팔을 타고 흘렀다.

그녀는 치유마술을 발동한 채 상처에 손을 가져갔다. 치유의 빛이 상처 입은 자리를 덮고, 빛의 입자가 주위에 흩날리면서 주변을 희미하게 비추었다.

잠시 기다리자, 빛은 저절로 약해졌다. 빛이 완전히 꺼졌을 무렵에는 돌 때문에 생긴 팔의 작은 상처는 흔적도 없이 사라졌다. 이 정도의 상처라면 치유할 수 있는 것 같았다.

검에 베인 상처도 만들어 검증하고 싶은 마음이 있었으나, 만에 하나 약체화 때문에 치유 효과가 상처를 따라가지 못한다면 큰 문제였다. 그래서 그 이상은 그만두기로 했다.

덧붙여, 정화마술도 발동할 수 있었다. 정화할 수 있는 대상이 없어서 효과까지 시험해볼 수는 없었지만.

'그렇다면, 현재 살아남은 건 결계와 치유, 그리고 정화 마술 정도라는 걸까……?'

레티시엘은 결론을 내기 전에 남은 어둠과 무속성의 검증도 진행했다. 어둠속성은…… 결과가 그다지 훌륭하지 못했다.

범용성이 높은 5속성의 술식과 비교해, 어둠 마술의 술식은 대부분 규모가 컸다. 수도 많지 않고, 북두칠성진의 효과가 발동 중인 지금, 그렇게 되는 것도 어쩔 수 없으리라.

'일단 발동할 것 같은 느낌은 있는데…….'

몇 번인가 도전했지만 끝이 나지 않았기 때문에 도중에 그만두었다. 어느 쪽이든 원래부터 어둠속성의 마술은 별로 사용하지 않기도 했고.

무속성은 딱 잘라 말할 수 있는 결과가 나온 것은 아니었으나, 아마도 쓸 수 있지 않을까 싶었다. 수가 적은 무속성의 신체강화마술은 실제로 발동했고, 움직여보니 효력도 제대로 붙어 있었다.

무속성 하나로만 된 술식은 많지 않았다. 무속성은 기본적으로 다른 속성의 술식과 같이 사용해 그 속성의 효과를 강화하기 위해 사용하는 속성이었다.

때문에 전개할 수 있다고 확인된 치유와 정화마술과 무속성을 같이 사용한 결과, 그렇게 큰 문제 없이 융합되었다.

"과연……."

레티시엘은 사용할 수 있는 마술이 있어서 조금 안심했다. 그렇지만, 거꾸로 왜 그 세 가지 술식과 무속성 마술만 살아남았는지 이번에는 그것을 알 수가 없었다.

이 세 종류의 마술이 다른 마술과는 다른 점이 있다는 것일까. 속성의 차이가 있는 걸까?

그러나 이 이외의 빛속성 술식은 전멸이었다.

달리 생각할 수 있는 것이라면 전부 회복 혹은 방어계의 술식이라는 점 정도인데…….

"남은 건 이걸로 어떻게 싸우느냐……."

이것이 가장 큰 고민거리이다. 지금 사용할 수 있다고 확인된 술식에는 공격성이 있는 것은 하나도 없었기 때문이다.

굳이 말하자면 신체강화 술식만 체술과의 병용을 전제로 한다면 전투에 활용할 수 있었고, 치유와 결계와 정화는 완전히 후방지원특화였다.

그것은, 현재 레티시엘이 전장에 나가도 마술을 공격의 수단으로 사용할 수 없다는 것. 중대한 사태이다.

그렇다고 해서 아무것도 할 수 없는 현실에 안주하자고 생각하지 않았다. 레티시엘은 훈련장 비품창고 안도 확인해 보았다. 그곳에서 마술 외에 레티시엘이 무기로 삼을 수 있는 것을 찾으려 했다.

창고에는 철검이나 과녁의 소재로 쓰일 목재 등이 있었다. 뭔가에 써먹을 수 있을까. 레티시엘은 일단 그것들을 챙겨두었다.

나중에 검술연습장 쪽의 창고도 살펴볼까. 무기에 관해서는 그쪽이 더 충실할 것 같았다.

"……."

그러고 보니 레티시엘은 불현듯 창고에서 꺼낸 철검을 봤다. 철검은 창고를 뒤지는 과정에서 우연히 찾은 물품이었으나, 이용할 마도술식의 구조가 레티시엘의 머릿속에 떠올랐다.

마도술식은 물체에 부여하는 것도 가능했다. 물체에 부여하면, 마소를 흘려 넣는 것만으로도 간접적으로 발동할 수 있었다. 예를 들면 불속성의 술식을 검에 부여하면 불속성을 다룰 수 있는 마술검이 된다.

천 년 전에는 마술이 능숙하지 못한 자를 위한 보조수단, 혹은 간단하게 무기의 위력을 증가시키는 방법으로 다용되었다. 커다란 술식은 무기 그 자체를 파괴해버리기 때문에 사용하는 술식은 기본적으로 하급 술식들이었다.

히르메스에게 예전에 가르친 적이 있는 방법이었는데, 즉, 기초술식밖에 사용할 수 없는 지금이라도, 이 방법이라면 활용할 수 있지 않을까……?

길고 짧은 것은 대봐야 아는 법. 레티시엘은 곧바로 철검에 술식의 부여를 시도해봤다. 종류는 우선 불속성의 불덩어리로 했다.

작은 술식이 전개되고, 레티시엘이 의도하는 대로 철검의 도신에 빨려 들어갔다. 술식을 내포한 철검은 희미하게 열기를 띠며, 어렴풋하게 주황색 광채를 내뿜었다.

부여는 무사히 성공한 듯했다. 만져보니 평범하게 뜨거워서 화상을 입고 말았다. 검의 소재가 철이라, 불과의 궁합도 잘 맞아 눈 깜짝할 사이에 온도가 상승했다.

'이거라면…… 쓸 수 있지 않을까?'

레티시엘은 직감적으로 그렇게 생각했다. 그렇다면 바로 실험을 해봐야지.

위력을 확인하기 위해 창고에서 예비 과녁을 꺼내 과녁을 지탱하는 다리를 해체했다. 이번에는 그 다리를 쓸 생각이었다.

학원 비품이기는 했으나, 달리 쓸만한 도구가 없으니 어쩔 수 없었다. 루카스에게 해명하는 것은…… 뭐, 나중에 어떻게든 되겠지.

해체한 다리 부분은, 마침 적당한 길이의 봉이 되었다. 레티시엘은 그것을 지면에 늘어놓고 장작 패기의 요령으로 마술을 두른 검을 내리쳐 보았다.

쩍.

시원한 소리와 함께 봉이 둘로 쪼개졌다. 표면에 작게 불똥이 튀고, 자른 면에 검게 탄 자국이 있었다. 불마술의 영향이리라.

"역시……."

레티시엘의 생각은 틀리지 않았던 모양이었다. 암흑 속에서 한 줄기 빛을 본 것 같아서 레티시엘은 저도 모르게 안도의 한숨을 토했대. 이 방법을 사용하면 자신은 아직 싸울 수 있을 것 같았다.

그렇게 되면 연습이 필요한가. 레티시엘도 검은 다룰 수 있었고, 체술도 일단은 익히고 있었다. 하지만 평소에 주로 사용하던 전투법은 마술이었다. 검을 중심으로 한 전투는 오랜만이었다.

검은 사용하지 않으면 금방 실력이 무뎌진다고 누군가가 말하기도 했으니, 이틈에 연습해 둘 필요가 있을 것이다.

레티시엘은 시계를 확인했다. 이곳에 왔을 때로부터 경과한 시간은 두 시간 남짓. 해질녘까지는 아직 여유가 있으니, 이대로 마술검의 연습도 해두자.

망연자실하기에는 아직 이른 것 같았다.

***

전술의 시행착오를 반복했더니 눈 깜짝할 사이에 해질녘을 지났기 때문에, 레티시엘은 오늘은 일단 끝을 맺기로 했다.

정말로 일체의 변화가 없이 줄곧 시커먼 하늘 탓에 밤낮을 판단하기가 쉽지 않았다. 정신을 차렸을 때에는 이미 몇 시간이나 지나 있었다.

마법훈련장 밖으로 나오자, 왔을 때에는 드문드문 보였던 교원이나 기사의 모습도 줄어 있었다. 아마도 귀가했거나 순찰을 나간 것이리라.

레티시엘은 아직 띄엄띄엄 불이 켜져 있는 본관 옆을 지나, 정문 쪽으로 향했다.

"……어라? 도로시잖아."

거기서 누군가가 레티시엘을 불러 세웠다. 레티시엘을 그 이름으로 부르는 사람은 한 사람뿐이었다.

뒤를 돌아보니, 예상대로 그곳에 있던 것은 에델하르트였다. 며칠 전의 회의 때 잠깐 만나 뒤로 얼굴을 보는 것은 처음이었는데, 왜 그가 이곳에 있는 것일까.

분명히 이리스 제국과의 전쟁 동안에, 라이오넬이 왕도를 비웠기 때문에 에델하르트가 왕의 대리를 맡고 있었을 터. 지금은 라이오넬과 그 역할을 바꾸었다고는 해도, 이런 장소를 어슬렁거려도 괜찮은 것일까.

"어머, 에델 님. 왕성에 계시던 것이 아닌가요?"

"인계하고 냉큼 나왔어."

"네?"

상세히 들어보니, 아무래도 라이오넬의 귀성과 함께 국왕 대리의 권한을 재빨리 모두 양도하고 나왔다는 것 같았다.

"전쟁 중에는 어쩔 수 없었으니까 말이지. 하지만 형님이 돌아오셨다면 내가 이 이상 대리의 자리에 앉아 있을 이유는 없지. 대신에 형님에게서 이곳에서의 지휘권을 얻어냈다. 뭐, 그런 거야."

"그러셨나요. 솜씨가 꽤 좋으시네요……."

정전협약을 거쳐 라이오넬 일행이 귀환한 지 아직 이틀 정도밖에 안 되었는데, 국왕 대리라는 것은 그렇게 간단하게 교대할 수 있는 것인 모양이었다.

어쩌면, 언제라도 원만하게 양도할 수 있도록 전부터 준비를 해 둔 건가? 권력을 싫어하는 에델하르트라면 그럴 법하다는 느낌이 들었다.

"하지만 왜 이런 곳에 계시는 건가요? 이곳에는 학원장님도 기사분들도 안 계시는데요."

"그럼 도로시야말로 마법훈련장에는 무슨 볼일일까?"

"실험입니다. 하늘의 마법진에 대해서는 못 들으셨나요?"

"들었어. 마소를 변이시켜서 소멸시킨다는 그런 거잖아?"

"그래서 현재 마술을 어디까지 사용할 수 있고, 앞으로 저 자신이 어떻게 싸워야 할지 그것을 검증하고 모색하기 위해서입니다."

"아아. 그렇군……."

에델하르트는 주먹으로 손바닥을 톡 치면서 고개를 끄덕여 납득했다.

"내 쪽은 지름길을 이용하는 중이야. 구호실에 가려면 이 언저리를 지나는 편이 더 빠르니까 말이야."

"구호실? 다치기라도 하신 건가요?"

"아니. 내가 아니야. 메이 쪽이야."

"메이 씨……?"

에델하르트의 시종 중 한 명으로, 도로셀과 마찬가지로 마력이 없는 자라고 들었던 그 소녀 말인가.

그러자, 마침 그 타이밍에 에델하르트의 등 뒤에서 아샤와 메이의 모습이 보였다. 이쪽을 향해 오고 있는 것 같았다.

에델하르트를 발견하자 아샤가 꾸벅 머리를 숙였다. 아샤에게 매달리듯이 달라붙어 있는 메이는, 무척 졸린 것 같았다. 하지만, 그 얼굴빛은 새파랬다.

“메이 씨가 다치기라도 한 건가요?”

“아니. 컨디션이 안 좋아.”

역시 그런가 하고 납득했다. 메이의 그 얼굴빛은 단순히 수면부족이라고는 보이지 않았다.

“괜찮, 은 건가요?”

“으음. 최근에 이런 일이 잦아서 말이지…… 뭐라고 말하기가 어렵네.”

에델하르트는 까다롭다는 표정으로 그렇게 말했지만, 자주 있다니…… 그렇게 빈번하게 몸 상태가 안 좋아진다는 것일까.

“그건…… 문제이지 않은가요?”

“그렇지…….”

“……혹시, 원인을 알지 못하는 건가요?”

방금 전부터 에델하르트의 반응이 미적지근했다. 자신에게 소중한 부하의 일임에도 평소 동료들을 끔찍이 챙기는 에델하르트에게는 어울리지 않는 반응이었다.

때문에 미적지근한 태도를 취하는 이유가 있는 것은 아닐까 하고 생각해서 물어본 것인데, 말하기 어렵다는 듯이 침묵하는 모습이…… 아무래도 짐작이 맞은 모양이었다.

"……정말로 잘 몰라."

잠시 뒤, 이윽고 에델하르트가 입을 열었다.

"메이는 있지. 전부터 갑자기 몸 상태가 안 좋아지거나 자리에 눕거나 하는 일은 있었어. 그럴 때마다 의사에게 보였지만, 대답은 늘 『원인불명』이라서 말이지."

"원인불명……."

"그래도 시간이 지나면 어느새 몸 상태는 호전되고, 본인도 태연해서 결국 흐지부지 넘기고 오늘까지 왔는데, 다만……."

"……최근에는 그냥 넘길 수 없는 상황이 됐다?"

"……맞아."

에델하르트는 그렇게 말하고 어깨를 떨어뜨렸다. 본인도 그 일로 꽤나 고민하고 있는 것으로 보였다.

에델하르트의 말에 따르면, 일주일 사이에 몇 번이나 현기증이나 두통을 호소했다고 한다. 지금까지는 몇 개월에 한 번 정도였는데, 갑자기 빈도가 늘었다.

그리고 제국과의 전쟁에서 귀환한 뒤, 즉, 북두칠성진이 발동한 뒤로는 매일같이 몸이 안 좋다고 호소했고 증상도 악화되었다.

"나날이 마르고, 밥도 잘 못 먹고 요즘에는 환각을 볼 때도 있어. 하지만 역시 이유는 알지 못해. 쉬어도 낫지 않아서, 꽤 곤란한 상태야."

"……저 하늘의 진이, 뭔가 영향을 주고 있는 것 같은 느낌이 듭니다만."

레티시엘은 하늘을 올려다보았다. 그곳에는 변함없이 사라가 기동한 그 상태의 형상을 유지한 북두칠성의 마법진이 하늘 가득 펼쳐져 있었다.

메이가 연일 컨디션 저하에 괴로워하게 된 것은 진이 발동한 이후라고 들었다. 계기로서 충분 의심할 수 있는 일이리라.

"메이 씨는 분명히, 마력이 없는 자였지요? 이전에 그렇게 들었습니다."

"응. 그렇긴 한데…… 저건 마력이 없는 사람에게 영향을 끼치는 그런 건가?"

"……."

에델하르트가 하늘의 마법진을 가리키면서 고개를 갸우뚱했다.

그렇게 질문을 받으니 레티시엘도 자신이 없었다. 어쨌든 똑같이 마력이 없는 자임에도, 레티시엘은 쪽은 딱히 몸 상태에 극적인 변화가 있는 것은 아니었다.

그렇다고 한다면, 몸이 안 좋아진 원인은 또 다른 일이라는 것이 되는데…… 그 외에 무엇을 생각할 수 있지? 장기?

"저기, 에델 님."

"응?"

"메이 씨에게 정화마술을 걸어 봐도 될까요?"

"어? 되긴 하는데…… 어라? 도로시. 아직 마술을 쓸 수 있어?"

"일부만요…… 왠지 쓸 수 있는 마술이 있어요……."

레티시엘은 방금 전까지 훈련장에서 실시했던 실험과 그 성과에 대해, 간결하게 에델하르트에게 설명했다.

"흐응. 뭐라고 할까…… 치유계 술법뿐이네."

"그것에 관해서는 저도 의미를 모르겠습니다."

"뭐, 하지만 전부 쓰지 못하는 것보다는 낫겠지."

이만큼 회복계만 있다면 우연은 아닌 것 같은 느낌도 들었으나, 에델하르트의 말도 맞는 말이라 레티시엘은 고개를 끄덕였다.

레티시엘은 메이의 이마에 손을 대고 정화마술의 발동에 집중했다. 빛의 진이 전개되고, 조금씩 밝기를 늘려가면서 메이의 전신을 감싸 안았다.

그러고 보면, 방금 전의 실험에서는 정화마술만 효과의 정도를 알 수 없었는데 제대로 효력을 발휘할까……?

그런 레티시엘의 걱정에는 개의치 않고 메이의 호흡은 점점 평온해졌다. 이마에 배어나왔던 식은땀도 사라져서 몸 상태가 회복된 것을 알 수 있었다.

이윽고 정화가 끝났을 무렵에는, 그렇게나 새파랬던 메이의 얼굴에는 희미하게 핏기가 돌아와 있었다.

"오오…… 잘 들은 것 같은 느낌인데. 방금 전보다 낯빛이 좋아."

"정화가 효과를 봤다는 것은, 정말로 검은 안개가 원인인 것일까요……?"

"……."

손으로 느껴지는 반응으로는, 순수하게 검은 안개만이 원흉이라는 감각도 아니었는데…….

메이가 멍한 얼굴로 이쪽을 쳐다보았다. 무슨 일인가 해서 레티시엘은 고개를 갸우뚱했다. 그러려니, 그 입이 작게 움직이는 것을 알아차릴 수 있었다.

"……와."

"예?"

"올, 거야……."

의미심장하게 툭 그렇게만 중얼거리고 메이는 눈을 감았다. 곧이어, 규칙적인 숨소리가 들렸다. 아무래도 잠든 모양이었다.

"말했지? 최근에는 환각이니 환청이니 그런 종류의 것도 보거나 듣거나 하는 경향이 있다고."

"……오다니, 뭐가 오는 것일까요?"

"그걸 알면 좀 더 어떻게든 될지도 모르겠는데 말이지."

즉, 에델하르트도 모르는 것이리라. 아샤가 잠이 든 메이를 업었다.

"……?"

레티시엘은 문득 낯선 물건이 에델하르트의 목에 걸려 있는 것을 발견했다. 팔찌 모양이었다. 팔찌인데 어째서인지 팔에 차지 않고 체인에 걸어서 목에 늘어뜨리고 있었다.

가느다란 금색의 팔찌로, 중앙에는 커다란 흑진주가 박혀 있었다. 그것도 형태를 보건대 여성용이었다. 여성용과 남성용을 구별하는 방법은 언젠가 니콜이 가르쳐 준 적이 있었다.

에델하르트의 소유물 중에, 그런 팔찌가 있었던가. 아니, 레티시엘도 그의 사물을 전부 파악하고 있는 것은 아니니 지금까지 몸에 걸치지 않았던 것뿐일지도 몰랐지만.

"왜 그래?"

"아, 아뇨…… 목에 차는 팔찌는 보기 드물다고 생각해서요."

"아아……."

에델하르트는 가슴에 늘어뜨린 팔찌를 들어올렸다. 금속끼리 부딪치는 상쾌한 소리가 났다.

"이거, 메이가 건네준 거야. 뭔지는 몰라도 늘 갖고 있어줬으면 좋겠다고 말해서 말이지."

"메이 씨가요?"

"응. 처음에는 따로 보관하고 있었는데, 『그래서는 안 돼』라면서 메이가 화를 내더라고."

에델하르트는 팔찌를 건 체인을 흔들면서 말했다.

"도로시 말이지. 메이가 원래 귀족 출신이라는 이야기는 들었지?"

"예. 스피리아 전쟁 때 멸족한 울데 공작가의 뒤를 이을 딸이었다고. 그것을 증명하는 팔찌를 갖고 있어서……."

"그 팔찌야."

"네?"

"그러니까, 이게 그 팔찌야."

레티시엘은 저도 모르게 눈을 크게 뜨고 말았다. 자신의 신분을 인정받는 계기가 된 물품…… 굳이 말한다면 신분 증명이라도 부를 수 있는 물건을 에델하르트에게 맡겼다? 이런 타이밍에……?

"어…… 그거, 꽤 중요한 것이죠?"

"역시 그렇게 생각해? 나도 그렇게 생각하는데 말이지……."

어떻게 해도 메이가 완고하게 양보하지 않아서, 결국 그대로 받게 됐다든가.

메이에게 그만큼 이 팔찌를 양도하는 일이 중요했다는 것일까. 레티시엘은 진지하게 팔찌를 바라보았다.

매우 간결한 구조의 일품이었다. 뭔가 암기나 편지 등을 집어넣을 수 있는 크기도 아니었고, 술식이 새겨진 기색도…… 없는 느낌이 들었다.

물끄러미 보고 있으니 관자놀이가 살짝 간질간질했으나,

그것만으로는 무엇을 의미하는지 판단이 서질 않았다.

"뭐, 우선 지금은 메이를 구호실로 데려가겠어. 의미가 없다고 해도 내게는 쉬게 해주는 것밖에 할 수 없으니까 말이지."

"에델 님……."

"도로시도 조심해. 몸 상태도 그렇고, 적이 어떻게 나올지도. 상대는 마술을 봉쇄했다고 생각하고 있어도, 그걸로 네가 쓸모없어진 것은 아닌 것 같은 느낌이 드니까 말이지."

"그렇군요. 명심하겠습니다."

실제로 레티시엘의 의식이 깨어나는 계기가 된 것은 사라가 도로셀에게 시도한 『주술간섭』을 한 것이었다. 그때 당연히 이 몸은 마술을 알지 못했다.

때문에 레티시엘은 에델하르트의 말에 고개를 끄덕였다. 백의 결사가 마술을 쓸 수 없다는 이유만으로 레티시엘을 그냥 놔두리라고는 생각되지 않았다.

에델하르트가 메이를 업은 아샤의 뒤를 쫓아갔다. 그 뒷모습을 끝까지 지켜보고, 레티시엘도 다시 귀로에 올랐다.

사라의 마법진을 계기로 세계는 바뀌었다. 레티시엘의 몸에도, 이전에는 없던 일이 일어났다.

'좀 더 대책을 강구해야겠어.'

적의 의도는 아직 불투명해도, 상황은 나날이 나빠질 테니까. 레티시엘은 그런 일을 생각하면서 옅은 어둠 속, 저택으로 향했다.

그리고 다음 날, 사태는 급격히 움직이기 시작했다.

그 날도 레티시엘은 마법훈련장에서 저택으로 돌아가는 길이었다.

마법훈련장을 다시 찾은 것은 어제 구상한 전투술의 연습을 위해. 그런데 오늘은 오전부터 일찌감치 온 탓에 끝내고 돌아가는 시간도 꽤 빨라졌다.

'……다시 한번 데이비드 씨에게 이야기를 들으러 갈까.'

이대로 귀가하는 것은 왠지 아까운 느낌이 들었다. 레티시엘은 복도를 걸으며 생각에 잠겼다.

사라의 마법진이나 두닉스의 유산에 대해서는 여러모로 이야기를 해주었으나, 아직 듣지 못한 이야기가 있었다.

마법진의 발동으로 마소가 변질했고, 그 결과 레티시엘은 마술을 쓰기 어려워져 만족스럽게 싸울 수 없었다.

그러나 데이비드는 사라에게 왔을 때도 전이를 썼고, 전투에도 마술을 사용했다. 마법진은 이미 기동하고 있었는데, 그는 어째선지 술법을 사용할 수 있었다.

데이비드는 자신이 인간과 정령 사이에서 태어난 자라고 말했다. 그 두 종족의 특징을 같이 갖고있는 일이 마술을 사용할 수 있었던 것과 관계된 것은 아닐까.

일단 레티시엘은 평범한 인간이니까 만약 태생에 비밀이 있어도 그대로 응용할 수는 없겠지만, 실마리는 얻을 수 있을지도 몰랐다.

"……?"

문득 누군가의 기척이 느껴져 자리에 멈춰 섰다.

정신을 차리고 보니 복도에는 레티시엘 이외의 사람 그림자는 보이지 않았고, 쥐 죽은 듯이 조용했다. 아치 형태의 복도에서 내다보이는 정원의 식물들도 정지한 것처럼 보였다.

레티시엘은 기척이 느껴지는 곳을 찾았다. 그 정체는 바로 발견되었다. 레티시엘이 향하려던 쪽과는 반대의, 지금 방금 걸어온 복도 앞의 어둠 속.

그곳에 희미하게 빛에 감싸인 것 같은 하얀 소녀가 혼자 우두커니 서있었다. 무늬가 없는 순백색 원피스가, 바람도 불지 않는데 작게 나부끼며 흔들렸다.

"너는……."

왼쪽 눈의 시야만이 마치 소녀에게 호응하듯이 붉은색으로 물들었다. 오른쪽 눈을 감으면, 붉은 세계에 소녀만이 하얗게 떠올랐다.

그 소녀도, 눈에 비치는 경치의 색이 바뀌는 것도 기억에 있었다. 과거 레티시엘을 실버아이언이 있는 곳으로, 그리고 녹테트 산으로 이끈 그 정체불명의 소녀.

"……도로셀."

자연스럽게 그 이름이 입에서 흘러나왔다. 줄곧 정체를 몰랐을 터인데, 왜인지 지금은 확신이 있었다. 저 모습은 어릴 적 도로셀이라고.

"……."

『…….』

두 사람은 말없이 서로를 마주 보았다. 소녀의…… 도로셀의 모습은 때때로 흔들렸다. 아마도 허공에 떠오른 환영인 것이리라.

하지만 왜, 이제 와서 이 아이는 레티시엘 앞에 모습을 내보이게 된 것일까. 경고일까? 그렇지 않으면 다른 이유?

『…….』

침묵의 시간이 잠시 계속되었으나, 레티시엘은 문득 눈앞의 소녀의 입이 움직이는 것을 알아차렸다.

정말로 아주 조그만 변화였다. 주의 깊게 보지 않으면, 가만히 있는 것으로만 보였다. 그 입의 움직임을 좀 더 잘 읽기 위해, 레티시엘은 한 발 앞으로 나아갔다.

도로셀의 환영은 움직이지 않았다. 레티시엘은 한층 더 가까이 다가갔다. 서로의 거리가 줄어듦에 따라, 그녀가 무엇을 전하려 하는지 읽어낼 수 있게 되었다.

『조심해.』

소녀의 입은 분명히 그렇게 말하고 있었다. 조심, 해? ……무엇을?

"그건, 무슨……."

콰아앙!

갑자기 대지가 흔들렸다. 무슨 일인지 확인하기 위해서 레티시엘은 곧바로 밖을 바라보았다.

건물 지붕의 건너편에서 연기 같은 것이 보였다. 저 방향은…… 분명히 본관 앞의 정원이 펼쳐져 있었을 터.

시선을 되돌리자, 복도에서 도로셀의 모습은 사라지고 없었다. 눈을 뗀 사이에 사라진 모양이었다.

기분이 석연치는 않았으나, 없어진 이상은 어떻게도 할 수 없었다. 레티시엘은 미련이 남았지만 그 자리를 떠났다.

현관을 빠져나와 본관 앞으로 나오자, 이미 루카스와 에델하르트, 호위로 와있던 기사들이 모여 있었다.

"에델 님!"

레티시엘은 가장 가까이에 있던 에델하르트의 곁으로 다가갔다. 그는 레티시엘의 모습을 힐끗 확인한 뒤, 또다시 곧바로 정면으로 시선을 되돌렸다.

"무슨 일인가요? 방금 전 어마어마한 굉음이 들렸는데요."

"그게……."

에델하르트는 정문이 있는 방향을 노려보면서 내뱉듯이 대답했다.

"결사 녀석들이, 학원을 습격했어!"

4장 요격

백의 결사가 루크레치아 학원을 습격했다—.

"방금 전 문지기가 상공에서 수상한 그림자를 봤는데, 공격이 시작된 건 그 직후였어."

에델하르트는 정문 쪽을 턱으로 가리키면서 말했다. 그 방향에서 적이 온 것 같다. 뭔가가 터지는 소리가 이곳까지 들려왔다.

"적은 하늘에 있는 건가요?"

"아니, 그 뒤에 내려온 것 같아."

"날아서 왔다는 거군요……."

"그것보다, 주술이라는 건 하늘도 날 수 있는 거야?"

"마술에는 그것과 비슷한 술식이 있으니, 응용한다면 가능하지 않을까 싶습니다."

사라는 천 년 전…… 마술 전성기의 시대를 살았다. 그리고 부유마술도 다룰 수 있었다. 그것을 주술로 개조했어도 이상하지 않았다.

"도로시, 어쩔래?"

"가겠습니다. 이런 몸이라도 아직 도움이 될 일은 있을 겁니다."

레티시엘은 그 자리에서 고개를 끄덕였다. 위력은 크게 저하되었으나 치유술식은 아직 쓸 수 있다. 5속성의 마술도, 사용하기에 따라서는 전투에 사용할 수 있을 것이 있었다.

"거치적거릴 것 같다면 알아서 이탈할 테니까요."

"……알았어. 네가 그렇게까지 말한다면야."

레티시엘은 곧바로 에델하르트와 함께 정문 방향으로 발걸음을 서둘렀다. 폭발음에 섞여 사람들의 비명도 들리기 시작했다.

도착한 현장은…… 새하얬다. 지면이나 하늘에는 아무 변화가 없었고, 전투도 계속되고 있었다. 다만 문 언저리부터 몰려드는 새하얀 빛이 강렬한 존재감을 내뿜고 있었다.

"주술병……."

정문 주변에 모인 새하얀 것의 정체는, 주술병들의 탈색된 백발이었다.

하얀 머리카락과 흰자가 없이 붉은 홍채만이 있는 외모도, 연령도, 성별도 완전히 제각각인 자들은 하나의 통솔을 받는 것처럼 학원으로 향하고 있었다.

엄청난 수였다. 이만큼의 병사를 만드는데 얼마나 많은 사람들이 희생되었을까. 이렇게 만든 인간을 어떻게 모은 것일까.

"큭, 뭐냐! 이 녀석들, 베도 베도 쓰러지지 않아!"

"이봐, 팔을 잘라버렸다고! 왜 아직도 그렇게 움직일 수 있는 거냐…….”

“어떻게 된 거냐! 저런 건 대체 어떻게 하면 되는 거야?!”

기사와 병사들은 칼로 베도 목숨이 끊어지지 않는 한 상처에 아랑곳하지 않는 주술병에게 고전하고 있었다.

게다가, 머릿수가 너무 많은 것도 있었다. 이미 상당한 열세에 빠졌다.

“머, 멈춰! 오지 마! 이, 이건…… 그때와 똑같잖아……!”

개중에는 전의를 상실한 자도 있었다. 스피리아 전쟁…… 그때에도 라피스 국은 주술병을 투입해 왕국군에게 막대한 피해를 입혔다.

그 지옥 같은 싸움을 경험한 자에게, 눈앞에서 일어나고 있는 이 상황은 그야말로 악몽의 재래일 것이다.

“우선은 비전투원을 피난시키자. 싸울 수 없을 것 같은 녀석들도 피난시켜야 해. 그렇지 않으면 쓸데없이 피해만 늘어날 뿐이야.”

“동감입니다.”

오래 이야기하는 시간도 아까웠다. 레티시엘과 에델하르트는 서로 눈짓을 주고받고 바로 움직였다.

두 사람은 땅바닥에 주저앉아버린 자들을, 가까이에 있던 기사들과 함께 피난시켰다.

에델하르트는 아직 명령을 내리지 않았기 때문에, 아무래도 그들은 다른 지휘계통으로 움직이고 있는 모양이었다.

덧붙여, 피난처를 확인하기 위해 아군의 움직임도 관찰했다.

기사들은…… 별관 쪽을 드나들고 있는 듯 했다. 아무래도 그곳이 본부와도 같은 역할을 하고 있는 것 같았다.

본관의 현관이 넓기는 더 넓었으나, 정문에 더 가까운 것은 별관의 홀이었다. 편의성을 고려해서 그곳을 본부로 삼은 것이리라.

별관에 가까이 다가간 레티시엘과 에델하르트는 그 주변에 결계가 둘러쳐져 있는 것을 알아차렸다.

건물을 덮듯이 옅은 노란색의 반투명한 빛의 장막이 전개되어 있어서, 아군만을 받아들이고 적을 튕겨냈다.

"아, 전하, 도로셀."

결계를 뚫고 별관에 들어서자, 그곳에는 병사로부터 보고를 받는 루카스가 있었다. 아무래도 현장의 기사들을 지휘하던 것은 그였던 것 같았다.

"늦어서 미안하군, 루카스 공. 상황은?"

"비전투원의 피난은 곧 끝날 것 같습니다. 전장에서 기력을 잃은 녀석들은 지금 부하들이 데리러 갔습니다. 그래서는 눈 깜짝할 사이에 주술병의 먹이가 될 테니 말입니다."

"그건…… 고맙다. 덕분에 걱정거리가 하나 줄었어."

루카스도 방금 전 에델하르트가 말했던 것과 같은 내용을 생각하고 먼저 손을 쓴 모양이었다. 그 말을 듣고 에델하르트는 고개를 한 번 끄덕였다.

"인근 주민의 피난은 어떻게 됐지?"

"역시나 주변까지는 손을 쓰지 못했습니다. 지금 성에 긴급 대피 발령을 요청했습니다. 다만……녀석들 아무래도 전원이 이곳으로 똑바로 몰려오는 것 같은지라."

"다른 인간들은 돌아보지도 않는다고? ……그렇다면 이쪽에서 주의를 끄는 틈에 피난을 마치도록."

"안심하십시오. 이미 부하들을 보냈습니다."

"역시, 일처리가 빨라."

이야기가 순조롭게 척척 진행되는 사이에도 홀에 있는 인원은 점점 늘어갔다. 그중에는 이미 부상자도 섞이기 시작하고 있었다.

치료원들도 움직이고 있었지만, 아직 충분한 인원이 모이지 않았다. 공급이 수요를 따라가지 못하고 있었다.

"지옥도로군……. 이렇게 가까이 올 때까지 아무도 눈치를 못 채다니."

에델하르트는 잇달아 홀 안에 늘어나는 부상자들을 씁쓸한 얼굴을 바라보고 있었다.

"설마 위에서 떨어져 내려올 것이라고는 예상하지 못했습니다. 그런 장소에, 대체 어떻게……."

"전이……가 아닐까요."

루카스와 에델하르트의 대화하는 사이에, 레티시엘이 한마디 그렇게 던지며 끼어들었다.

"그 아이…… 사라는 전이마술을 쓸 수 있는 술자입니다. 그리고 이 장소도 알고 있죠. 전이로 주술병을 보내는 일은 가능합니다."

"전이라니? 너, 그 하늘의 묘한 마법진 탓에 마술을 쓸 수 없게 된 거 아니었냐?"

"저나, 제 주변 사람들은 분명히 그렇습니다. 다만…… 주술은 쓸 수 있습니다."

그것은 사라가 진을 발동시킨 뒤에도 데이비드 상대로 주술로 응전했으니까 틀림없는 일이었다. 그러나 주술도 역시 마력과 **마소**를 융합시키는 힘.

"마찬가지로 마소를 소비하는 힘인데, 주술은 마법진의 영향을 전혀 받지 않는 것 같습니다. 마소를 개변해 소멸시킨다는 것은 거짓말이 아닐 테지만, 모두 그대라고는 할 수 없습니다."

"그럼 뭐냐? 그 남자의 진영이 사용하는 것만 사라지지 않았다는 거냐?"

"글쎄요. 아직 거기까지는…… 하지만 저희가 아직 파악하지 못한 원리가 작동하고 있는 것은 아마도 확실하지 않을까 싶습니다."

"참나, 성가시게……."

그렇게 말하는 루카스의 표정은 진심으로 귀찮은 것 같았다. 솔직히 레티시엘도 이야기를 하면서 살짝 머리가 혼란스러워지는 것 같은 경향이 있었으므로, 같은 기분이었다.

“피난한 사람들은, 이걸로 전부일까요?”

“아니, 일부 도망치지 못한 녀석들이 있는 것 같다. 구조하러 가려고 해도 주술병들에게 방해받아서 일반병들은 다 가가지 못하는 모양이야.”

“그렇다면 일단 요격에 나서죠. 이대로는 적들 속에 남겨지는 자가 늘어날 뿐입니다.”

“그래. 그럼 내가 같이 가마. 전하께는 이 자리의 지휘를 부탁드리겠습니다.”

“알았다. 사령탑은 맡도록 하지.”

거기서 아군의 총사령관 역할은 루카스에게서 에델하르트에게로 넘겨졌다.

“학원장님의 힘, 의지하겠습니다.”

“네가 내게 의지를 하다니, 묘한 기분이군.”

“놀리시는 건가요?”

“아니. 드문 일이라고 말하는 거다.”

드물다는 말을 듣자 분명히 그럴지도 몰랐다.

마술을 생각대로 다룰 수 있었을 때에는 오히려 앞장서서 돌입해대곤 했던 것 같은 느낌이 들었다.

동료들을 신뢰하고 기대고 있다고 생각은 하지만, 결국에는 혼자서 싸우는 편이 많았나. 레티시엘은 스스로 반성했다.

“……데이비드 씨는 오지 않으시는군요.”

"응? 아아. 데이비드라면 별관의 결계를 맡겨놓았다. 저게 작동하는 동안에는 적어도 본부는 안전할 터이니 말이지."

결계…… 별관을 감싸듯이 전개되어 있던 그 결계는 데이비드 씨가 전개한 것이었나.

북두칠성 마법진의 효과는 이미 발동되었는데 어떻게 변함없이 그런 대규모의 마술을 쓸 수 있는 것인지.

개인적으로 마련한 뭔가의 대책이 있는 것일까. 그렇지 않으면 데이비드 씨의 안에 있는 절반의 정령의 피가 뭔가의 작용하고 있는 것인가.

정령은 마소를 체내에서 만들어낼 수 있는 종족으로 여겨지고 있고, 공기 중의 마소도 정령에게서 유래한 것이라고도 했다. 가능한 일일지도 몰랐다.

"학원장님!"

별관을 지키는 결계를 빠져나온 참에, 루카스 곁으로 지크가 달려와 합류했다.

"오, 지크. 본관 서쪽의 피난은 끝났냐?"

"예. 일단 전원 별관으로 유도했습니다."

"잘했다. 그럼 미안하다만 이쪽을 도와다오. 적들 안에 고립된 녀석들이 아직 있어."

"그거 큰일이군요…… 알았습니다. 제가 도움이 될 수 있다면 돕겠습니다."

아무래도 레티시엘이 오는 것보다 먼저 지크는 이 싸움에 협력하고 있던 것 같았다. 루카스의 요청을 흔쾌히 승낙했다.

"그리고 도로셀. 너는 지크와 짝을 이뤄서 싸워라. 혼자 싸우는 것보다 지금은 둘인 편이 너도 마음이 든든하겠지."

"그러네요. 배려해주셔서 고맙습니다. 지크도 그래도 상관없나요?"

"예. 잘 부탁합니다."

"그럼 나는 서쪽을 돌아볼 테니 너희는 반대편으로 가다오. 구조작업이 끝나면 아무 때나 이 녀석을 쏴서 연락해라."

루카스가 그렇게 말하며 건넨 것은 주먹 크기의 둥그런 공이었다. 들어보니 무거웠고, 도화선도 붙어 있었다. 신호탄인 것 같았다.

신호탄을 쏘아 올리면 곧바로 다른 한쪽의 작업을 도우며 퇴각하기로 약속하고, 레티시엘 일행과 루카스는 각자 행동을 개시했다.

레티시엘과 지크가 향한 방향에는, 십수 명은 될법한 주술병 집단이 있었다.

주술병들은 몇 개의 그룹으로 나누어 침공하고 있는 듯했는데, 이 그룹은 비교적 중규모인 모양이다.

'……배려를 해주신 걸까?'

확실히 루카스가 대처하러 간 방향이 주전장이었을 터. 레티시엘은 퍼뜩 그런 생각을 해보기도 했다.

"지크, 뭔가 보이나요?"

레티시엘은 앞서가는 지크에게 그렇게 물었다. 원시마술을 쓸 수 없게 되었기 때문에, 이 어둠 속에서는 앞이 그다지 잘 보이지 않았다.

이때 비로소 레티시엘은 도로셀이 시력이 별로 좋지 않다는 사실을 알았다. 새삼스러웠다. 보이지 않으면 원시마술, 어두우면 암시마술, 빨리 움직이고 싶다면 신체강화마술.

그렇게 무의식에 모든 것을 마술로 처리해왔다. 마술은 부족함을 보완했고, 사람은 자신의 신체적 부족함을 외부에서의 도움으로 보완할 수가 있게 되었다.

그리고 그 대신 자신의 한계를 잊어버리고 말았다. 마술에 너무 의지했던 것일지도 몰랐다.

"글쎄요…… 모습은 보이지 않습니다만, 목소리는 들립니다."

"아군인가요?"

"아마도요. 적의 목소리와는 다르니까요."

레티시엘에게는 아직 들리지 않았으나, 아무래도 적진에 남겨진 아군은 아직 살아있는 모양이었다. 안도했다.

"젠장, 젠장! 뭐냐 너희는! 얼른 쓰러지라고!"

한층 더 나아가자 레티시엘의 귀에도 목소리가 들려왔다. 젊은 남성의 목소리로, 놀라서 어찌할 바를 모르는 것 같았다.

목소리가 나는 쪽으로 향하자, 복수의 주술병에 둘러싸인 청년의 모습을 확인할 수 있었다. 왕국 기사단의 갑옷을 몸에 걸친 채, 마구잡이로 검을 휘두르고 있었다.

"지크. 뒤로 돌아가 줄 수 있을까요? 이쪽에서 적을 유인할 테니 그 사이에 저 사람을 구해주세요."

"알았습니다. 조심해 주세요."

레티시엘은 구조는 지크에게 맡기기로 하고 가까이에 떨어져 있던 검을 주워들었다. 아마도 이곳에서 싸우던 자의 것이리라.

레티시엘은 자신에게 신체강화 마술을 걸었다. 공격마술은 전부 쓸 수 없으니 토벌은 어렵겠지만, 미끼 정도라면 지금의 힘으로도 할 수 있을 것이다.

검에 흉내 수준의 약한 불속성 술식을 부여한 뒤 그대로 적의 무리에게로 돌입했다.

청년에게 집중하고 있던 주술병들은 바로 이쪽을 알아차렸다. 복수의 빨간 눈이 일제히 이쪽을 포착했다.

주술병의 하나가 레티시엘에게 맹렬히 달려들려고 했다. 레티시엘은 그 공격의 궤도를 읽고 선수를 쳐서 회피한 뒤 발목의 근육을 베었다.

레티시엘이 약해졌다고는 하나, 주술병의 움직임도 그렇게까지 빠르지 않았다. 집중력만 흐트러지지 않는다면 피할 수 있었다.

다리를 베인 주술병은 비명도 지르지 않고 지면에 쓰러졌다. 통각이 마비된 것이겠지만, 기어서라도 여전히 이쪽으로 다가오려고 하는 것이 기분 나빴다.

그리고 쓰러진 자의 위를 다른 주술병이 가차 없이 짓밟고 지나갔다.

레티시엘은 그 강한 집념에 놀라면서도 보행을 제한하는 것은 유효한 수단이라고 재확인했다.

시간을 벌어야 할 때나 속도를 중시할 때는 이 방법 쪽이 빠를지도 몰랐다.

동료의 몸을 밟고 넘어서 덮쳐온 다른 개체는 검이 닿지 않는 방향에서 접근했기 때문에, 허를 찔러 엎어치기로 다른 적들까지 같이 날려버렸다.

지크의 상황을 살피자, 적을 전원 이쪽으로 끌어들인 덕분에 상당히 순조롭게 청년의 구조에 성공하고 있는 것 같았다.

'……체술도 같이 섞어 쓰면, 이 정도의 적 상대라면 아직 어떻게든 될 것 같네.'

어떤 의미에서는, 적은 많았으나 약한 개체들뿐이라서 다행이었다.

스피리아 전쟁 때에 동원되었던 주술병은 이야기로 들은 느낌으로는 좀 더 고르고 고른 정예부대라는 인상이었다.

그에 반해, 이번 습격에 이용된 자들은 하나같이 평범한 일반병 정도의 힘만 갖고있는 것 같다.

이만큼의 병사를 만들어낸다면, 어떻게 해도 질은 떨어지는 것일까.

사라는 맹인왕을 최상급의 주술병이라고 하기도 했으니, 주술병에도 등급 같은 것이 있는지도 몰랐다.

"괜찮은가요?"

레티시엘은 주위의 안전을 확보한 뒤, 청년의 곁으로 돌아갔다. 일단 전투는 종료했지만, 그는 여전히 떨고 있었다.

"다, 끄, 끝났어⋯⋯ 베도 베도, 끝이 나지 않아!"

"진정하세요. 녀석들도 원래는 인간입니다. 쓰러뜨릴 수 없는 존재가 아니에요."

"하, 하지만, 저런 성가신 적, 어떻게 싸워야⋯⋯."

"싸울 때에는 다리를 노리세요. 회복능력은 대단히 높지 않은 듯하니, 다리를 베면 적어도 움직임은 봉할 수 있습니다."

"그, 그런가! 과연⋯⋯!"

놀라서 살짝 혼이 나가기는 했으나, 즉석대처법을 알려주자 청년은 다소 기력을 회복했다.

"퇴로는 확보해놓았으니, 본진과 합류해주세요."

"아, 알았다. 너희는?"

"달리 구조를 기다리는 사람이 있는지 확인하겠습니다. 누군가 다른 사람을 봤나요?"

"아, 음⋯⋯ 헤어진 동료가 정원 안쪽에 남겨진 사무원이 있다고 하더군. 작업 중이라 미처 도망치지 못했다든가⋯⋯."

"정원 안쪽⋯⋯ 고맙습니다. 지금 바로 가보겠습니다."

레티시엘과 지크는 간결하게 이야기를 듣고 청년을 안전

한 장소까지 피난시켰다.

색적마술을 응용하면 구조자의 위치를 특정하는 일은 쉬웠지만, 역시 쓸 수 없으니 어쩔 수 없었다.

"하지만 정원의 더 깊은 안쪽이란 말이죠……. 정원만 해도 상당히 넓을 텐데, 어딘가 거리를 단축할 수 있는 루트는 없을까요."

"있습니다."

"어머, 있나요? 잘 아는군요……."

"시계탑에 다닐 때 때때로 이용했으니까요."

지크가 대답했다. 시계탑이라니, 그리운 장소였다. 학원에 있는 시계탑 안의 기계실에서, 레티시엘은 처음 지크와 만났다.

지름길은, 벽을 따라 펼쳐진 잡목림을 통과하는 지극히 평범한 길이었다.

그러나 어디에서 무슨 냄새를 맡은 것인지 도중부터 주술병이 당연하다는 듯이 그 길에 편승해 와서 힘들었다.

이런 상황이면 그냥 적진을 똑바로 돌파했어도 비슷하지 않았을까…… 레티시엘은 한순간 그렇게 생각했지만, 지크가 안내해주고 있으니 아무 말 하지 않기로 했다.

"……아, 도로셀 님. 찾았습니다!"

몇 번째인가의 주술병 집단을 뿌리친 직후, 지크가 그렇게 말하면서 어떤 장소를 가리켰다.

그곳은 작업용 오두막 같은 아담한 목조 단층 건물로, 양쪽으로 여는 문의 한쪽이 부서져서 반쯤 열려 있었다.

그 문틈으로 여성의 머리가 보였다. 젊은 여성으로, 학원 관계자의 제복을 입고 있었다. 지크가 그 곁으로 달려가서 상태확인을 했다.

"숨은 붙어 있나요?"

"기절했을 뿐인 것 같습니다만……."

의식을 잃은 여성의 몸 위에는 검은 안개 형상이 일렁이고 있었고, 본인은 흙빛으로 변한 얼굴로 매우 괴로워하고 있었다.

"……검은 안개의 침식이군요."

"정화하시겠습니까?"

"이 장소에서는 오래 머물 수 없으니 응급처치가 되겠지만요."

레티시엘은 여성의 이마에 손을 대고 정화마술을 발동했다.

어슴푸레한 오두막 안에 부드러운 담황색의 빛이 흘러넘쳤다. 그 빛이 여성에게 엉겨 붙은 검은 안개를 붙들어 집어삼켰다.

그 과정에서 때때로 빛이 안개에게 밀려날 것 같아지는 것은, 북두칠성 마법진의 영향으로 정화의 위력도 약해진 탓이었다.

그래도 아직 충분히 이용할 수 있어서 안심이었다.

조금씩 검은 안개의 농도가 옅어지고, 여성이 얼굴빛도 좋아지기 시작했다. 아직 완치된 것은 아니었으나, 레티시엘은 바깥이 소란스러워진 것을 알아차렸다.

반쯤 열린 문으로 밖의 상황을 살피니, 잡목림 안에서 여러 개의 붉은 눈이 빛나는 것이 보였다. 소란의 원인은 주술병의 발소리와 신음소리였던 모양이었다.

"……적이 모여드네요."

"성가신 타이밍이군요…… 이 분, 옮기는 편이 좋겠죠."

"응급처치는 끝났으니까 일단은 괜찮을 거예요. 활로를 뚫어서 본부로 직행하죠."

다행히, 수는 그렇게 많지 않은 것 같았다. 한 번 살펴본 바로는…… 20명 정도일까.

혹시 정화마술의 빛에 이끌려서 온 것일까. 일단은 상대할 수 없을 정도의 수는 아니었다.

레티시엘은 마법이라는 공격수단을 아직 쓸 수 있는 지크에게 원호사격을 부탁하고 또다시 신체강화마술과 함께 검으로 적을 상대했다.

불의 속성을 두른 검으로 베자, 상처에 작게 불이 붙어 한층 더 이동을 방해했다.

주술병의 공격을 흘려보내고 때로는 체술로 때려눕히면서, 한 사람 한 사람 착실하게 다리를 짓뭉갰다.

그 자체로는 전혀 공격에 적합하지 않게 된 마술도, 이렇게 쓰자 아직은 편리한지도 몰랐다.

"그런데…… 왜, 지금일까요?"

적의 발길이 멈춘 잠깐의 짬에 지크가 의아하다는 듯이 툭 중얼거렸다.

"이곳을 노릴 것이라면 좀 더 훨씬 전부터 기회가 있었을 겁니다. 이 타이밍에 학원을 습격해봤자 어떤 이득이 있을 것 같지는 않습니다만……."

"……."

그런 의문을 들으며, 레티시엘은 그러고 보면 지크는 데이비드와의 대화와 같은 날 열린 군신회의에 참가하지 않았구나, 라고 생각했다.

사라는 폐허의 시계탑에서 의도하지 않게 데이비드의 방해가 들어와서 중요한 북두칠성 마법진이 미완성이 됐다고 말했다.

그리고 이 루크레치아 학원은 사라의 마법진을 방해하는 태양의 마법진이 기동하는데 핵심이 된 장소였다.

그것은 데이비드 자신이 인정했다. 때문에 그는 학원에서 이동하는 것을 거부했고, 그 결과 군신회의는 왕성이 아니라 일부러 학원으로 무대를 이동해 열렸다.

만약 그 정보를 사라 쪽에서도 파악했다면, 그 아이가 루크레치아 학원을 습격할 이유는 충분했다.

중심을 파괴하는 진은 무효가 될 가능성이 높았다. 태양의 마법진을 제거하는 일이, 아마도 지금의 사라에게 가장 우선 해야할 일일 터이니까.

"지금이기때문에 노리는 것이 있다는 것이겠죠."

"도로셀 님? 그건 무슨 말씀입니까……?"

"결사에게 가장 중요할 때인 지금, 그들은 학원의 습격을 선택했다. 그 행동 자체가 계획수행을 위해 필요한 일이라는 거예요."

"분명히, 그렇게 생각하면 이치에 맞습니다만……."

역시 지크는 그렇게 말을 들어도 별로 납득이 되질 않는 듯했다.

이야기의 이치는 맞아 떨어져도, 그는 왜 학원을 습격하는 것이 사라의 계획이 진행되는지 그 관련성을 모를테니까.

"미안해요. 사실은 좀 더 일찍 얘기를 해뒀어야 했을 텐데, 타이밍이 맞질 않아서 이런 상황이 말았네요."

"사과하실 필요는 없습니다. 하지만, 도로셀 님…… 뭔가 있는 거죠? 그들이 습격을 가한 이유에 짐작 가는 바가."

"예. 데이비드 씨에게 들은 이야기가 있어요. 그것에서 추론한 것에 불과하지만요."

"아…… 데이비드 씨에게서요?"

지크가 예상외의 이름을 들은 것처럼 어리둥절한 얼굴을 했다.

아아, 그런가. 그는 데이비드 씨의 정체와 사라와의 관계성도 아직 모르나. 이야기해야 할 일이 많을 것 같았다.

"그래요. 이번 이 사태에 관련된 일이니, 공유하고 싶지만……."

레티시엘은 일단 거기서 말을 끊고, 자신의 옆쪽에 힐끗 시선을 주었다.

그곳에는 두 사람에게로 밀어닥치는 다수의 주술병들이 있었다. 아직 전투 중이었다.

"……우선은 이 주술병들을, 처리할까요. 이래서는 마음 놓고 이야기도 할 수가 없겠네요."

"……예. 동감입니다."

우선은 이 주술병들을 어떻게든 하는 것이 우선이다. 레티시엘은 대화를 끝마치고 검을 쥐었다.

전투법은 크게 다르지 않았다. 공격을 피하고 다리를 뭉개놓는다. 적들의 전법이 줄곧 똑같았기 때문에 이쪽도 계속 같은 대응법을 취했다.

지크가 광범위하게 쏘아낸 마법이 적의 몸을 직격하고, 주술병들의 기가 꺾였다.

레티시엘은 그 틈을 놓치지 않고 주술병을 쓰러뜨려 갔다. 레티시엘에게로 모였기 때문에 어떤 의미로는 싸우기 편했다.

'……기분 탓일까. 나만 노리는 것 같기도 하고…….'

몇 개체째인가의 주술병을 무력화시킨 무렵, 레티시엘은 퍼뜩 그런 의문을 품었다.

우연……이라고도 단언하기 어려웠다. 방금 전 숲을 빠져나왔을 때에도 그랬다.

처음에는 그렇게까지 숲 안까지 들어와 있지 않던 주술병이 정신을 차리고 보니 자신에게 이끌리는 것처럼 모여들어 있었다.

그리고 지크보다 명백히 이쪽을 노리는 빈도가 높았다. 그래서 잘 처리할 수 있었기 때문에 현재로서는 문제가 없었으나, 공격대상에 우선순위라도 있는 것일까.

포옹…….

맥이 빠진 가벼운 폭발소리가 레티시엘의 귀에 닿았다.

그것도 이곳과는 다른 장소에서 들린 작은 소리였다. 만약 주술병들의 소리가 조금만 더 컸더라면 그 소리에 지워졌을지도 몰랐다.

"……!"

가장 먼저 반응한 것은 지크였다. 레티시엘은 마치 주술병들과 대치하고 있어서, 그 몸에 전해진 것은 소리뿐이었다.

"도로셀 님, 신호입니다.

"……저쪽의 구조작업, 끝난 것일까요?"

"그런 것 같습니다."

"알았어요."

레티시엘에게는 보이지 않았지만, 제대로 신호탄의 빛이 올라간 것이리라.

레티시엘은 달려든 주술병의 공격을 받아 흘리고 검으로 다리를 베어 움직임을 봉한 뒤, 재빠르게 적과 거리를 두고 주위를 확인했다.

눈에 들어오는 것들은 모두 주술병, 주술병, 주술병…….

백발에 붉은 눈을 가진 자들만이 있었으며, 그렇지 않은 자…… 즉, 보호 대상자의 모습은 보이지 않았다.

"……이쪽도, 남겨진 사람은 이제 없는 것 같네요."

"신호탄을 쏘아 올리겠습니다. 그것이 끝나는 대로, 저희도 후퇴하죠."

"그래요."

레티시엘은 신호탄에 불을 붙여 허공으로 던졌다. 방금 막 들었던 맥 빠진 소리와 함께 작은 빛이 하늘에 피었다가 사라졌다.

지크가 여전히 정신을 차리지 못하고 있는 여성을 업었다. 레티시엘은 임무 완료를 확인하고 지크와 함께 왔던 길을 되돌아갔다.

주술병들이 그 뒤를 쫓아왔으나 발은 빠르지 않은 모양이었다. 서로의 거리는 계속 벌어지기만 했다.

"오. 돌아왔구나, 너희."

결계를 통과해 별관 홀까지 돌아오자, 루카스가 한발 앞서 돌아와 있었다. 두 사람의 모습을 보고 안심한 것 같은 미소를 띠고 있었다.

"지금 막 돌아왔습니다. 이쪽 신호, 제대로 전해졌나요?"

"그래. 잘 전해졌다. 그쪽으로 향하는 도중에 말이지."

"그쪽도, 별 일은 없었나요?"

"부상을 입은 사람이 몇 명 있지만, 다행히 중상자는 없다. 치료를 받으면 바로 복귀할 수 있겠지."

"그랬나요…… 다행이군요."

검은 안개에 침식당한 사람도 없었다는 것 같았다. 레티시엘은 그 말을 듣고 일단 안심했다.

루카스에게 현재 학원상황을 물어보니, 주술병들은 아무래도 한결같이 남쪽 정문을 통해 밀려들어 오고 있다는 것 같다.

그 외에도 서쪽 벽을 기어 올라오는 개체도 있다는 것 같았지만, 전장은 대략적으로 본관과 별관이 있는 남쪽에 고정되었다고 했다.

때문에 방어체제 강화를 위해, 현재 긴급부대를 편성 중이라던가.

"늦었습니다. 상황은 어떤가요?"

지크가 종종걸음으로 홀로 돌아왔다.

어느샌가 없어졌다고 생각했더니, 보호한 여성을 구호원에게 맡기고 온 모양이었다. 레티시엘과 루카스는 방금 한 말을 그대로 반복해 지크에게 전달했다.

"……그래서 지금은 적의 움직임이 멈췄지만, 언제 또 움직일지 알 수 없어요."

"방심할 수 없군요……. 결국 이번 습격은 무엇을 위한 것일까요……."

"아아, 그러고 보니 이야기해둬야 했네요."

방금 전에는 구조작업과 적을 상대하는 일로 그럴 상황이 아니었다.

세세하게 이야기하면 길어지기 때문에, 레티시엘은 요점만 짚어서 지크에게 태양의 마법진, 두닉스의 유산에 대해 이야기했다.

"그랬습니까……. 설마 이 학원에 그런 장치가 있었을 줄이야……."

그런 것이라면 분명히 결사가 습격해도 이상하지 않군요. 지크는 이야기를 다 들은 뒤 혼자 고개를 끄덕이며 납득했다.

"그렇다는 것은, 적도 유산의 마지막 한 조각이라는 것을 발견하지 못한 것이군요."

"그런 것이, 되는 걸까요?"

"그렇지 않으면 중심지를 가장 먼저 파괴하자고는 생각하지 않지 않을까요? 방금 전의 이야기로는, 그 유산은 적에게도 유효한 것이잖습니까? 그것이 손아귀에 있다면, 다른 수단을 행사할 것 같은 기분이 듭니다."

"아아……."

말을 듣고 보니 그럴지도 모른다는 생각에, 정신이 번쩍 들었다.

어떤 이점이 있는지 알 수 없었지만, 예를 들면 그것으로 부족한 진의 효능을 보완한다든가, 그것을 통해 태양의 마법진에 간섭한다던가, 하려고 한다면 방법은 얼마든지 할 수 있을 것 같았다.

"그렇다면, 피차일반이라는 것이 되네요. 이쪽도 유산에 대한 실마리는 하나도 없는걸요."

"짐작 가는 바도, 역시 없는 건가요?"

"유감스럽게도요."

레티시엘은 그렇게 말하고 어깨를 움츠렸다. 어차피 이 상황에서는 유산수색 같은 것을 할 여유는 없었지만.

그 뒤, 지크는 루카스에게 불려갔다. 레티시엘은 앞으로의 일에 대해 지시를 받지 않았기 때문에, 일시적으로 비번이 되었다.

상황상 할 수 있는 일은, 전투는 돕든가 구호활동을 돕든가 둘 중 하나. 전투 쪽은 지금 긴급부대를 편성하고 있다고 하니 그것을 기다렸다가 움직여도…….

"……도로셀 님!"

레티시엘에게 말을 거는 사람이 있었다. 그것도 귀에 익은, 소녀의 목소리.

설마하는 마음에 레티시엘은 뒤를 돌아보았다. 그러자 유감스럽게도 그곳에 있던 것은 정말로 예상했던 대로, 베로니카였다.

"어머? 베로니카 님? 어째서 여기에……."

"저, 저, 오늘도 도서관에 와 있어서……."

그러고 보니 얼마 전, 예의 회의가 열렸던 날에도 베로니카는 학원에 있었다. 연금술 서적을 읽고, 연금술 연습을 하기 위해서.

아마도 이번에도 독서를 위해 학원에 와 있던 바람에, 주술병의 대규모 습격과 맞닥뜨린 것이리라.

"그건…… 면목이 없네요."

"예? 아, 아뇨. 도로셀 님이 사과하실 일은, 전혀 아니에요. 어쩔 수 없는 일이니까요."

베로니카는 전력으로 손을 좌우로 흔들었다. 그 목소리에는 불안감은 있을지언정 당혹감이나 공포심은 느껴지지 않았다.

"분명히, 사건에 휘말렸는지는 모릅니다. 하지만, 저, 도움이 되고 있어요. 미력하지만, 구호를 돕는 일에, 이 힘을 쓰고 있습니다."

"베로니카 님……."

"이런 상황에서, 이런 말을 하는 것은, 이상하다고 할까, 안 되는 일……일지도 모르겠지만, 남의 도움을 받기만 하는 것이 아니라, 저 자신도 누군가를 구할 수 있다는 것이, 무척, 기뻐요."

"……정말로, 믿음직스럽기 이를 데 없네요."

지금의 자신이 무능하기 때문인가 친구들이 성장했기 때문인가, 처음 만났을 때에는 그렇게나 자신감이 없고 소극적이던 베로니카와는 사람이 달라 보일 정도였다.

주변 사람들이 모두 이러니 자신도 고민하고 있을 수만은 없다고, 레티시엘은 마음을 강하게 가질 수 있었다.

"이런 말밖에 할 수 없지만, 이 사태를 헤쳐 나가기 위해 서로 노력해요."

"예!"

이때의 베로니카의 환하게 웃는 얼굴을, 자신은 분명 평생 잊지 못하리라.

베로니카와 헤어져 루카스를 찾던 참에, 레티시엘은 홀 구석의 소파에 앉은 에델하르트를 발견했다. 그러고 보니 구조작업에서 돌아온 뒤로 지금까지 보질 못했다.

"에델 님."

"……응? 아아, 도로시인가. 수고했어."

"아직 중요한 고비는 이제부터이지만요."

가까이 접근해서야 알아차린 일이었지만, 에델하르트의 무릎 위에는 메이가 몸을 웅크리고 누워 있었다. 이른바 무릎베개 상태였다.

그러나 메이의 얼굴빛은 좋지 않았다. 숨 쉬는 것도 괴로워보였고, 몸을 둥글게 말고 있는 것도 배가 아프기 때문인 것처럼 보였다.

"……메이 씨의 용태는 여전한 건가요?"

"그런 것 같아……. 할 수 있는 일은 모두 했지만, 조금도 차도가 없어."

"정화마술을 다시 걸까요?"

"아아. 부탁해."

레티시엘은 메이의 이마에 손을 얹고 마술을 흘려보냈다. 그녀의 치유는 한 번 한 적이 있었기 때문에 그렇게 시간이 걸리지 않았다.

하얀빛이 희미하게 메이의 몸을 감싸고, 주위에서 하얗게 빛나는 고운 입자가 춤을 추었다. 주변의 공기가 영향을 받아 어렴풋이 온기를 띠고, 빛은 육체의 안쪽으로 빨려 들어갔다.

빛이 사라지자 메이의 표정은 얼마간 부드러워졌다. 이 상태를 계속 유지할 수 있으면 얼마나 좋을까…… 잠시 지나면 다시 원래대로 되돌아온다고 생각하니 안타까웠다.

"……정말로 뭐가 원인인지."

에델하르트가 잠든 메이의 옆얼굴을 복잡한 표정으로 바라보면서 말했다. 분명히 레티시엘 이상으로 안타깝고 애가 타는 것이리라.

"정화마법 쪽은, 시험해보셨나요?"

"시도해보기는 했지만, 효과가 있는 건지 없는 건지…….

약 같은 것보다는 꽤 더 잘 듣는 것 같았지만, 도로시의 치유를 받았을 때만큼의 효과는 없었어."

"……마법으로는 치유력이 부족하다는 것일까요."

"글쎄……."

"전하. 여기 계셨습니까."

그때 루카스가 이쪽으로 다가왔다. 뒤를 따르는 지크의 손에는 여러 개의 두루마리가 들려 있었다. 짐작건대, 저건 편성 중인 긴급부대의 간이표가 아닐까.

"오, 루카스 공. 무슨 일이라도 있었나?"

"아뇨. 이 뒤의 움직임에 대해 전하께 상담을 드리자고 생각해서 말입니다."

"……저 밖의 대군 말인가."

이 위치에는 벽에 큰 창문이 있어서, 그곳으로 바깥의 상황을 엿볼 수 있었다. 떼 지어 모인 주술병의 모습에 에델하르트가 탄식했다.

"일단 틈을 노려서 왕성에 응원요청은 했지만, 줄곧 농성을 하고 있을 수도 없으니 말이지. 뭔가 이렇다 할 안은 있는 건가?"

"안, 이라고 할 정도는 아닙니다만, 다리를 베든지 부러뜨리든지 하면 어느 정도 무력화할 수 있습니다."

다리를 뭉개버린다는 수단에는 루카스도 자력으로 다다랐던 모양이었다.

일격에 치명상을 입혀 즉사시켜야 쓰러뜨릴 수 있는 주술병 상대라면, 이쪽 편이 더 손쉽고 빠른 길이리라.

"하지만 그건 근본적인 해결은 되지 않겠지. 움직이지 못하게 잡아는 둘 수 있어도, 적의 수는 줄어들지 않잖아?"

"검토에 좀 더 시간이 필요하겠습니다. 현재 일반병에게 손쉽고 공유할 수 있는 방법이라면 역시나 한정됩니다."

"그렇겠지―. 적은 이쪽의 사정 같은 건 기다려 주지 않을 테니까."

이것도 아니다, 저것도 아니다. 에델하르트와 루카스가 의론을 계속했다. 지크는 뭔가 생각에 잠긴 기색이었고, 레티시엘도 대처법에 대해 생각해보았다.

현재 마술은 사용할 수 없으며, 레티시엘 이외에 주력으로 사용하는 자도 병사들 중에는 없으므로 제외.

마법은 이전에 술식을 개량해서 위력은 상승했으나, 저만한 수를 상대로는 효과적이지 않으리라.

이 자리에 있는 인간들이 가장 보편적으로 사용할 수 있는 마법을, 주술병 격퇴에 잘 활용할 수 있다면…….

"……마도병기를 이용해 보는 건 어떨까요."

문득 그런 생각이 레티시엘의 뇌리를 스쳤다. 전원의 눈에 일제히 이쪽으로 향했다.

이리스 제국과의 전쟁 때, 레티시엘과 지크가 개발한 멸마총은 마술을 바탕으로 하는 병기였다.

그런 이상, 멸마총도 여기 북두칠성 마법진의 영향을 받겠지만 제국이 사용하던 마도병기는 달랐다.

제국의 무기는 그 나라가 가진 융해로, 아르마 리액터와 마찬가지로 보유자의 마력을 연료로 삼아 기동하는 것이었다.

"그것이라면 북두칠성진의 효과에 좌우되지 않을 테고, 마법보다도 발동효율이 좋다는 점은 앞선 전쟁 때 확인할 수 있었습니다."

"뭐, 현재 보통의 무기로는 주술병에게 제대로 대처할 수 없으니 말이지……."

"마도병기의 핵에 각인하는 술식에 따라 병기가 지니는 효능도 달라지므로, 무기로서의 폭은 꽤 넓지 않을까 싶습니다. 빛이나 무속성의 마도술식을 새겨둔다면, 주술병에게 유요한 수단이 될 수 있을지도 모릅니다."

"분명히…… 뭣하면 멸마총에 그 기능을 끼워 넣는 것도 괜찮을지 모르겠군. 이 뒤에 마술이 부활할 가능성도 전혀 없는 건 아니잖아?"

"그러네요. 그 구조는 양날의 검이기도 해서, 적극적으로 도입하는 일에는 다소 저항감이 있습니다만……."

"그 마음은 이해한다. 하지만 그 얘기를 한다면, 내 의수도 똑같은 구조로 움직인다. 하지만 문제없이 살아있어. 중요한 건 어떻게 사용하느냐의 문제이겠지."

"알고 있습니다. 학원장님은 신뢰하고 있으니까요."

저항은 있었으나, 레티시엘도 현재 수많은 기사나 병사들에게 주술병에 대한 대처수단을 제공하는 가장 빠른 방법이 이것밖에 없다는 사실 정도는 이해하고 있었다.

마소라는 외적 에너지를 이용할 수 없게 되어버렸다는 이상, 지금 이쪽에 남겨진 것은 마력이라는 내적인 에너지뿐이었으니까.

"그렇다면 학원장님. 나중에, 그 의수를 보여주실 수는 없을까요? 제국산 병기를 분해하는 것보다 알게 쉽게 구조를 파악할 수 있을 것 같으니."

"그런 일이라면 딱히 상관없다. 지크, 해 줄 테냐?"

"기한은 약속할 수 없습니다만, 최대한 노력해 보겠습니다."

조금 불안한 것 같은 표정은 있었지만, 그래도 지크는 그렇게 말하고 힘차게 고개를 끄덕였다.

지크의 병기개발능력은 제국과의 전쟁 때 마음껏 발휘된 것을 레티시엘도 알고 있었다. 때문에 그 말은 마음이 든든했다.

그리고 아무렇지도 않게, 레티시엘이 줄곧 보고 싶었던 의수의 구조를 살펴보는 일이 선뜻 허가되었다.

"……왜 제게는 해체를 허락하지 않으셨던 건가요."

"바보자식. 고장 낼 수도 있으니까 허락하지 않은 거다. 너, 일단 연구가 되면 뭐든 가차 없잖아."

"해체했다면 책임을 지고 원상복구 했을 겁니다. 얼마나 걸릴지는 알 수 없지만요."

"그런 부분이다, 그런 부분."

옳거니. 신용도의 차이라는 것일까.

루카스의 눈에 레티시엘은 그렇게 폭력적으로 비치는 것일까……. 참으로 알 수 없는 이야기였다.

"형님께는 내가 요청해두겠어. 그걸로 마도병기 본체와 소재 문제는 어떻게든 되겠지. 시간은 걸릴 것 같지만."

"그때까지는 이곳을 사수해야겠군요."

"도로셀…… 너, 죽으면 안 된다?"

"……? 예. 물론."

그 정도의 기합을 넣고 전투에 임한다, 라는 비유를 할 생각이었는데, 왜인지 루카스가 무척이나 걱정스러운 얼굴을 했다.

'딱히 싸우다 죽자고는 생각하지 않지만…….'

자신의 몸을 걱정해주는 일에는 감사를 하면서, 루카스가 그렇게 과보호 기질이었던가 하고 생각을 했다.

"하지만 마도병기를 응용한다고 해도, 그건 앞으로의 얘기잖아? 현재로선 그 방법은 쓸 수 없고, 어떻게 할 거야?"

거기에, 에델하르트가 매우 진지한 질문을 던져왔다.

지당한 질문이었다. 레티시엘은 또다시 생각에 잠겼다. 주술병의 다리를 못 쓰게 만드는 일에 전념시키는 것만으로는 아마도 상황은 개선되지 않을 터였다. 그 방법으로는 적의 총수는 줄지 않는 것이다.

그러려면 주술병을 도륙내거나, 주술병을 좀먹는 검은 안개를 제거하는 수밖에 없었다. 그러나 지금의 마술로는 대규모의 정화마술은 불가능했다.

그렇다고 해서 주술병을 하나씩 포획해서 한 명씩 정화하는 것도, 효율이 너무 안 좋아서 현실적이지 않았다.

그 외에 주술병을 정화할 수 있을 법한 힘은 없을까. 마법은…… 위력부족으로 연비가 나쁠 것 같았다. 남은 건…… 연금술?

"……아, 그래. 연금술."

해답은 갑자기 머릿속에 번뜩였다. 주위 사람들은 갑자기 손뼉을 친 레티시엘의 행동에 의아하다는 표정을 띠고 있었다.

"에델 님의 협력이 필요해지지만요."

"연금술이라고 말했지. 그걸 쓰는 사람은 나랑…… 그 밸런타인 가의 영애 정도잖아?"

밸런타인 가…… 베로니카의 본가인 공작가를 말하는 건가.

"예. 연금술이라는 것은 체내의 마력과 외부에서 정제된 마소를 합성하는 힘이었죠? 그 마소의 정제에 주술병의 힘…… 정확히는 그 검은 안개를 이용할 수 있을지도 모르겠습니다."

"마소를 개변하는 마법진이 대륙을 덮고 있음에도, 마소를 사용할 터인 주술은 영향을 받고 있지 않습니다. 즉, 주술을 행사하는데 사용하는 마소는 이 상황에서도 살아있다는 겁니다."

"마술과 주술에서 사용하는 연료가 다르다는 거야……? 솔직히, 그런 얘기는 마술의 전매특허라고 생각했는데 말이지."

"아뇨. 그러니까 연금술이 필요한 겁니다. 그 힘의 구조라면, 어쩌면 다른 형태로 정화할 수 있을지도 모릅니다."

대체 무슨 말인지…… 에델하르트 및 동석한 다른 사람들이 그렇게 의아한 얼굴을 했다.

레티시엘은 복잡해지지 않도록, 가능한 내용을 알기 쉽게 설명을 시도했다.

"저 검은 안개는 마술로 정화할 수 있습니다. 간섭이 가능하다는 점은 마술과 본질이 닮았기 때문일 겁니다. 마력이라면, 마소와 반발해서 반동을 일으켰을 테니까요."

"그렇다는 건 즉 이 말인가. 주술병이 내뿜는 장기에서 연금술에 사용하는 마소를 추출해, 그것을 그대로 연금술의 발동원으로 사용한다. 연료를 현지조달 한다는 거지?"

루카스는 여전히 이해하기 어렵다는 듯이 얼굴을 찡그리고 있었으나, 에델하르트는 레티시엘이 말하고자 하는 바를 짐작해낸 모양이었다.

"그런 겁니다. 조금 위험한 도박이 되겠지만요……."

"아니. 해 볼 가치는 있을 것 같아."

에델하르트는 그 자리에서 고개를 위아래로 흔들었다.

"다만, 밖에서 하는 건 위험부담이 너무 크군. 적어도 가능한지 어떤지 확인을 마친 뒤에 실전투입을 하고 싶어."

"그거라면 방금 전 함께 온 분에게 협력을 구하는 것은 어떨까요? 응급처치는 했습니다만, 아직 정화는 완전하지 않으니, 치료의 일환이 되기도 하지 않을까요."

"아아. 방금 도로시와 지크 공이 정원 안쪽에서 보호해 온 사무원 아가씨 말이지."

그 여성의 몸에는 아직 검은 안개가 있었다. 그것을 정화하는 김에 추출실험을 해보게 되었다.

그렇게 됐다면 쇠뿔도 단숨에 빼라고 했다고, 에델하르트는 즉시 구호실로 달려갔다. 너무나도 빠른 실행에 레티시엘도 허둥지둥 그 뒤를 따라가야 했다.

에델하르트는 품에서 연금술의 종이를 꺼냈다. 마력과 마소의 융합촉매가 되는 술식을 적은, 연금술 고유의 아이템이었다.

연금술의 술식이 기동했다. 지면에 적힌 술식이 빛을 띠고 여성의 가슴 위까지 둥실 떠올랐다. 그대로 잠시 떠 있었으나, 이윽고 불타서 재가 되었다.

역시나 한 번에 효과의 정도를 알 수 없는 모양이었다. 에델하르트는 다시 복수의 술식지를 준비해서 묵묵히 도전을 반복했다.

"……어."

몇 장의 술식지를 못 쓰게 만들었을까. 에델하르트가 작게 소리를 질렀다.

술식지가 여성의 위에 떠 있었다. 이것까지는 이전의 도전과 똑같았다.

다만, 다른 것은 이번에는 술식지에 빨려 들어가는 것처럼 여성의 몸에서 검은 안개가 피어올랐다.

빨려 들어간 검은 안개는 곧바로 빛나는 진 안으로 녹아들어갔고, 그것을 받아 술식의 색이 점점 변해갔다.

이윽고 빛이 완전히 연둣빛으로 변화하자, 실내에 작은 돌풍이 불어 빠져나갔다. 연금술이 발동된 것이었다. 아무래도 바람 속성의 술식지였던 모양이었다.

레티시엘은 곧바로 여성의 용태를 확인했다. 체내에 잔류하고 있던 검은 안개는…… 정말로 사라져 있었다. 레티시엘의 가설은 증명되었다.

"됐군."

"됐네요……."

정말로 가능했다는 사실에 반쯤은 놀라고 반쯤은 안도했다. 레티시엘은 무의식적으로 참고 있던 숨을 크게 토해냈다.

"좋아. 나도 전선에 나가겠어."

"하지만 전하. 위험합니다."

"그렇게 말은 해도, 내가 여기 틀어박혀 있으면 이 힘도 무의미하잖아?"

"그건, 그렇습니다만……."

“전선이 위험하다는 것 정도는 알고 있어. 자기 몸 정도는 스스로 지킬 테니까, 루카스 공도 걱정하지 마. 무슨 일이 있으면 바로 의지할 거고 말이야.”

“……그렇다면 적어도 위험한 행동은 하지 않도록 부탁드립니다.”

“걱정도 많군 그래, 루카스 공은.”

그 뒤의 사태는 빠르게 진행되었다. 지크는 연구에 전념하기 위해 후위에 전념하게 되었고, 에델하르트는 곧바로 전투준비를 시작했다.

도중에, 생각지도 못하게 베로니카가 담판을 위해 찾아왔다. 어디서 들은 것인가, 자신도 싸움에 협력하게 해달라고.

레티시엘은 본래 관계도 없는데 이쪽의 사정 때문에 휘말리게 할 수는 없다며 처음에는 거절하려고 했다. 그러나 본인이 한발도 물러서려 하지 않았다.

자신에게도 할 수 있는 일이 있다면, 뭔가 하고싶다고. 그렇게 말하면서. 정말로 믿음직해졌다…….

“그렇게까지 말해주신다면, 협력을 부탁할까요. 다만, 절대로 앞으로는 나서지 마세요? 그러면 무슨 일이 생겨도 지켜줄 수 없으니까.”

“예. 결코 폐는 끼치지 않겠습니다.”

이렇게 새로운 동료를 맞아들이며, 끝이 보이지 않는 전투의 막이 올리려 하고 있었다.

긴 하루가, 시작되었다.

***

하늘이 줄곧 검은 구름에 덮여 있는 탓에 시간을 파악할 수가 없었다. 어느 정도 시간이 흐른 것일까.

"……조금도 진전이 없군요."

레티시엘은 그렇게 툭 중얼거렸다.

이곳은 별관 홀의 바깥. 데이비드의 결계가 기능하는 가장 가장자리의 장소였는데, 그 시선의 끝에는 변함없이 대량의 주술병들이 우글거리고 있었다.

그 뒤 긴급부대의 편성이 종료되어 레티시엘도 부대에 편입되어 가장 중요한 남쪽 전선을 담당하는 부대에 배치되었다.

별관에서 농성전을 시작했던 때와 비교해도, 주술병의 수는 다소 감소한 것 같았지만 그래도 큰 차이는 보이지 않았다.

"이 녀석들, 대체 얼마나 있는 거냐……."

역시나 에델하르트도, 이 적의 무한한 것 같은 모습에 지친 것 같았다.

전선에서 물자보급을 위해 일시적으로 별관 앞으로 돌아온 것에 지나지 않았으나, 이렇게나 떼를 지어 쫓아오다니…….

"……역시, 끌어들이고 있다?"

"응? 도로시, 무슨 말 했어?"

"아, 아뇨."

확증이 없는 일이기 때문에 에델하르트에게 말할 생각은 없었다.

아까의 구조작업 때에도 느낀 것이지만, 아무래도 여러 명이 있는 장소에 레티시엘이 돌입하면 주술병은 우선적으로 자신을 목표를 전환하는 것 같은 느낌이 들었다.

지금도 적들 중에서 눈에 익은 제복을 입은 자들이 때때로 보였다.

방금 전 전선에서 대치했던 주술병들이었다. 그들은 전선을 무시하고 레티시엘을 쫓아왔다는 것이 되었다.

미끼라면 고마운 상황이라고는 생각했다. 하지만, 그렇다고 해도 이유를 알 수가 없었다.

'뭔가가, 그렇게 시키는 것일까……?'

의미도 없이 레티시엘만을 쫓아다니며 노리는 것은 아닐 터였다. 이렇게 말하는 것은 뭣했지만 주술병들은 꼭두각시였다. 지성은 그렇게 높지 않았다.

좀 더 본질적인, 본능에 호소하는 뭔가가 있는 것이라면 이야기는 별개이겠지만…….

"전하, 큰일입니다……."

그곳에 한 명의 병사가 새파랗게 질린 얼굴로 달려 들어왔다. 레티시엘은 직감으로, 이것은 나쁜 알림이 올 것이라고 짐작했다.

"남쪽 전선이, 돌파되었습니다!"

"뭐라고?!"

그 보고에는 에델하르트도 눈을 부릅떴다.

남쪽 전선은 적의 진로를 막는 의미에서 가장 중요한 지점이었다. 그곳이 함락되면, 별관까지의 길이 열리고 만다.

즉, 지금 별관 정면의 방어는 무방비해진 것과 다름없었다.

"보고 드립니다! 서…… 서쪽 전선도, 이미……!"

나쁜 일이란 겹쳐서 오는 법으로, 그 뒤로 잇따라서 다른 전선을 유지하던 부대의 패배보고가 도착했다.

여기저기 흩어져 후퇴한 병사들이 단숨에 본부로 모여들면서, 후방의 구호체제에 점점 혼란을 초래했다.

게다가 전선이 붕괴함에 따라 이미 주술병의 대군이 별관을 향해 이동을 개시했다.

"……안 좋은걸."

에델하르트가 중얼거렸다. 그 의미는 물어볼 것도 없었다. 그것은 즉, 아군의 세력이 한계를 맞이하고 있다는 뜻이었다.

시간을 들일수록 이쪽의 전황은 점점 나빠졌다. 전선은 한 발 한 발 후퇴했고, 본부로 돌아오는 병사들의 얼굴에도 피로의 색이 짙게 떠올라 있었다.

무리도 아니리라. 데이비드의 결계가 있다고는 하나, 이쪽은 싸우면 체력을 소모하고 피폐해졌다.

그에 반해, 주술병들은 주술을 이용한 세뇌 탓에 전혀 지치지 않았다.

연금술을 응용해 즉석대처법은 준비했지만, 그것 역시 무한하게 사용할 수 있는 것은 아니었다.

덧붙여, 주술병들은 일격에 잡지 않으면 성가시게도 좀처럼 쓰러지질 않으니, 몹시 실증이 났다.

장기전으로 끌려간다면 이쪽의 패배가 확정된다. 아군의 전멸도 있을 수 없는 이야기가 아니었다.

에델하르트가 전령을 내보내는 옆에서, 레티시엘은 현재 상황을 타파고자 하는 일념으로 방법을 모색하고 있었다.

마술을 제대로 사용할 수 있었다면, 이 정도의 적은 단독으로 상대할 수 있었건만…… 그런 생각을 해봤자 쓸데없었다. 일어나버린 일은 어떻게도 할 수 없었다.

"……?"

정문 방향을 계속 응시하던 차에, 레티시엘은 문득 그 멀리에 뭔가 위화감을 품었다.

레티시엘이 바라보는 그 앞에 있는 것은 루크레치아 학원의 정문. 그리고 그 건너편에 왕도의 대로가 이어지고 있었다.

그 대로의 한층 더 안쪽에서, 흙먼지 같은 것이 일어나고 있었다.

한층 더 집중해보니, 그것은 점점 이쪽으로 다가오는 것처럼 보였다. 저건 대체…….

"에델 님. 저건…… 뭘까요?"

"응? ……뭐지?"

레티시엘이 가리킨 방향으로 시선을 향한 에델하르트는 의아한 표정을 지었다.

"원군인가요?"

"그런 얘기는 못 들었는데…… 어쨌든 경계하자. 뭐가 올지 몰라."

그러는 사이에도 흙먼지는 점점 커지면서 가까워지고 있었다. 역시 누군가가 이쪽으로 향하고 있는 모양이었다.

왕성이 있는 곳은 이 대로와는 완전 반대편 방향이었다. 성에서 온 증원일 리는 없었다. 그렇다면 적인가…… 레티시엘은 그렇게도 생각했으나, 주술병의 통솔이 미묘하게 흐트러져 있었다.

그들에게 아군이라면, 아마도 이런 혼란이 발생하지는 않을 것이다.

그렇다면 이 먼지를 일으키고 있는 인물은 주술병에게 적이라는 말이 되었으나, 짐작 가는 아군이 없었다.

이 대로가 뻗어나간 그 끝에 있는 것은 왕도의 교외였고, 그곳에는 왕가의 별궁이 있는 정도로 달리 이렇다 할 시설은 없을 터이니까…….

"비켜라아!!"

기세가 좋은 남성의 목소리. 꽤 젊은 사람의 것이었다.

벌써 육성을 들을 수 있을 정도로 가까이 온 것인가 하고 생각한 것과 동시에, 주술병의 비명과 둔탁하고 먹먹한 소리가 함께 들려왔다.

상황으로 판단해 보건대, 흙먼지의 발생원은 남성인 듯했다. 그리고 아무래도 주술병과 교전을 벌이고 있는 모양이다.

에델하르트가 눈을 살짝 크게 뜨고 밖으로 뛰쳐나갔다. 갑자기 무슨 일인가. 레티시엘도 서둘러 그 뒤를 따랐다.

"에델 님? 왜 그러시죠?"

"……아니, 설마. 들릴 리가 없는 목소리라고?"

레티시엘이 쫓아가긴 했으나 에델하르트는 뭔가 혼잣말을 중얼거렸다. 대체 무엇에 그렇게 놀란 것일까.

"크리스, 돌파하겠다. 방어를 부탁해도 되겠어?"

"예. 결계의 준비를 하겠습니다."

목소리는 한층 더 가까워졌고, 소녀의 목소리도 같이 들려왔다. 동행인이 있는 것 같았다.

그런데…… 이 목소리는 기억에 있는 것 같은 느낌이 들었다. 어디서 들었더라?

콰아앙……!

몇 명의 주술병이 한 덩어리가 되어 기세 좋게 허공을 날았다. 강한 바람이 옆을 빠져나가고, 레티시엘은 그들이 충격파에 날아간 것이라고 이해할 수 있었다.

일대의 적이 몽땅 없어진 덕에 시야가 열려서 그 건너편에 서 있는, 주술병을 날려버린 자의 모습이 나타났다.

레티시엘과 비슷한 나이로 보이는, 녹색 섞인 잿빛 머리카락에 붉은 눈을 가진 소년이었다. 경장 위에 움직이기 쉬워 보이는 가죽 갑옷을 착용하고 있었다.

그 뒤에는 보랏빛 눈동자에 핑크블론드의 머리카락의 소녀가 따르고 있었다. 이쪽도 움직이기 쉬운 경장 로브차림이었다.

응? 핑크블론드? 그런 특징을 가진 사람을 레티시엘은 딱 한 사람 알고 있었는데…….

"도우러 왔다. 요청이 있던 건 아니지만, 필요하다고 판단해 내 멋대로 급히 달려왔다."

"형님……!"

"예?"

에델하르트가 형이라고 부르는 사람은 두 사람뿐이었다. 하지만, 지금 눈앞에 있는 소년은 아무리 노력해도 라이오넬로는 보이지 않았다.

게다가 곁에는, 아무리 노력해도 크리스타로만 보이는 소녀를 데리고 있었다. 레티시엘은 뇌리에 떠오른 이름을 믿을 수 없어서, 저도 모르게 두 사람을 응시하고 말았다.

"로시포드 님, 적이 옵니다. 한눈 팔 여유는 없어요."

"아아, 그랬지. 미안하다, 크리스."

믿을 수 없게도 진짜였다. 로시포드라면…… 그 로시포드?

과거 도로셀의 약혼자였으며, 성검 소동 때 바보짓을 해서

왕위계승권을 박탈당한, 그 바보 왕자…… 실례, 전 제1왕자?

"거기 있는 건…… 에델하르트냐? 꽤 오랜만이구나."

"예? 아아, 예에, 뭐어…… 그런, 가요? 그것보다 형님, 왜 이곳에?"

"자세한 얘기는 나중에 하마. 그것보다 일단 전선을 물리는 편이 좋아. 이대로라면 완전히 제압당할 거다."

"네? 아, 예. 그러네요."

에델하르트도 눈에 띄게 당황하고 있었다. 동감이었다. 레티시엘도 이방인을 보는 것 같은, 정체를 알 수 없는 기분이었다.

놀랍게도 **그** 로시포드가 빠릿빠릿하게 아군에게 지시를 내리고 있었다. 뭔가, 보면 안 되는 것을 봐 버린 것 같은, 강렬한 위화감이 들었다.

"……누구?"

때문에, 입을 열기 무섭게 그렇게 말실수를 한 것도, 어떤 의미로는 어쩔 수 없는 일일 터였다.

5장 밤을 헤매다

루크레치아 학원의 습격현장에, 예상외의 인물이 찾아왔다.

예전에 왕위계승권을 박탈당하고 요양을 위해 별궁으로 보내졌던 제1왕자 로시포드……라고 이름을 대는 남자.

아니, 아마도 본인일 테지만, 어쨌든 성격이 너무 달라서 꼭 닮은 사람이 아닐까 의심이 드는 수준이었다.

'……그 후로, 이 사람의 몸에 무슨 일이 있던 걸까?'

성검소동 때 검은 안개에 쓰여 제정신이 아니게 된 것도 한 원인이 되어, 로시포드는 왕위계승권을 잃고 요양이라는 이름의 왕도추방형을 당했다.

거기까지는 레티시엘도 아는 일이었지만, 그 뒤의 로시포드의 정보는 이미 자신과는 관련이 없었기 때문에 듣지도 않았다.

기껏해야 구 공작령 반란 당시, 크리스타가 로시포드의 치료를 위해 비공식 약물을 독단으로 먹였던 일 정도일까.

십중팔구, 레티시엘이 관심도 주지 않았던 이 사이에 그의 몸에 뭔가 일어난 것이겠지만…….

"내가 온 방향의 정보뿐이지만, 그 녀석들에게는 지휘계통이 있는 것 같다. 지휘탑이라고 해야 할까? 그것에 가까운 성질의 개체를 확인했다. 그 녀석의 행동에 따라 주위 녀석들의 움직임이 변했다."

"역시 지휘계통이 있는 건가…… 형님이 아니었다면 언제까지고 알지 못했겠지. 몇 개체입니까?"

"내가 본 개체는 둘이었다. 한곳을 노려 돌파해 왔으니까. 다른 곳을 뒤져보면 좀 더 있지 않을까?"

"장소는 어딥니까? 역시 적의 최심부입니까?"

"글쎄. 나는 밖에서 포위망을 돌파해 와서 말이지. 이쪽에서 보자면…… 중단의 안쪽 근처?"

"중단, 인가요…… 그거 또 꽤나 성가신 장소에 진을 치고 있군요."

"앞도 뒤도 적이 둘러싸고 있다고 하면, 쳐들어가는 건 꽤 고생스러울 것 같군."

"그렇다면 내가 앞장을 서마. 지휘탑 개체의 위치도 기억하고 있으니 안내할 수 있다."

"예? 하지만 형님께 그런 부탁을 할 수는……."

"상관없다. 오히려 그 때문에 온 것이나 마찬가지이니까 말이지. 내게도 모두에게 도움이 될 수 있게 해다오."

로시포드는 작전회의에 참가하기도 하고 전위를 자진해서 떠맡기도 하면서, 이미 아군 안에 녹아들어 있었다.

로시포드의 과거 평판을 아는 사람은 많아서 개중에는 난색을 표하는 기색의 사람들도 있었다. 그러나 잠시 지나자,

신뢰할 마음이 든 것 같았다.

명백히 당혹스러워하는 에델하르트도 루카스도, 묘하게 믿음직스러운 로시포드를 제외하거나 하지 않았다. 마치 처음부터 함께 있기라도 했던 것처럼…….

놀라기도 했고 듣고 싶은 일도 잔뜩 있었으나, 지금은 그럴 상황이 아니었다. 레티시엘은 의문은 하나로 모아서 가슴 속에 담아두기로 하고, 얼른 정신을 다잡았다.

"……?"

방금 전 로시포드가 일점돌파로 뚫고나오며 난동을 부려준 덕분에, 바깥에 있는 적의 기세는 일시적으로 약해져 있었다.

그렇다면 이 틈을 타서 아직 사람 손이 부족한 구호작업을 돕자. 그렇게 생각하고 있으니, 문득 등 뒤에서 시선이 느껴졌다.

레티시엘은 뒤를 돌아보았다. 시선의 주인은…… 아무래도 로시포드인 모양이었다. 뭔가 힐끗힐끗 하고 빈번하게 이쪽의 모습을 살피고 있었다.

"……!"

그리고 레티시엘과 눈이 마주치자, 왜인지 거북하다는 듯이 휙 시선을 돌렸다.

왜 로시포드 쪽이 거북스러워하는 것인가. 과거의 사건이나 약혼자 시절의 일 때문에, 뭔가 원망스럽게 생각하는 일이 있는 것이라면 이해를 하겠지만…….

잠시 생각을 해보았지만 로시포드의 용건으로 짚이는 것은 전혀 없었다.

레티시엘은 잘 알 수가 없었기 때문에 그냥 무시하기로 했다. 상대도 말을 걸어오지 않으니, 불평을 들을 이유는 없을 터였다.

"그러니까 아직 안정하시는 편이 좋습니다. 곧바로 쓰러지실 겁니다."

"하, 하지만, 이렇게 쉬는 사이에도, 모두는 싸우고 있어요……!"

문을 열고 들어간 그 앞쪽의 임시 구호실에서는 지크와 베로니카가 뭔가로 다투고 있었다. 보기 드문 조합이었다.

"베로니카 님. 벌써 일어나신 건가요?"

"아, 도로셀 님……."

베로니카가 레티시엘의 존재를 알아차리고 목소리를 높였다. 지크도 한발 늦게 뒤를 돌아보았다.

연금술을 이용한 정화를 자진해서 떠맡아 준 베로니카는, 그때부터 줄곧 전선에서 가까운 곳에서 에델하르트와 정화 작업에 임하고 있었다.

덕분에 아군의 전투 부담은 그 나름대로 경감되었지만, 에델하르트만큼 연금술이 능숙하지 못하기 때문인지 도중에 몸 상태가 나빠지고 말았다.

그래서 한발 앞서 휴식을 위해 강제로 본부로 되돌아와 있었으나, 그 표정을 보건대 지금에라도 바로 전선에 복귀하고 싶은 것이리라.

“줄곧 힘을 사용하고 계셨을 텐데, 제대로 쉬셨나요?”

“그게, 벌써 복귀하려고 하십니다. 아직 체력도 완전히 회복되지 않았는데 무모하지 않으십니까.”

“그, 그렇지 않아요. 나름대로 휴식도 취했고, 이 이상 폐는 끼칠 수 없습니다.”

지크와 베로니카, 각자가 각각 다른 의견을 주장했다. 그것이 이 실랑이의 원인이었던 모양이었다.

연금술을 이용한 정화를 할 수 있는 사람은 에델하르트와 베로니카뿐이었다. 그 점도 그녀의 마음을 조급하게 만드는 것이리라.

“베로니카 님. 초조한 마음은 이해하지만, 역시 지금은 좀 더 쉬시는 것을 권하고 싶어요.”

“하, 하지만…….”

“물론 베로니카 님은 믿음직스럽다고 생각하고 있어요. 그러니까 무리를 하지 않기를 바라기도 하는 거예요. 귀중한 역할을 해주시고 계신걸요. 자신의 몸은 소중히 해주세요.”

오히려 단 두 사람뿐인 연금술사였기 때문에 무리해서 건강을 해치거나, 적에게 부상을 당하거나 해서 재기불능으로 만들 수는 없었다.

베로니카를 끌어들인 것은 완전히 이쪽 사정이었다. 그 일로 그녀에게도 쓸데없는 부담은 가하고 싶지 않았다.

"게다가, 지금은 에델 님이 자리를 대신 지켜주고 계십니다. 무슨 일이 있으면 저도 보조로 들어갈 테니, 아직 충분히 현상을 유지할 수 있어요. 그 사이에 베로니카 님은 몸 상태를 완전하게 해주셨으면 하는 거예요. 그렇게 하면, 다시 함께 싸울 수 있습니다."

"도로셀 님……."

"그러니까 지금은 단단히 쉬어두세요. 피곤한 채로는 최대한으로 힘을 낼 수 없는걸요."

"……그러, 네요."

베로니카는 풀이 죽어서 고개를 숙이고 말았다. 본인도 분명히 휴양의 필요성을 알고 있던 것이리라. 어떻게 해도 마음이 먼저 앞서는 일은 자주 있었다.

"알았습니다…… 그럼, 조금만 더, 이곳에서 쉬고 갈게요."

"예. 그 편이 더 좋을 거예요."

잠시 뒤 베로니카가 고개를 끄덕이며 납득해 주었다.

그것에 휴 한숨을 돌린 지크는, 힐끗 창문 밖으로 시선을 주고 난 뒤 레티시엘에게 물었다.

"밖의 상황은 어떻습니까?"

"현재로서는, 방금 전부터 움직임이 없어요. 언제 적의 활동이 재개돼도 이상하지는 않지만요."

"그건, 로시포드 전하가 오신 일과 관계가 있을까요?"

"어머. 그 얘기도 벌써 이곳까지 전해졌군요."

"다들 놀라움 반 곤혹스러움 반이었으니까요…… 또 한 사람, 동행이 있다고도 들었고요."

"아아…… 예. 크리스타가 같이 있었어요."

"크리스타 양이요? 그, 도로셀 님의 여동생분이신 그……?"

"그래요. 전혀 예상치 못했던 원군이에요."

"그런 것치고는, 왠지 납득하지 못하신 것 같은 얼굴이군요."

"……."

분명히 납득은 못하고 있었지만, 그렇게 알기 쉬운 얼굴을 하고 있던 것일까…….

"그 분, 명백히 상태가 이상했으니까, 조금 말이죠."

"로시포드 전하 말이십니까?"

"성격이 바뀌었다……라고 해야 할까요. 알맹이가 다른 사람과 바뀌었다, 라는 편이 표현으로서 정확할지도 몰라요."

"그건……."

"그, 그거라면 그 이야기, 정말이었던 것일까요……"

베로니카가 작게 중얼거린 한 마디를 놓치지 않았다.

"그 이야기?"

"저, 저도 이야기를 들었을 뿐이지만요. 로시포드 님은 지금 과거 기억을 전부 잃어버리셨다는 상태라고……."

"예? 다시 말해…… 기억상실?"

"예. 마치 사람이 바뀐 것 같다고요."

사람이 바뀐 것 같다…… 분명히 지금의 로시포드는 레티시엘이 봐도 「사람이 바뀐 것 같다」고 생각되었다. 이제는 다른 사람이라고 해도 좋았다.

"……그 이야기라면 저도 들은 적이 있습니다. 기숙사에서 선생님들이 한때 자주 화제로 삼으셨지요."

지크도 고개를 끄덕였다. 그러고 보면, 두 사람은 학원의 학생기숙사에서 사는 몸으로, 그곳에서 교사들 사이에 떠도는 소문도 자주 들은 것이리라.

"그렇게 유명한 이야기였나요."

"글쎄요. 전하는 줄곧 왕도 교외의 별궁에 틀어박혀 계셨으니, 고용인들을 통해 흘러나온 소문이 아닐까요?"

"그런가요……."

소문의 출처는 둘째 치고, 그런 일이라면 아직 납득할 수 있었다.

기억을 잃었기 때문에 로시포드의 성격이 바뀌었다. 모르는 사이에 타인과 영혼이 바뀐 것은 아니라고 알게 되어 레티시엘은 안심했다.

"그러고 보니 도로셀 님은 이곳에는 어쩐 일이십니까?"

"구조 쪽이 지금 사람 손이 부족하잖아요? 그래서 뭔가 도울 수 없을까 하고 말이죠."

"예? 방금 전 학원장님이 찾고 계셨는데요? 뭔가 상의할 일이 있다고…….”

“그랬나요? 몰랐어요…… 어딘가에서 길이 엇갈린 걸까……?”

루카스는 줄곧 에델하르트와 같이 회의를 하고 있었다고 생각했는데, 그것이 끝났다는 것일까.

“알았어요. 그럼 내 쪽에서도 찾아볼게요. 고마워요.”

레티시엘은 지크와 베로니카에게 작별을 고하고 방을 나섰다. 루카스는 어디에 있을까. 아직 홀에 있으면 찾는 수고를 덜 텐데…….

“저, 도로셀 양……이지?”

임시 구호실에서 나와 홀로 돌아온 참에, 로시포드가 레티시엘에게 말을 걸었다.

방금 전의 일도 있어서, 그런 태도라면 접근하지 않으리라고 조금 방심하고 있었다. 방금 전에 기억상실에 걸렸다는 말을 들었다고는 하나, 레티시엘은 저도 모르게 경계태세를 취하려고 했다.

게다가…… 도로셀 양? 과거에 로시포드에게 그런 식으로 불린 기억이 한 번도 없었다. 기본적으로 풀네임이든가, 「그 여자」라고 불렀는데…….

“예. 그렇습니다만…….”

“……미안했다!”

“네?”

로시포드가 갑자기 사과를 했다. 더구나 머리를 깊이 숙인다는 부록까지 붙여서. 너무 뜬금없고 갑작스러운 일이라서, 레티시엘은 당황하고 말았다.

"그건…… 무엇에 대해서인가요?"

"아아, 미안하다. 만약 만날 수 있는 기회가 있다면 가장 먼저 사과를 하려고 하고 있어서……."

레티시엘은 저도 모르게 눈썹을 찌푸렸다. 그녀가 반걸음 물러난 것을 알아차린 것인지 로시포드가 허둥지둥 거리를 벌렸다.

'그것보다 로시포드도…… 사과 같은 걸 할 수 있었구나…….'

지금 그 말을 듣고 가장 먼저 그렇게 생각하는 것도 좀 그렇긴 했다. 그렇지만, 감정이 놀라는 것을 넘어서 당황스러움의 영역에 도달해서, 그렇게 상당히 실례되게도 매우 진지하게 감탄하고 말았다.

"사실은, 나는 당신과는 만나서는 안 되는 몸이라는 건 알고 있다."

로시포드의 혼잣말은 계속되었다. 레티시엘의 반응을 경계하는 것으로 받아들인 것일까. 처음 사죄했을 때보다도 어조가 신중했다.

"나는 이래봬도 일단 왕도에서 추방당한 몸이다. 애초에 본래대로라면 아바마마의 허가 없이는 왕도의 땅을 밟아서는 안 돼. 이곳에 온 것도 처벌을 각오한 것이다."

"하아…… 그거 참 매우 훌륭한 각오이십니다……."

『처벌을 각오한 것』……! 로시포드가 절대로 말하지 않을 것 같다고 생각하던 단어들이 계속 나온다.

"하지만 나는 아직 왕족이다. 자신의 조국이 침략당하는 것을, 가만히 보고만 있을 수는 없었다. 그래서 내 멋대로 결정한 일이지만, 여기에 오기로 한 거다."

"예에…… 훌륭하시네요……."

"미력해도 전투에 공헌할 수 있다면 좋다고 생각했다. 그것이 끝나면 바로 별궁으로 돌아갈 생각이기도 했다. 하지만 설마 당신과 만나리라고는 생각도 못해서……."

"그러시군요…… 다른 의미로도 예상외였네요……."

"……도로셀 양, 혹시 따분하신 건가? 그렇다면 면목이 없—."

"아뇨. 오히려 정말 재미있습니다."

"재, 재미있어?"

"죄송합니다. 신경 쓰지 마십시오."

역시나 본인을 앞에 두고, 당신이 내가 아는 로시포드와 너무 다른 탓에 놀란 것을 넘어 오히려 재미있다고는 말할 수 없었다.

"기억을 잃으셨다 들었습니다만, 저를, 기억하시는군요."

"아니, 사실은 도로셀 양에 대해서도 잊어버렸다. 다만, 크리스에게서 이야기는 들었다. 옛날에 내가 매우 지독하게 다른 여성이 있다고. 그래서 그 자를 만나면, 가장 먼저 사과하려고 결심하고 있었다."

"……."

객관적인 사실로서는 틀리지 않았겠지만 뭘까…… 왠지 로시포드에게 들으니 약간 화가 났다.

그러나 로시포드가 이런 저자세도 취할 수 있는 것에 놀랐다. 어쩌면 이쪽이 그의 본래 성격에 가까운, 꾸밈이 없는 상태일지도 몰랐다.

동정하는 것은 아니지만, 그의 경력은 천 년 전의 자신과 얼마간 비슷한 것이 있었다. 어머니를 잃고 차기 국왕으로서의 기대감을 짊어진, 고독을 아는 자.

레티시엘은 마술이라는 자신만의 특기를 얻고 그것으로 마음껏 기대에 응할 수 있었지만, 로시포드는 그런 뛰어난 부분이 없었다.

밑에 있는 동생 두 명도 충분히 라이벌로서 어울리는 집안과 능력, 재능을 갖고 있었으니 열등감도 컸으리라.

결정타로, 난데없이 정해진 혼담이 『무능 영애』와의 정략결혼이라면, 여러모로 폭발해 비뚤어지는 것도 이해하지 못할 일은 아니었다.

"과거의 내가 도로셀 양에게 한 짓을 없던 일로 할 수는 없고, 그런 뻔뻔한 소리를 할 생각도, 주제넘게 용서를 구할 생각도 없다. 다만, 사죄만은 하게 해줬으면 해. 그것이 내가 할 수 있는 최소한의 속죄다."

"예에."

"용서할 수 없다고 한다면 그래도 상관없어. 기억은 없어도, 그렇게 여겨져도 어쩔 수 없을 만큼의 짓을 내가 저지른 것은 분명하니까 말이지. 그러니 불쾌하게 생각하게 만들었다면, 나는 곧바로 당신 앞에서 없어지겠어. 다시는 모습을 나타내지 않겠다고도 맹세할 테니, 그러니까……."

"어, 저기……."

어떻게 하면 좋을까……. 뭔가, 매우 빠르게 연달아 열변을 토해내고 있는데, 대체 어떻게 반응하면 좋을까.

입에서 나오는 대로 내뱉는 새빨간 거짓말이 아니라 진심으로 하는 말인 것처럼은 생각되었다. 그렇지만 너무 열의가 담긴 나머지, 말이 매우 빨라져서 옆에서 참견을 할 수가 없었다.

그리고 그것을 실행하고 있는 것이 **그** 로시포드였으니, 머리가 한층 더 혼란스러웠다. 그는…… 이런 캐릭터였나?

"잠깐, 로시포드 님. 이런 곳에서 무슨 농땡이를 부리시는 건가요."

레티시엘이 이 토크를 어떻게 멈출까 진지하게 고민을 하고 있던 중, 방울처럼 맑은 소녀의 목소리가 들려왔다.

곤란하다는 것 같은 얼굴로 이쪽으로 걸어온 것은 크리스타였다. 양손을 허리에 댄 모습이, 약간 어처구니가 없다는 것 같은 느낌도 들었다.

로시포드의 말이 멈추었다. 그야말로 절대 권위자의 말이었다.

"바로 전선으로 돌아갈 거예요. 로시포드 님의 힘으로 전선을 유지하고 있으니, 장기간 이탈하시면 곤란합니다."

"아니, 그건 알지만, 하나…… 나는 과거의 자신이 저지른 잘못을 말이지……."

"네네, 그런 건 나중에 해 주세요. 지금은 여러모로 바쁘니까요."

거침없이 냉정하게 상황을 열거하는 크리스타와, 다소 감정적이 되어 자기주장을 내세우려는 로시포드. 두 사람의 온도차에 감기에 걸릴 것만 같았다.

"그런 연유로, 언니. 이 분을 모셔갈게요."

"그, 그래요……."

"어, 어이, 크리스, 잠깐 기다려줘! 나는 말이지……."

해명을 꾀하려는 로시포드의 말을 적당히 흘려들으며 연행하는 크리스타.

한동안 못 본 사이에…… 뭐랄까. 로시포드가 좋은 느낌으로 크리스타에게 휘둘리는 것 같기도 하고…….

"……없어졌네요."

"그렇군……."

"……변함없이, 폭풍 같은 분이시네요."

"오히려 전보다 더 심해졌는지도 모르겠네……."

레티시엘은 옆에 와서 선 에델하르트와 그런 영양가 없는 대화를 내누었다.

기억을 잃은 뒤에도 여전히, 자신의 생각대로 곧바로 행동하려는 경향은 변함없는 모양이었다.

옛날의 그와 비교하면 나아진 것 같은 기분도 들었지만, 이건 이것대로 다른 의미로 성가실지도 몰랐다.

"그런데 에델 님은 언제부터 여기 계셨나요?"

"조금 전부터다. 미안, 나올 타이밍을 잡을 수가 없었어."

"그러셨나요."

"우선, 형님의 일은 뒤로 미루고."

"아, 뒤로 미루는군요."

"적의 통솔이 흐트러진 이틈에 태세를 다시 정비하자. 저쪽도 바로 또다시 공격해 올 거야."

"그러네요. 뭐가 어찌됐든 마음 든든한 원군이니까요."

레티시엘과 에델하르트는 이동을 시작했다.

별관 밖으로 나와 정문으로 향하자, 이미 교전은 시작되어 있었다. 적들의 재정비는 정말 빠르기도 했다.

오히려 방금 전보다도 더 한 곳으로 집합하는 것 같은 느낌이 들었다. 지금까지는 느끼지 못했는데, 지금은 피부에 전해지는 공기가 기분이 나빴다.

기억에 있는 감각이었다. 녹테트 산의 정상에서 사라의 주술을 가까이에서 받아냈을 때 느꼈던, 그 느낌과 비슷했다.

단체나 작은 규모의 집단이라면 괜찮지만, 주술병도 대량으로 한 장소에 집중하면 일대의 장기농도가 올라가서 보다 영향을 받기 쉬워지는 것이리라.

"연금술을 쓰겠어. 그걸로 약간은 편하게 싸울 수 있게 되겠지."

에델하르트는 그렇게 말하고 곧바로 술식지를 기동했다.

발동한 것은 어둠 속성의 술식인 것 같다. 복수의 검은 빛의 띠가 적에게로 날아가, 그 눈을 가리듯이 달라붙었다. 시야를 봉쇄하는 술식인 모양이다.

시야를 차단당한 주술병들은 곧바로 발을 멈추고 날뛰기 시작했다. 눈을 덮은 띠를 필사적으로 떼어내려고 했다.

그 틈을 타서 공격을 개시했다. 레티시엘도 새로운 검을 조달해 요격에 나섰다. 마술을 씌우면 그 자체로 바로 무기의 소모가 심해지는 탓에, 이미 몇 자루나 검을 바꾸었는지 모르겠다.

"우오오오오!"

우렁찬 외침과 함께 가장 먼저 적진에 뛰어든 것은 로시포드였다.

무기도 들지 않고 맨손이었다. 덤벼드는 주술병의 공격을 정면으로 받아내고, 굳게 쥔 주먹을 휘둘러 그 안면을 있는 힘껏 후려쳤다.

얻어맞은 자는 그것만으로 기세 좋게 허공을 날아가, 뒤이은 자들을 끌어들여 나뒹굴었다. 무시무시한 괴력이었다.

본인의 육체적인 힘……이 아니라, 뭔가의 술법에 의한 것이리라. 붉은 두 눈이 형형하게 빛나고 있었다.

그야말로 귀신과도 같았다. 다른 동료들도 돌진하는 로시포드의 기세에 행동이 반 박자 뒤쳐지는 기미였다.

눈이 반응하고 있으니 주술……인 것일까. 그런 것치곤 동종의 힘을 사용하는 주술병들에게도 효과를 발휘했으며, 더 나아가 아군도 그것에 영향을 받는 기색이 없었다.

로시포드의 팔에는 검은 불꽃과도 같은 아지랑이가 휘감겨 있었다. 적을 쳐서 날려버릴 때마다, 검은 불꽃이 뱀처럼 꿈틀거렸다.

꽤…… 힘이 넘쳤다. 적을 맨손으로 쫓아 흩뜨리며 왔을 때에도 생각했지만, 그의 전투스타일은 의외로 단순하게 힘으로 밀어붙이는 것일지도 몰랐다.

'……어머?'

후방확인을 위해 별생각 없이 뒤를 돌아본 레티시엘은 고개를 갸우뚱했다.

주술병이 높은 확률로 레티시엘에게 접근하는 것은 방금 전부터 변함이 없었으나, 그에 더해 희한한 현상이 하나 더 일어나고 있었다.

모두가 평등하게 주술병을 상대로 분투하고 있었다. 그

중 한 사람, 지크만이 엄호에 전념하고 있었다.

그 자체는 별로 이상한 일이 아닌 것 같았으나, 후방지원을 공격하는 적이 없었다.

물론 레티시엘을 노리지 않는 적이 있는 것처럼, 지크는 노리는 적도 있긴 있었다. 그러나, 그것은 소수였다.

'……대체 주술병은 어떤 기준으로 공격대상을 선별하는 걸까?'

지금까지는 혼자서 주술병과 대치했기 때문에 전혀 신경 쓰지 않았는데, 꽤나 묘한 습성을 갖고 있는 모양이었다.

무차별적으로 덮치는 것……이 아닌 것일까. 스피리아 전쟁 때 그렇게 보였던 것은 단순히 적측에 특별히 주시하거나 피하는 인물이 없었기 때문에?

혹은 지크가 사라와 닮았기 때문에 덮치지 않는 것일까. 사라는 주술병에게 부모와도 같은 존재였다. 부모는 공격하지 않는다……라는 논리가 주술병에게 있는 걸까.

"전하! 원군은 아직입니까?!"

"발목이 잡힌 모양이야! 주술병을 해치우는데 시간이 걸려서 여기까지 뚫고 오질 못하고 있다고 해!"

적과 아군의 목소리가 뒤섞인 탓에, 루카스와 에델하르트도 서로 목소리를 높이며 이야기를 하고 있었다.

원군요청에 응해서 왕성에서 보내온 원군은 이 적군의 바깥쪽에서 주술병에게 둘러싸여 움직이지 못하고 있었다. 그들이 도착할 때까지는 어떻게 해서든 버텨야만 했다.

"에델하르트. 원군은 어느 방향에서 오고 있느냐?"

그때까지 잠자코 있던 로시포드가 갑자기 그런 것을 물었다. 마침 지금 그는 레티시엘 일행과 함께 행동하고 있었다.

"방향? 남쪽이에요. 성이 있는 쪽."

에델하르트는 의아한 듯이 로시포드를 돌아보았으나, 로시포드는 거꾸로 생각에 잠겼다.

"남쪽…… 알았다. 그럼 내가 활로를 여마."

"예? 형님?"

"발목이 잡혔다면, 이쪽에서 길을 만들어 주면 되잖아? 괜찮아. 신속히 끝내마."

그렇게 말한 로시포드는 에델하르트의 대답도 듣지 않고, 그때까지 잠시 이곳을 부탁한다는 말을 남기고 달려갔다.

검은 불꽃을 휘감은 주먹으로 적을 날려가면서 그 뒷모습은 눈 깜짝할 사이에 적군 속으로 파묻혔다.

"고맙긴 한데, 저 무모함은 좀 더 어떻게 안 되려나……."

에델하르트가 뭐라 형용할 수 없는 복잡한 표정으로 적에게 달려가는 형의 뒷모습을 배웅했다. 그 모습을 보면서 레티시엘은 안타깝게 됐다고 속으로 외웠다. 뭐 아직 살아있지만.

"……!"

또다시 전투에 집중하려고 하다가, 레티시엘은 얼굴빛을

창백하게 물들었다.

그 시선의 끝에는 지크가 있었다. 정면의 적을 상대하고 있는 그 뒤쪽에서 슬며시 다가오는 그림자가 있었다.

그것도 하필이면 무기를 가진 타입의 주술병. 때때로 지크를 노리는 주술병은 있었으나, 참으로 최악의 타이밍이 모이고 말았다.

"지크, 엎드려요!"

그렇게 외치기 무섭게, 레티시엘은 이미 앞으로 뛰어나갔다.

거리적으로 나름 꽤 떨어져 있던 탓에, 검으로 공격을 튕겨내는 것은 거리가 닿지 않을 것 같았다. 지크를 그 자리에서 떨어뜨리려고 해도, 이미 주술병은 바로 코앞에까지 육박해 있었다.

그렇다면 취할 수 있는 방법은 하나밖에 없었다. 레티시엘은 현재 전개할 수 있는 최대한의 결계마술을 전개하고, 그 효과를 팔이라는 한 점에 모두 집약시켰다.

"……윽."

적이 내리친 흉악한 검을 결계마술로 보강한 팔로 직접 받아냈다. 피가 얼굴에 튀는 감각.

약체화했기에 공격을 완전히 막지는 못했으나, 그 힘에 반해 상처의 깊이는 경감된 모양이었다. 기세 좋게 검이 뽑혀나가자, 주변 일대에 선혈이 튀었다.

"도로셀 님……?!"

지크의 외침이 들려왔으나 뒤를 돌아 확인할 여유는 없었다.

어마어마한 통증이었다. 상처가 아마도 신경까지 도달한 것은 아닐까. 팔꿈치부터 아래쪽의 감각이 완전히 없어졌다.

"괜찮아요…… 팔의 근육을 가볍게 베인 것뿐이니까."

"가볍게요? 그건 전혀 가벼운 상처가 아니에요!"

지크가 눈을 부릅뜨고 있었다.

찢어진 소매를 걷자, 상처에서는 지금도 피가 흐르고 있었다.

사실은 팔이 잘려나갔어도 이상하지 않다고까지 생각했기 때문에, 아직 무사한 것은 다행이었다. 레티시엘은 치유 마술을 발동했다.

손바닥 위쪽에 전개된 술식에서 빛이 흘러넘쳐, 상처 속으로 빨려 들어갔다. 빛과 함께 조금씩 상처가 아물기 시작했지만, 어떤 타이밍이 되자 효과가 빈약해졌다.

위력이 약해진 마술로는, 역시나 상처자국을 포함한 흔적까지 한순간에 없애는 곡예는 할 수 없게 된 모양이었다.

우선 상처를 다시금 살펴보니 이미 딱지가 앉아 있었다. 손가락 끝도 떨렸고 손이나 팔을 움직이는 것이 불안정한 감각이 있긴 했으나, 어쨌든 움직였다.

뭐, 응급처치로서는 더 할 나위 없이 좋은 것이 아닐까.

"괜찮아? 도로시!"

소동을 눈치 챈 것이리라. 에델하르트도 달려왔다.

"예. 전 괜찮습니다. 상처도 치료했어요."

"그건 다행인데, 혹시 검은 입자를 뒤집어썼어?"

"……? 이거 말인가요?"

"여기, 차폐물 같은 것이 없으니까 말이지……. 우선은 신중을 기해서 지금 당장이라도 제대로 치료받는 편이 좋을 거야."

"대단한 건 아니에요. 지혈도 했고, 일부러 수고를 들이게 할 정도의 일은……."

"안 돼. 구호소에서 제대로 상처를 보도록 해. 상처가 검게 변색해서 악화하는 예도 있다고. 나중에 가서 문제가 생기면 늦어."

그렇게 말하는 에델하르트의 어조에는 변명도 하지 못하게 만드는 분위기가 있었다.

아무래도 그는 하늘에서 끊임없이 쏟아지는 검은 입자가 신경이 쓰이는 것 같았다. 지금도 입자에 의한 눈에 띄는 피해는 없었으나, 체내에 흡수되면 건강을 해치는 물건일지도 몰랐다.

상대가 뜻을 굽힐 기색은 조금도 없어서, 최종적으로 그 끈기에 진 것은 레티시엘이었다.

"알았습니다……. 그럼 이 싸움이 일단락되면 구호실에 들르겠습니다."

"아니, 일단락된 뒤가 아니라 지금 당장이 좋잖아. 왜 안 가는거야?"

"이 상황에서 저만 철수할 수는 없습니다."

"그렇다고 해서 네 몸에 무슨 일이 있으면 의미가 없잖아."

서로 평행선을 달리는 주장이 이어졌다. 정신을 차리고 보니, 시커먼 어둠이 주변 일대를 덮으려 하고 있었다. 밤이 되어가는 것이리라.

검은 구름에 계속 차단되어 태양도 하늘도 보이지 않게 되었지만, 일단 날씨가 흐려 태양이 나오지 않는 날 이외에는 낮 동안에는 주변이 다소 밝았다.

때문에 날씨를 알 수 없다든가, 시간감각이 흐트러졌다든가 하긴 했으나, 일출과 일몰의 타이밍은 그날에 따라 파악할 수 있었다.

"……."

거기서 레티시엘은 위화감을 품었다. 주술병들이 왠지 공격을 해오지 않게 된 것이었다.

주위는 점점 더 어둠에 삼켜졌고, 전투로 인한 파괴를 면한 학원의 가로등이 매우 눈부셨다.

"응……? 이상하게 조용하군……."

에델하르트도 이 위화감을 눈치 챈 모양이었다.

"……공격이, 멈췄다?"

어떻게 된 일일까. 정말로 주술병들이 전진을 멈추고 있었다…… 그러기는커녕, 잘 보니 그들은 물러나고 있었다.

전투를 중단하고 그 자리에서 갑자기 시작한 적의 철수에는 레티시엘을 비롯해 무기를 손에 들고 싸우던 자들이 모두 당황했다.

"주술병이란 건 해가 지면 활동할 수 없다는 제약이라도 있었어?"

"들은 적은 없는데요……."

"스피리아 전쟁 때에는 주야를 가리지 않았습니다."

"그랬지……."

루카스나 에델하르트도 고개를 모로 꼬고 있었다. 그러는 사이에도 주술병들은 줄줄이 후퇴했다.

그렇다고 해서 완전히 철수하는 것도 아니고 학원 대지 주변을 느슨하게 둘러싸고 있는 것이 기묘했다.

왜 이 타이밍에 후퇴도 아닌 어중간한 움직임을 취하는 것일까. 로시포드의 응원은 있었지만, 그것으로 적들이 압도적으로 열세에 몰린 것도 아닌데.

"뭐 잘은 모르겠지만 적의 움직임이 멈췄다면, 이 틈에 할 수 있는 데까지 태세를 정비할 따름이다."

에델하르트는 그렇게 말하고 아군을 차례대로 철수시켰다. 이유가 뭐든, 분명히 이쪽에게는 기회이리라.

깊게 쫓지는 않는다, 뭔가의 함정일 가능성도 없지는 않다. 그 지시는 신속하게 아군 전체에 퍼져서, 다들 재빠르게 결계 안쪽으로 돌아갔다.

"도로셀 님, 돌아가죠. 손을 빌려드리겠습니다."

"괜찮다고 말했는데요……."

"그래도요."

그렇게 말하는 지크의 얼굴은 미안함과 면목 없는 표정으로 가득했다.

역시나 그것을 보고 거절하는 행위는 할 수 없었다. 레티시엘은 지크가 내민 손을 잡아 그의 호의를 받아들이기로 했다.

본부까지 돌아가는 도중, 두 사람 사이에 대화는 없었다. 레티시엘은 그다지 신경을 쓰지 않았지만, 지크는 상당히 거북한 것 같았다.

그래도 레티시엘을 잡아끄는 지크의 손은 상냥했다.

그 마음만으로도 충분해요. 레티시엘은 그렇게 말해주고 싶었지만, 분명히 그는 곤란한 것처럼 웃기만 하리라.

지금은 그 말을 받아들일 수 있을 정도로 여유롭지 못한 것을 레티시엘은 알고 있었다. 그랬기 때문에, 그저 지크의 유도에 몸을 맡겼다.

레티시엘과 지크는 별관을 지키는 결계를 통과해 홀에 도착했다. 홀은 이미 사람들로 몹시 붐비고 있었는데, 원래 한계가 있는 공간이니 어쩔 수 없나.

레티시엘은 자신의 팔을 쳐다보았다. 아직 상처자국은 생생했으나 피는 멈춰 있었다.

하늘에서 떨어지는 검은 입자로 인한 영향이 걱정되니, 제대로 된 치료를 받고 오라고 에델하르트가 말했던가…….

"고마워요, 지크. 여기까지면 됐어요."

"괜찮으십니까? 괜찮으시다면 끝까지 같이 가드리겠습니다만."

"남은 건 구호실에 가는 것뿐일걸요. 혼자서도 괜찮아요. 지크도 일단 학원장님에게 보고를 하러 가야하잖아요?"

"……그렇군요. 그럼, 나중에 다시 오겠습니다."

마지막의 마지막까지 걱정되는 표정을 지우지 못한 채, 지크는 그곳을 떠났다.

레티시엘이 자신때문에 상처를 입고 말았다, 라는 사실이 꽤나 부담감으로 작용하는 것 같았다. 그렇게 어깨에 힘을 주고 분발하려고 애쓸 필요는 없는데…….

그러나 지크는 성실하니까 신경을 쓰고 말 것이리라. 그 사실을 잘 알았기 때문에, 대응을 잘 할 수 없는 것이 한층 더 안타까웠다.

레티시엘은 왠지 개운치 않은 기분으로 임시구호실에 도착했다.

임시구호실은 그 이름대로 이번 전투를 위해 별관의 빈 방을 이용해 만든 일시적인 구호실이었다. 처음에는 하나였는데 지금은 좌우의 방으로까지 확대했고, 확대한 옆방의 옆방도 창고로 사용하고 있었다.

그만큼 이번 전투에서 많은 부상자가 발생했다는 것인

가…….

뛰어다니는 구호원들 중에는 크리스타의 모습도 섞여 있었다. 지금은 새로 교환할 붕대를 갖고 돌아오는 중인지, 손에는 물건을 담는 바구니를 들고 있었다.

크리스타는 결계를 펴는 등 전선에 나와 있었으나, 심각한 일손 부족에 시달리는 후위의 구호요원의 부탁을 받고 지금은 그쪽의 조력에 힘쓰고 있었다.

"언니…… 그 피, 어떻게 되신 건가요?"

크리스타가 레티시엘의 붉게 물든 소매를 보고 심장이 철렁한 것처럼 눈을 크게 떴다.

"베였어요."

"베이다니……."

"동료를 감쌌을 때에요. 끊어진 근육은 내가 치유했으니까, 보기보다는 심각하지 않아요."

실제로 막 베였을 때에는 감각이 마비됐던 팔도 지금은 일상생활을 하는 정도에는 지장이 없을 정도로 회복됐다.

지혈도 했고, 잘린 근육은 그 자리에서 치유마술을 써서 회복했으니 후유증 같은 것이 남을 걱정은 없을 터.

"……변함없이, 자신의 몸을 가볍게 여기고 계시는군요. 그러다 빨리 죽습니다."

"꽤나 엄격하네요."

"어머, 사실 아닌가요?"

뭐, 크리스타가 그렇게 말한다면 반론하기가 어려웠다.

과거에 찔릴 것이라는 것을 알면서도 그녀의 나이프를 정면에서 받아낸 적이 있으니 그런 평가가 붙는 것도 어쩔 수 없으리라.

"보여주세요, 치료하겠습니다."

"응급처치는 끝났어요. 피도 이미 멈췄고."

"……네? 그럼 뭘 하러 오신 건가요?"

"하늘에서 내리는 입자가 상처에 영향을 주지 않을까, 상처를 확실하게 봐달라고 하라고, 그런 말을 들어서 말이죠."

"그러셨나요……. 그렇겠죠. 그렇지 않으면 언니가 일부러 구호실에 와서 치료를 받거나 하지 않으시겠죠."

"……당신에게 나는 그렇게나 치료받기를 싫어하는 사람이 되어있는 건가요?"

크리스타는 선반에서 구급상자를 꺼내와 레티시엘의 상처 치료를 시작했다. 지금 질문에 대해서는 노코멘트인 모양이었다.

자신의 몸을 함부로 다룰 생각은 없었으나, 마술에 의존하던 시기의 전투 스타일이 아직 몸에 남아있는 점은 있을지도 몰랐다.

무턱대고 적의 무리에 돌격해도 살아서 돌아오기만 한다면 팔이나 다리 한두 개 잘려나가도 마술로 치유할 수 있을 가능성이 더 높았다.

그러나 지금은 그럴 수도 없게 되었다. 그런 감각으로 계속 싸워서는 크리스타의 말 대로 요절하고 말 것이다.

'좀 더 방어를 우선시해서 움직여야 되겠네…….'

레티시엘은 크리스타의 치료를 받으면서 내심 자신의 행동에 대해 그렇게 강하게 단속했다.

"하지만 놀랐어요. 설마 당신이 오다니. 대체 무슨 바람이 분 거죠?"

"제가 전장에 오는 일이 그렇게 놀라운 일인가요?"

"……하늘에서 창이 떨어질 것 같을 정도로?"

"죄송하게 됐군요. 사람 구하는 것이 어울리지 않는 여자라서. 정말 무례하네요."

"그렇게까지 나쁘게 말하지는 않았다고 생각하는데요."

크리스타에게는 살짝 면목이 없었으나, 레티시엘은 정말로 그만큼 놀랐다.

하지만 구 영지에서의 반란 때, 난투가 다발하는 장소임에도 혼자서 레티시엘이 있는 곳에까지 돌격해 온 적이 있었던가.

로시포드의 일 때에도 그를 구하고 싶다는 이유로 주저하지 않고 빈민가나 정체불명의 약에 손을 대고, 독단으로 도박이라고도 할 수 있는 치료를 강행했다.

'……그걸 보면, 분명히 전장에 와도 전혀 이상하지 않네.'

그렇게 여러모로 여동생의 과거의 언동을 돌아보니 묘하

게 납득이 되고 말았다.

그렇게 생각하니, 이렇게 작고 사랑스러운 용모를 하고 있었지만 실은 크리스타 쪽이 어설픈 전사보다 더 담력이 좋은지도 몰랐다.

"로시포드 님이 먼저 꺼내신 말씀이세요."

"그 분이요?"

"예. 누군가가 왕도를 기습한 것을 짐작하셨어요. 그래서, 왕도의 백성이 적에게 습격받는 것을 간과할 수는 없다고 하셔서."

"그래서, 같이 온 건가요?"

"일단 말렸습니다. 위험하다고요. 다만 그런 말을 들을 분이 아닌걸요."

그렇게 말하는 크리스타의 옆얼굴은, 그야말로 「어쩔 수 없는 분이에요」라고 쓰여 있는 것이 보이는 것 같았다. 그녀는 지금도 로시포드가 매우 소중한 모양이었다.

"그래서 저도 따라 왔습니다. 로시포드 님이 몸소 위험 속으로 뛰어든다면…… 제가 그 분을 지키면 되는걸요."

"대단한 자신이군요……."

"언니만큼은 아니에요."

정말로, 크리스타에게 자신은 어떤 인간으로서 보이는 것인가…….

그건 그렇다 쳐도 무척 강해졌다. 레티시엘은 천천히 크리스타의 얼굴을 응시했다. 옛날의 크리스타였다면, 『어차피 위험에 뛰어드는 것을 막을 수 없다면 위험에서 끝까지 지키면 돼』라는 투지 넘치는 사고방식은 조금도 갖고 있지 않았을 것이다.

피리아레기스 가가 몰락해 해체되어 귀족 신분에서 해방되었기 때문일까, 크리스타는 오히려 번민 등을 말끔하게 끊어버리고 영리해졌는지도 몰랐다.

시간과 환경은 어떻게든 사람을 바꾼다고는 하지만

"뭔가요? 할 말이 있는 것처럼. 빈정거림이라고 던지고 싶은 건가요?"

그 시선에 크리스타의 미간에 주름이 모였다. 레티시엘은 작게 미소를 짓고는 고개를 저었다.

"공교롭게도 건네고 싶은 빈정거림은 없어요. 다만 뭘까요…… 믿음직스러워졌네요."

"……언니는 제 어머니나 뭐 그런 거였나요?"

"하지만 지금이 훨씬 좋아요. 당신답다고 할까요? 옛날보다 훨씬 자연스럽게 있다고 생각해요. 좀 잔소리 같아서 미안하네요."

저도 모르게 입에서 흘러나온 그것은, 그러나 틀림없는 레티시엘의 본심이기도 했다. 크리스타가 당황했다.

"그래서, 지금의 당신과 만나 이야기를 나눌 수 있던 것을 다행이라고 생각해요."

"가, 갑자기 뭔가요? 난데없이 사람을 칭찬하거나 하고……."

"어머. 생각한 바를 솔직히 입에 올린 것뿐이에요. 뭔가 잘못했나요?"

"……이러니까 나쁜 거예요."

"?"

"아무것도 아니에요! 고맙게 받아들이겠어요."

크리스타는 눈을 마주치지도 않고 작업에만 집중했다. 지금은 고속으로 레티시엘의 팔에 붕대를 감고 있었다.

왠지 갑자기 빨라졌다……라고 생각하면서, 레티시엘은 어디에서 도움이 될지도 모르는 사실을 하나 학습했다. 옳거니. 갑자기 칭찬을 하면 곤란한 사람도…… 있나?

"끝났어요. 아마도, 아무 영향은 받지 않았으니 안심하세요."

갑자기 작업속도가 올라간 덕분에, 레티시엘의 상처 치료도 눈 깜짝할 사이에 종료됐다. 레티시엘은 정성스럽게 감긴 새하얀 붕대를 가볍게 쓰다듬어 보았다.

"고마워요, 크리스타."

"감사인사보다도, 그 상처로 한층 더 터무니없는 일을 하지 말아 주셨으면 하네요."

"신용이 없네요."

"상처에 영향은 없었지만, 몸 상태에 끼친 영향은 알 수 없어요. 침대는 비어 있으니, 조금 용태를 지켜보고 가시는 건 어떤가요?"

"그러네요…… 그럼 잠시 신세를 지겠어요."

크리스타가 말한 것처럼 실내에는 빈 침대가 몇 개 있었다. 경과를 보기 위해서라도 쉬었다 가기로 했다.

레티시엘은 입구에서 가장 가까운 침대를 골라 걸터앉았다. 이곳이 붐비기 시작하면 자리를 양보하면 되겠지, 하는 생각에 눕지는 않았다.

침대머리 쪽에 베개를 기대어 세우고는 그곳에 몸을 기댔다. 전신의 힘이 빠지고, 호흡이 평온해졌다.

그리고 그렇게 긴장을 풀고 있는 사이에, 로시포드의 힘에 대해서 겨우 침착하게 생각할 수 있게 되었다.

로시포드가 공격을 할 때, 그의 팔이나 공격 그 자체에는 검은 아지랑이 같은 것이 동반되었다. 그것은 레티시엘이 지금까지 봐 온 검은 안개와 비슷한 질감을 갖고 있었다.

다만, 현재 그것이 다른 사람의 건강 등에 영향을 주는 기색은 없었기 때문에 이것도 또 검은 안개와는 다른 것이리라.

게다가, 그 눈도 있었다. 로시포드의 눈은 결코 피처럼 새빨갛지는 않았다. 시기적으로 어떻게 생각해도, 왕도 추방 이후에 눈동자 색이 변했다고밖에 생각되지 않았다.

붉은 눈의 특수성은 사라에게 지겹게 들었다. 유전으로 전해지는 것이 아닌 특수변이로, 그것은 주술을 다루는데 중요한 매체가 되었다.

'그 힘은…… 그런 눈이 되었기 때문에 개화한 것일까.'

그렇다면, 선천적으로 그것을 갖고 있던 레티시엘과 달리, 로시포드는 후천적으로 그것을 획득한 셈이 되었다.

과거 로시포드는 검은 안개에 정신을 지배당한 적이 있었고, 그때의 데미지가 원인이 되어 한동안 폐인이 되었었다.

그러나 지금, 로시포드는 전장에서 마음껏 힘을 해방하고 있음에도 이 전장에서 가장 기운이 넘쳤다. 일반병 중에는 장기의 영향을 건강을 해치는 자도 있었건만.

검은 안개의 오염을 극복하고 복귀한 지금, 한 번 걸린 병에는 면역이 생기는 것과 같은 원리로 주술에 대한 내성이 생겼고, 결과로서 그것이 붉은 눈의 각성으로 이어졌을 가능성은 충분히 있다는 느낌이 들었다.

'그래도…… 꽤나 특수한 예네…….'

붉은 눈에 각성해 그대로 주술의 술사가 되는 것이라면 몰라도, 로시포드는 또 다른 힘에 눈을 떴다.

주술에 가까우나, 주술은 아닌 무언가. 마법과 마술의 사이라는 것이 가장 가까운 감각일지도 몰랐다. 이곳에서도 다른 화학반응이 일어나고 있었다.

마술에서 출발해 주술이 태어나고, 그 발생과정에서 마법과 연금술이 분리되어 지금에 이르렀다. 정말로 유연성이 뛰어난 술법이었다. 환경인자 하나로도 변이가 일어났다.

그렇다고 하면…… 이곳에 있는 주술병과 로시포드 사이

에는 무슨 차이가 있는 것일까.

레티시엘은 자신이 아는 로시포드의 관련정보를 되짚어 보았다. 다른 점이라고 한다면…… 크리스타가 먹였다는 약과, 이 방법 저 방법 다양한 치료를 받았다는 점 정도일까.

예의 약 성분을 해석할 수 있다면 좀 더 뭔가 알 수 있을 것 같았지만, 없는 것은 어쩔 방도가 없었다. 차라리 본인에게 이야기를 들어보는 것이…….

"……저기."

생각에 너무 집중한 나머지, 레티시엘은 자신에게 말을 거는 자의 존재를 잠시 알아차리지 못했다.

쭈뼛쭈뼛 말을 걸어오는 목소리에, 그녀는 겨우 퍼뜩 정신을 차리고 허둥지둥 고개를 들었다. 찾아온 것은 지크였다.

"어머, 지크. 와 있었나요? 알아차리지 못해서 미안해요."

"아뇨. 지금 막 온 참이라. 상처, 치료받으셨군요."

"예. 금방 끝났지만요."

"상처는, 어떠셨습니까?"

"문제는 없었어요. 에델 님의 걱정도 기우로 끝난 것 같아요."

"그런, 가요……."

아주 약간이었지만 지크의 표정이 누그러지고, 잔뜩 굳어 있던 어깨에서 힘이 빠졌다.

"말했죠? 괜찮다고. 그러니까 그런 얼굴 하지 말아요."

"어떤 얼굴 말인가요…… 제 얼굴은 지극히 평범합니다."

"그 얼굴이 평범하다면, 평소의 당신은 꽤 행복에 심취했다는 말이 되는데요."

얼굴에서 후회가 배어나오고 있는데 역시나 그 말은 설득력이 없었다.

지금은 무적의 결계를 광범위하게 펼치는 것은 불가능했지만, 결계를 한 점에 집중해 전개하면 부상과 충격을 일부 대신 떠맡게 하는 정도로는 기능했다.

때문에 그다지 큰 상처도 입지 않고 끝났건만, 지크는 그래도 줄곧 어두운 얼굴을 하고 있었다. 레티시엘이 다친 일이 어지간히 참기 힘든 것일까.

"지크, 보다시피 나는 아무렇지 않아요. 당신이 뭔가 속상해할 일은 없어요."

"아뇨. 그건 제 부주의 탓입니다. 좀 더 신중하게 굴었다면 도로셀 님이 다치시는 일도 없었을 겁니다."

"……이미 일어난 일은, 아무리 후회해도 돌이킬 수 없어요."

그 고충을 없애기 위해 무엇을 할 수 있을까.

밝아지지 않는 지크의 얼굴에, 레티시엘은 저도 모르게 입을 열었다. 그 표정이, 예전에 마술을 막 잃어버렸을 무렵의 자신과 겹쳐보였다.

"지난 일을 후회하기보다 앞을 봐요, 우리. 무슨 일이 있어도 시간은 계속 흘러가는 걸요."

그리고 시간의 흐름과 함께 사람도 변한다.

"좋은 일도 나쁜 일도, 그것이 있었기 때문에 펼쳐지는 지금과 미래가 있어요. 쓰디쓴 과거에서 달라지는 관계성이나 그 과거에서 배우는 것들도 있잖아요?"

크리스타와 로시포드 두 사람과의 관계가 그야말로 그러했다. 서로 물과 기름과 같은 사이라고 생각했고 실제로도 그러했다고 생각하지만, 그것도 포함해 지금도 관계성은 이어지고 있었다. 옛날과는 다른 형태로.

"그러니까 지크도, 뭔가 고민하는 것이 있다면 그것을 발판으로 삼아 극복하면 돼요. 그 편이 아무도 상처 입지 않을 거예요."

"……근사한 생각이네요."

"그런가요?"

"예. 적어도 저는, 그렇게 생각합니다."

지크가 작게 웃고는 그렇게 말했다. 그 표정은 방금 전과 비교하면 조금 풀린 것 같았다. 뭔가가 그의 마음을 울린 모양이었다.

"마음이 조금 편해졌습니다. 고맙습니다."

"그런가요? 그건…… 다행이네요."

"전 다시 학원장님에게 돌아가겠습니다. 이야기 중간에 틈을 봐서 빠져나온 거라서요."

"병기연구에 대한 이야기?"

"예. 성에서 샘플을 빌릴 수 있었기 때문에, 지금부터 밤을 새서 분석할 겁니다."

"밤을 새서……."

"빠르면 빠를수록 좋으니까요. 그럼 전 가보겠습니다."

그렇게 말을 남기고 지크는 임시 구호소를 나갔다. 레티시엘은 그 뒷모습을 배웅했다.

레티시엘의 말의 어디가 어떻게 그에게 영향을 주었는지는 알 수 없었지만, 일단 평소의 그로 되돌아온 것 같아서 안심이 되었다.

그로부터 잠시 뒤, 레티시엘의 귀가 또 누군가의 발소리를 포착했다.

문을 열고 모습을 보인 것은…… 에델하르트였다. 왠지 오늘 밤은 계속해서 여러 사람과 만나는 것 같은 기분이 들었다.

"어머? 에델 님?"

"오, 도로시. 상처는 괜찮아?"

"단순한 경상입니다. 그것보다 무슨 일이신가요? 뭔가 찾으시는 것 같은데요."

"아니, 음. 사람을 좀 말이지. 혹시 메이 못 봤어?"

"메이 씨?"

메이……라면, 에델하르트를 모시는 소녀들 중 한쪽이었을 터.

예전에 루크레치아 학원의 학원제 때에는 제3왕비의 호위로서 와 있었고, 구 공작령에서의 반란진압 때에도 전투요원으로 참가했었다.

허니블론드의 머리카락이 특징적으로, 언제나 등에는 자신의 키보다도 큰 총검용 통을 메고 있는 것이 인상 깊었다.

"아까부터 모습이 보이질 않아. 아짱한테도 물어봤지만, 전투 중에 헤어진 뒤로 모른다고 해서 말이야."

"저도 보지 못했습니다만…… 언제부터인가요?"

"그게 확실하지가 않아. 해지기 전에는 분명히 모습을 봤어."

"그렇다면 짧게 추측해도 없어지고 나서 시간이 꽤 흐른 게 되네요……. 어딘가 갈법한 곳으로 짐작 가는 곳이 있으신가요?"

"찾아볼 수 있는 장소는 다 찾아봤는데……."

에델하르트는 정신적으로 꽤 지친 것 같은 얼굴이었다.

미덥지 못한 실내조명 탓에 잘 보이지 않는다고는 해도, 얼굴색은 어딘지 하얗게 질려 있었고, 땀 때문에 머리카락이 이마에 달라붙어 있었다. 그만큼 여기저기 필사적으로 메이를 찾아다닌 것이리라.

"그 녀석, 요즘 컨디션이 안 좋은 것 같아서 걱정이야."

"조금 전에 만났을 때에도 얼굴빛이 좋지 않았죠."

"그런 성격이라서 말이지. 몸이 안 좋아도 자기가 먼저 말하지 않고 전부 혼자 끌어안아. 지금도 어딘가에서 쓰러질 것 같은 상태가 되었을지도 모른다고 생각하면……."

"……걱정이, 되네요."

레티시엘은 메이를 잘 알지 못했다. 하지만 에델하르트의 초조해하는 모습을 그냥 놔둘 수도 없었다. 그만큼 메이는 그에게 소중한 존재였다.

소중한 사람이 없어지는 것이 얼마나 가슴을 애타게 하는지, 레티시엘도 충분히 짐작할 수 있었다. 때문에 에델하르트의 손을 잡고 그 눈을 들여다보며 말했다.

"저도 돕겠습니다. 어디까지 도움이 될 수 있을지는 모르겠지만요."

"아니, 도로시는 상처가……."

"상처라면 신경 쓰지 마세요. 보시다시피 치료도 받았고, 아무 문제도 없다고 보증도 받았습니다."

"……알았어. 미안하다, 도움이 될 거야……."

그 뒤, 레티시엘은 에델하르트와 분담해서 메이를 찾았다.

이야기를 들은 루카스와 베로니카도 도중부터 협력해주었고, 끝내는 하급병사들과 기사들도 수색에 차출되는 대작전으로 확대되었다.

그래도 메이의 행방은 전혀 알 수가 없었다. 어딘가에 있을 것 같다고 추측할 수 있을 법한 흔적이나 실마리도 없었다. 정말로, 홀연히 사라져 버렸다.

성과 없는 시간만이 흘러, 이윽고 동쪽 하늘이 서서히 밝아졌다. 결국 새벽이 되어도 여전히 메이가 발견되는 일은 없었다.

***

날이 밝았다. 레티시엘 일행은 동쪽 하늘에 떠오르는 아침 해를 어쩔 줄 모르는 마음으로 지켜보았다.

아침까지 수색을 계속했음에도 메이의 행방은 여전히 묘연했다. 이렇게까지 찾아도 발견되지 않는다고 한다면, 그냥 훌쩍 외출했을 뿐일 가능성은 이미 전무하리라.

"……메이, 유괴라도 당한 건가."

에델하르트가 드디어 심각함이 더해진 표정으로 말했다. 몇 시간인가 전부터, 그는 줄곧 이 가능성을 의심하고 있었다.

"하지만 그에 따르는 이점은요? 에델 님에 대한 인질인가요?"

"우음……. 그렇다고 한다면 지금까지 움직임이 없는 것은 이상하지 않아? 그럴 것이, 인질은 사람을 흔들기 위한 것이잖아?"

"뭐, 그렇죠."

현재, 협박이라고 할 만한 것은 일체 도착하지 않았다. 인질의 가능성이 적을지도 몰랐다.

그렇게 되면, 그 외에는 어떤 가능성을 생각할 수 있을까. 메이가 자신의 의지로 사라졌거나, 누군가가 메이에게 콕 찝어 용건이 있거나 둘 중 하나뿐이라는 기분도 들었다.

"하지만 해가 떴어. 주술병들의 동향에도 주의해야……."

"저, 전하! 정문 앞에 적의 움직임이 있습니다!"

"……말하기가 무섭게."

"기다려 주십시오. 누군가…… 있습니다."

레티시엘은 달려 들어온 전령의 뒤쪽에, 이쪽으로 접근해 오는 그림자를 보았다.

저 후드와 장갑 차림…… 이쪽으로 향하는 자는 밀그레인이었다. 자쿠도나 사라의 모습은 없이, 그 혼자였다.

이번 루크레치아 학원의 습격은, 혹시 그가 지휘하고 있던 것일까. 그렇지 않으면, 이 타이밍에 모습을 드러낼 이유가 없었다. 무엇이 목적인가…….

"저건…… 적이로군?"

로시포드가 확신에 찬 어조로 그렇게 중얼거렸다. 누군가가 대답할 것까지도 없이, 그는 이미 밀그레인을 적으로 인지하고 있었다.

"그렇게 일일이 살기를 내뿜지 마라. 이쪽은 그저 물건을 돌려주러 온 것에 지나지 않아."

"돌려준다고?"

"……메이?!"

에델하르트의 목소리. 메이? 어디에?

모습이 보이지 않았던 것은 한순간으로, 레티시엘에게도 곧 주술병들에게 둘러 메여 이쪽으로 오는 메이의 모습이 보였다.

'어째서, 메이 씨가…….'

분명히 유괴를 의심하긴 했지만, 왜 백의 결사가 메이를 데려간 것일까. 그것도, 이번에는 또 왜인지 돌려주려고 하고 있었다. 의미를 알 수가 없었다.

주술병들이 메이를 바닥에 내려놓았다. 영문을 알 수 없는 상황에, 쌍방 모두 한동안 서로를 노려보기만 했다.

하지만 언제까지 기다려도 적에게 움직임은 없었다. 현시점에서는 공격의 의지가 없는 듯했다. 루카스가 재빨리 접근해 신속하게 메이를 보호해 돌아왔다.

"……사라는?"

"그분은 오시지 않는다. 지금의 네놈들을 상대하는 것은 일부러 마스터가 나서시게 할 것까지도 없으니까 말이지."

그렇게 말하고 이쪽을 힐끗 쳐다보는 밀그레인의 눈에는 명백히 멸시의 빛이 담겨 있었다. 보잘것 없는 송사리를 보는 눈이었다.

"이쪽의 용건은 끝났다. 이 뒤에는 약해빠진 것들끼리 사이좋게 놀도록 해."

밀그레인은 내뱉듯이 그렇게 말을 남기고, 정말로 그 자리를 떠나려고 했다.

"기다려!"

그것을 제지한 것은 로시포드였다.

어느새 이동한 것인가. 이미 밀그레인의 뒤를 잡고 검은 불꽃을 휘감은 주먹을 휘두르고 있었다.

"우옷!"

그러나 주먹은 밀그레인에게 닿지 않았고, 거꾸로 바람에 휘말린 것처럼 로시포드의 몸이 뒤로 날아갔다.

로시포드는 착지와 동시에 날렵하게 낙법을 취해 충격을 흘려보냈다. 공격은 적중하지 않았지만, 일련의 움직임으로 생겨난 바람이 밀그레인이 깊숙하게 눌러쓴 후드를 벗겨냈다.

"……묘한 형태로 변이를 일으켰군."

로시포드를 바라보며 중얼거린 밀그레인의 말은, 바람소리에 뒤섞여 레티시엘의 귀에는 닿지 않았다.

대신 레티시엘은 후드 아래에 나타난 밀그레인의 맨 얼굴에 시선이 못 박혔다. 기억에 있는 얼굴이었다.

"……길름?"

예전에 레티시엘과 교류를 가졌던 박물관 직원. 성유물 플로어 담당이라고 이름을 댔던 길름의 얼굴이 거기에 있었다.

"……그 이름을 듣는 건 꽤나 오랜만이군."

"당신은…… 박물관이 습격당했을 때 죽은 거 아니었나요?"

"죽어? 그건 너희가 그렇게 해석한 것뿐이겠지. 나는 죽지 않았다. 그저 물건을 회수해 떠났을 뿐이다."

"……그런가요."

이렇게 가까이에 배신자…… 아니, 내통자가 있었다니. 레티시엘은 충격을 받았다.

구 공작령에서 만났을 때 이 남자가 가면을 쓰고 있던 것도, 자신의 맨얼굴을 드러내지 않기 위한 것이었으리라. 그 때에는 아직 자신이 정체를 밝혀서는 안 되었기 때문인가.

생각해보니, 길름에게는 다양한 정보를 얻었다. 성 루크레치아에 대한 일, 성유물에 대한 일, 맹인왕에 대한 일.

그것이 전부 적이 의도적으로 정보를 누설한 것이라고 생각하면, 지금까지의 자신은 줄곧 사라의 손바닥 위에서 놀아나고 있었다는 것일까.

"……그렇다면, 여기서 당신을 붙잡을 뿐이에요."

그러나 동시에, 레티시엘의 정신은 신기하게도 냉정했다.

어쩌면 지금까지 다른 일들로 몇 번이나 놀란 탓에, 상대적으로 놀라는 일에 익숙해진 것일지도 몰랐다.

"여기까지 와놓고 이대로 돌려보내 줄 거라고 진심으로 생각했나요?"

"지금의 네게, 나를 붙잡을 힘이 남아 있다고 말하기라도 할 셈인가?"

"어머. 그건 직접 경험해보고 말하도록 해요."

선수필승. 레티시엘은 말이 끝나는 것과 거의 동시에 땅을 강하게 박차고 앞으로 뛰어나갔다.

신체강화마술을 한계까지 발동하고, 검에는 만들어 낼 수 있는 모든 불 마술을 부여했다.

순식간에 밀그레인의 모습이 손이 닿을 정도로 가까워졌다. 공격 직전에 밀그레인이 레티시엘의 존재를 알아차려,

레티시엘이 내지른 검은 밀그레인의 손에 저지당했다.

그러나 저지당하는 것은 이미 예상했던 바. 비어있던 다른 손의 손바닥으로 밀그레인의 가슴을 강하게 후려쳤다.

"크억!"

밀그레인이 공기와 함께 피를 토해내며 후방으로 날아갔다. 강화된 체술에 의한 일격이었다. 분명히 내장까지 충격이 닿았을 터였다.

레티시엘은 곧바로 바짝 뒤쫓았다. 이번에 레티시엘은 완전히 단기결판을 낼 생각으로, 전력을 발휘하는 것을 주저하지 않았다.

무엇보다 마술의 약체화가 진행된 지금, 레티시엘의 집중력 하나로 힘을 유지하고 있는 것이나 마찬가지였다. 장기전에는 맞지 않았다. 되도록 빨리 결판을 지어야 했다.

레티시엘은 체술은 호신술 정도만 익히고 있었지만, 신체강화 등 체술과 궁합이 좋은 마술은 아직 사용할 수 있었다.

게다가 검에 실으면 약한 마술도 아직 쓸모가 있었다. 이 조합으로 의외로 싸울 만하다는 것은, 어제 저녁부터 주술병을 상대로 몇 번이나 실감한 참이었다.

"크……!"

한순간 밀그레인은 분명 방심했던 것이리라. 마술이 봉쇄된 이상, 이제 두려워할 것이 못 된다고. 그 예상이 빗나가, 지금 그의 눈에는 또다시 레티시엘에 대한 증오가 넘쳐흐르고 있었다.

"……아직 그만큼의 힘이 남아 있었다니."

밀그레인이 입안의 피를 뱉으며 밉살스럽다는 듯이 중얼거렸다. 그러나 그 눈초리는 여전히 어딘가 불온했다.

"하지만 너는 중대한 일을 간과하고 있다. 내게만 얽매여 있을 여유는 없을 거다."

"……?"

그게 무슨 소리인가 하고 레티시엘이 고개를 갸우뚱한 것도 잠시, 갑자기 아무 예고도 없이 메이가 눈을 번쩍 뜨더니 자리에서 일어나다.

"……메이? 왜 그래?"

갑작스러운 일에, 그때까지 메이를 팔에 안고 있던 에델하르트도 눈을 끔벅거렸다.

"……."

"이봐, 무슨 일이야? 갑자기 왜……."

"……읏."

"우왓!"

에델하르트의 말은 끝까지 이어지지 않았다. 메이가 갑자기 뒤를 돌아보더니, 놀랍게도 에델하르트를 향해 검을 뽑았다.

모두 갑작스러운 일이었다. 예상하지 못했다. 피할 수 있을 리도 없었다. 회피는 때를 맞추지 못해, 메이가 휘두른 검은 에델하르트의 왼팔을 베었다.
"에델 님?!"
"윽……!"
에델하르트가 몸을 웅크렸다. 레티시엘은 허둥지둥 그 곁으로 달려갔다.
오른손으로 누르고 있는 상처에서는 대량의 피가 흘러넘치고 있었다. 옷의 소매는 눈 깜짝할 사이에 붉게 물들고, 지면에 핏방울이 떨어졌다.
"메, 메이……?"
"……."
에델하르트가 불러도 메이는 반응하지 않았다. 마치 혼이 빠져나간 텅 빈 껍데기처럼, 탁한 눈을 허공으로 향하고 있었다.
다만, 무시무시한 공격성과 적의를 드러내고 있었다. 그것은 레티시엘 일행에게만이 아니라, 에델하르트에게도 향하고 있었다. 에델하르트를, 못 알아본다?
"……가련하군. 과거 신뢰하던 자가 적의를 드러내는 기분은 어떤가?"
밀그레인이 자리에서 일어나 있었다.
"당신…… 메이에게 무슨 짓을 한 거죠?"
"아무것도 안했다만? 그 녀석은 열쇠를 잃어버려서 폭주하는 것뿐이다."

"열쇠? 폭주?"

두두두두두두……!

귀에 들린 단어에 고개를 갸웃한 것도 잠시, 어마어마한 땅울림이 대지를 덮쳤다. 둔탁한 대지의 단말마에 섞여, 어딘가 비명과도 같은 바람소리가 빠져나갔다.

'이번엔 뭐야?!'

격렬한 요동에 서 있는 것도 여의치 않아, 레티시엘은 지면에 무릎을 꿇었다.

"네 눈앞에서 마법진을 완성시킨다……. 그것이 위대한 그분의 바람이다."

그렇게 말하고 북두칠성의 마법진을 올려다보는 밀그레인. 그때까지는 칙칙한 하얀 색의 빛을 내뿜던 그것은, 뚜렷하게 눈에 보일 정도로 밝은 황금색으로 바뀌고 있었다.

북두칠성 마법진이 완성됐다. 그것은 즉, 사라의 손에 이 대륙의 마소는 사멸했다는 뜻.

동시에 레티시엘은 깨달았다. 밀그레인은 아무것도 이야기하지 않았다. 정보가 게시된 것도 아니었다. 다만 상황이 모든 것을 나타내고 있었다.

다시 말해 이번 학원습격은, 처음부터 진짜 목적을 위장하기 위한 것이었다. 지난 저녁, 일몰과 동시에 적의 공격이 멈춘 것도, 밤이 되었기 때문이 아니었다.

마침 그때 사라가 목적의 제1단계…… 최후의 유물을 가진 메이의 확보에 성공했기 때문에, 상황을 살피기 위해 전투를 멈춘 것에 불과했다.

"……이쪽의 용건은 끝났다. 이걸로 이제, 그분의 계획을 방해하는 것은 아무것도 없다."

하늘을 올려다보며 중얼거린 밀그레인의 그 말에서는, 형용할 수 없는 기쁨과 행복감이 배어나오고 있었다.

그리고 레티시엘 일행을 내려다보는 그 눈초리에서 보이는 것은, 고양감과 우월감, 경멸과 증오, 살의. 그것들이 하나로 뒤섞여서, 그 눈이 쏘아보자 기분이 나빠졌다.

"힘껏 바닥을 기면서 자신의 무력함에 좌절해라. 그분을 성가시게만 하는 네놈이 할 수 있는 일는, 그것뿐이니 말이다……!"

밀그레인은 그렇게 말하고 크게 웃으며 상공으로 뛰어올라, 시공의 뒤틀림과도 같은 아지랑이 속으로 빨려 들어가 사라졌다.

아마도, 전이와 비슷한 술법에 의한 것이리라. 루크레치아 학원의 정원에 또다시 한순간의 정적이 찾아왔다.

그 뒤 레티시엘 일행에게 남겨진 것은, 여전히 대량으로 굼실거리는 주술병과 우리를 적으로 인식하고 있는 메이의 그릇뿐이었다.

6장 미지의 빛, 기억의 바닥

"아아아아아아아아아!"

단말마와도 닮은 외침이 동틀 녘의 어슴푸레한 정원에 울려 퍼졌다.

목소리의 중심에는 메이가 있었다. 전신에서는 회색의 안개가 피어오르고 있었고, 허공을 향한 눈은 하얗게 탁해져서 초점도 맞지 않았다. 어떻게 봐도 위험한 상태였다.

"으왓!"

"큭!"

가까이에 있던 기사들이 어떻게든 신병을 구속하려고 하고 있었으나, 모조리 엄청난 괴력에 날아갔다. 저렇게 작은 소녀의 몸 어디에, 그 정도로 강한 힘이 샘솟아 있는 것일까.

"대, 대체 메이에게 무슨 일이……."

에델하르트가 왼팔을 감싸면서 신음했다. 그 소매는 피로 빨갛게 물들어 있었다.

방금 전 메이에게 베인 상처가 아픈지, 식은땀을 흘리는 그 표정은 괴로운 것 같았다. 레티시엘은 소지하고 있던 손수건으로 에델하르트의 땀을 훔쳤다.

"……열쇠를, 잃어버린 탓이 아닐까 합니다."

"열쇠?"

"밀그레인은 그렇게 말했습니다. 열쇠가 없어서, 폭주했다고……."

그녀가 『올 거야』라고 말했던 것은 결사의 패거리를 말했던 것일까. 혹시 원인도 알지 못한 채 몸 상태가 안 좋았던 것도, 그 『열쇠』이니 하는 것에서 유래했던 건 아닐까…….

"열쇠는 아마도 메이 씨의 체내에 있었을 겁니다. 결사는 그것을 손에 넣기 위해, 주술병이 학원을 습격하는 틈에 메이 씨를 덮친 것이겠지요."

"그럼 뭐야? 어젯밤에 메이가 없어진 건 그 탓이었다는 거야? 대체 뭘 위해……."

"……그것이, 두닉스의 마지막 유산이었으니까. 메이 씨가, 최후의 은닉장소였으니까."

"뭐? 유산? 그런 게 메이의 몸속에 있었다는 거야? 살아 있는 인간의 몸이라고. 어떻게 그런 일이……."

에델하르트는 바로는 믿을 수 없다고 말하고 싶기라도 한 것처럼 고개를 저었다. 솔직히 레티시엘도 자기 입으로 말해놓고도 꽤 황당무계하다고 자각하고 있었다.

하지만, 유산이라고 말은 해도 그것은 술식을 새긴 개념과도 같은 것이었다. 혼의 안쪽에 집어넣는 것은 가능하지 않을까. 그렇게 생각하는 경향도 있었다.

실제로 레티시엘은 천 년 전에 목숨을 잃고 그 혼 안에

윤회전생이라는 저주, 아니, 개념이 새겨졌다. 같은 원리를 메이의 경우에 대입하려고 하는 것은…… 역시나 너무 난폭한 주장일까.

"……알았어. 우선 그 유산이 메이 안에 있었다고 치고, 그걸 빼앗겨서 저렇게 폭주하는 거야?"

"뭔가의 억제장치였던 것일지도 모릅니다."

"그 열쇠라는 게?"

"예. 그래서 그것을 빼앗겨 억제할 수가 없게 되어 폭주했다……."

레티시엘은 데이비드에게서 그것이 사라를 막을 마지막 가능성이라고 들은 뒤로, 줄곧 자신 나름대로 마지막 유산이 있을 법한 곳을 탐색했다.

하지만 이것은 완전히 맹점이었다. 예전에 레티시엘이 우연히 얻은 오르골처럼, 유산은 뭔가의 실체를 동반하는 것이라고 무의식중에 믿고 있었다.

설마 그 숨겨진 장소가, 인간의 안이었다니…….

"……그렇게 듣고 보니까 앞뒤는 맞는 것 같긴 한데, 그렇다면 그 열쇠는 메이 속의 뭔가를 억제하고 있던 거야?"

"그것까지는……."

지금 한 이야기는 완전히 레티시엘의 직감에 가까웠다. 때문에 뭔가 억제되었던 힘이 있었다고 해도, 그것이 무엇인지는 수수께끼였다.

"……하지만, 주술적인 뭔가인 것 같은 느낌이 듭니다.
"응? 그래?"
"회색의 안개 말입니다. 메이 씨를 뒤덮고 있는."
레티시엘은 왕국 기사단 기사들을 상대로 날뛰고 있는 메이를 가리켰다. 메이가 움직이고 튀어오를 때마다, 그녀가 두른 옅은 안개는 베일처럼 그 전신을 감싼 채 떨어지지 않았다.
"저 안개에서 불길한 기척이 느껴집니다. 주술의 안개와는 다르게 새까맣지는 않지만, 본질은 비슷한 것 같아요. 같은 것이 아니더라도 한없이 가까운 것이 아닐까 싶습니다."
"과연…… 그건 그럴지도 모르겠군."
그렇게 중얼거린 에델하르트는 분한 것 같았다. 오랫동안 메이와 함께 있으면서 그 일을 알아차리지 못했던 것이 안타까운 것인지도 몰랐다.
"에델 님, 이동하죠. 그 상처, 치료를 해야 해요."
"……아니, 괜찮아. 이 상황에서 나만 뒤로 빠질 수는 없어."
"그 상처로 말씀인가요? 역시나 그건 너무 무모합니다."
레티시엘이 후퇴를 진언해 보았으나, 에델하르트는 완고하게 전선을 떠나려 하지 않았다.
"게다가, 메이는 내 동료다. 저 녀석을, 남에게 맡기고 싶지는 않아."
"그 마음은 이해합니다만……."

레티시엘은 재빨리 주변을 둘러보았다. 그러나 가까이에 구호원의 모습을 보이지 않았다. 아마도 별도의 장소에 모여서 다른 부상자들의 치료에 전념하고 있는 것이리라.

평소였다면 레티시엘이 치료를 했겠지만, 지금은 예전처럼 한순간에 낫게 할 수는 없었다.

마소의 변질에 따라 치유마술의 효능도 크게 변했다. 가까스로 쓸 수는 있었고 치유 속도도 그렇게까지 현격하게 떨어지지는 않았으나, 어쨌든 연비가 나빠졌다.

레티시엘은 에델하르트의 팔의 상처에 치유마술을 불어넣었지만, 그 빛을 뭉개어 꺼뜨리려는 것처럼 회색의 안개같은 것이 주위를 떠돌며 방해했다.

메이가 휘감고 있는 것이 주술이라면, 그것으로 생긴 이 상처도 주술의 영향을 받는 것인지도 몰랐다.

때문에, 그렇지 않아도 약체화한 마술로는 원활하게 정화하는 것도 매우 힘든 상태라는 것일까.

"저, 도로셀 님! 전하!"

치료가 되지 않는 것은 아니어도 시간이 오래 걸리는 것은 애가 타는 걸. 레티시엘이 그렇게 생각하고 있으려니, 이름을 부르는 목소리와 함께 누군가 이쪽으로 뛰어오는 발소리가 들렸다.

"……? 지크?"

"죄송합니다. 전령서를 전달하던 도중이었습니다만, 두 분의 대화가 들려와서…….”

지크는 그렇게 말하며 달려오느라 흐트러진 호흡을 가볍게 가다듬고 대답했다. 듣자하니, 전선에서 구호원이 있는 본부로 지시서를 지참하고 가던 도중이었다고 했다.

“지크, 마침 잘 됐어요. 에델 님의 치료를 도와줄 수 있나요?”

약체화한 마술로 혼자서 치료하는 것이 느리다면, 두 사람이 하면 되었다. 레티시엘은 지체 없이 지크에게 그렇게 요청했다. 그러자 지크는 고개를 한 번 끄덕였다.

“예. 그럴 생각으로 왔으니까요.”

“미안하군……. 뭔가 엄청나게 수고를 끼쳐서 말이지.”

“그런 건 괜찮습니다.”

레티시엘은 지크와 함께 다시 한번 치유마술을 발동했다. 그녀가 상정했던 대로, 역시 두 사람이서 작업을 하자 시간을 다소 단축할 수 있었다.

분명히 주술, 아니 검은 안개를 제거하는 데에는 무속성의 힘이 상당히 효과적이었을 터. 레티시엘은 치유마법의 술식에 무속성의 복합전개를 짜 넣었다.

회색의 안개가 점차 확산되어갔다. 무속성 술식으로 강화된 치유마술이 방해하는 장기를 무효화한 것이리라. 얼마 지나지 않아, 에델하르트의 상처는 자국도 남지 않고 아물었다.

"오오. 깨끗하게 나았는걸. 두 사람 모두 고마워."

"일단 치료는 끝났습니다만, 본격적인 것은 아닙니다. 무리를 해서 다시 상처가 벌어지는 일은 하지 않으시도록 부탁드릴게요."

"나도 안다니까. 역시나 나도 그렇게까지 생각이 없지는 않아."

에델하르트는 가볍게 어깨를 움츠려 보였다. 하지만 곧 앗 하고 뭔가를 떠올린 것처럼 지크를 돌아보았다.

"아, 그래. 지크 공. 전선에서 왔지? 루카스 공을 어디에서 보지 못했어?"

"학원장님 말입니까? 그 분이시라면, 후방지원의 지원경로 지시를 위해 별관으로 잠시 이동하셨을 겁니다."

"좋아. 그렇다면 그리로 안내해 주겠어?"

"예? 전하의 명령이시라면 그리 하겠습니다. 하지만, 그렇다면 이 전령서는 어떻게 하면 좋을까요?"

"그럼 그건 제가 맡겠어요."

레티시엘은 자진해서 그렇게 말했다. 그러자, 에델하르트는 약간 의외라는 듯한 표정을 띠었다.

"괜찮은 거야, 도로시? 완전히 전선에 나가고 싶어 할 거라고 생각했는데."

"구호텐트로 보내는 것이죠? 그렇다면 저도 할 수 있는 일입니다. 게다가……."

자신도 전선에 나가서 모두와 함께 싸우고 싶다는 마음은 분명히 있었다. 그러나 레티시엘은 조용히 고개를 가로 저었다.

"지금의 제가 전선에 나가서 할 수 있는 일은, 아무것도 없습니다. 결계는 펼칠 수 있지만, 공격을 계속 견딜 수 있을 강도를 유지하는 일은 불가능하니까요. 전선에 도움이 안된다면 저는 지금 제가 할 수 있는 일을 하겠습니다. 치유 마술은, 일단 아직 쓸 수 있으니까요."

"그런가……. 그럼 알겠어. 전령은 도로시에게 맡기겠어. 지크 공도 그래도 되겠어?"

"……부탁드려도 되겠습니까? 도로셀 님."

"예. 내게 맡겨요."

레티시엘은 지크에게서 전령서가 든 통을 받아들었다. 에델하르트는 그것을 지켜보고 곧바로 지크를 데리고 전선으로 향했다.

자, 내가 할 수 있는 일을 하자. 레티시엘은 통을 떨어뜨리지 않도록 주머니에 넣고, 구호원들이 모인 구호원 텐트를 찾아 이동을 개시했다.

목적한 텐트는 본관의 뜰에 위치했다. 주위를 건물들이 둘러싸고 있기 때문일까, 정문 쪽에서는 그렇게 요란하게 벌어졌던 전투는 이곳까지 영향을 주지는 않았다. 분명히 부상자를 쉬게 하기에는 좋을 것 같은 입지였다.

"……어머? 언니?"

레티시엘이 텐트 안으로 들어가자, 마침 내부를 가로지르던 크리스타가 의아하다는 듯이 이쪽을 바라보았다. 양손에 약병을 잔뜩 들고 있는 것을 보아, 사용한 약품을 원래 자리에 되돌려놓으러 가는 도중이었는지도 몰랐다.

"당신, 줄곧 여기에 있었군요."

"그런 언니야말로, 무슨 일로 굳이 이곳까지 오신 거죠?"

"전령서 전달과 도우미로요. 자, 이거, 전령서에요."

"어머, 고맙습니다. 하지만, 도우미? 언니가, 전선이 아니라, 이곳의 말인가요?"

"말하지 않았었나요? 지금의 나는 거의 쓸모가 없는 사람이기 때문이에요. 치유 같은 것만 다소 할 수 있을 뿐인 말이죠."

"……예?"

별 생각 없이 입에 올린 말이었으나, 그것을 들은 크리스타의 연보랏빛 눈동자가 커졌다.

그러고 보면 이 아이는 레티시엘이 마술을 쓸 수 없게 된 일을 아직 몰랐지……. 그렇게 레티시엘은 말을 한 뒤에야 그 사실을 기억해냈다. 이미 다 지나간 일이지만.

"언니, 그건……."

"내가 원래 갖고 있던 힘은, 이번 사태 속에서 무용지물이 되어 버렸어요. 치유와 결계는 가까스로 쓸 수 있지만요."

뭐, 말해버린 것은 어쩔 수 없다.

그렇게 생각을 바꾸고, 레티시엘은 하늘에 떠있는 그 북두칠성 마법진에 대한 일이나, 힘을 봉쇄당해버린 일을 간략하게 크리스타에게 이야기했다.

마술이나 주술 얘기까지 시작하면 이야기가 옆길로 샐 것이 분명했기 때문에, 그 점은 덮어두었다.

"하지만, 그것뿐이에요. 굳이 말하자면 다시 예전의 무능으로 돌아간 것에 불과해요."

"잘도 그런 말을 태연하게 말씀하는군요……. 좀 더 힘들어해도 이상하지 않건만."

"그렇지만, 사실이니까 어쩔 수 없어요. 치유밖에 할 수 없다면, 현재로서는 얌전히 그 힘을 활용하는 수밖에 없잖아요?"

"……걱정해서 손해만 봤네요."

"무슨 말 했나요?"

"아뇨. 생각한 것보다 기운이 넘치는 것 같다고 생각한 것뿐이에요."

한순간 뿐이었지만, 크리스타가 매우 어처구니가 없다는 듯한 표정을 지은 것처럼 보였다. 기분 탓이었을까.

"……그 잃어버린 힘. 혹시 그 힘인가요?"

"그 힘?"

"어릴 때, 언니가 자주 폭주시켰던, 그거."

"……."

어린 시절의 도로셀이 마술을 빈번하게 폭주시켜 저택을 부수는 일도, 크리스타를 상처 입히는 일도 있었다는 것을 지금은 과거의 기억으로서 모두 기억해내고 있었다.

"그러네요. 아마도 그 힘일 거예요."

"그런가요……."

그 풍경들이 머릿속에 빠른 속도로 재생되어 레티시엘은 쓴웃음을 지었다. 크리스타는 한순간, 무엇인가를 참는 것처럼 꾹 눈썹을 찡그렸다.

"그럼, 그때처럼 저를 덮치는 일은, 지금은 있을 수 없겠네요."

"그렇게 되죠. 혹시, 옛날에 다치게 했던 일에 앙심을 품고 있나요?"

"설마요. 언니의 힘이, 이곳에 있는 부상자들에게 위해를 가하지 않을까 걱정이 됐을 뿐이에요."

"설령 아직 쓸 수 있었다고 해도, 이제 폭주하거나 하지는 않아요."

"……알고 있어요."

마지막의 한 마디는 무척 작아서, 텐트 안의 다른 소음과도 맞물려 잘 들리지 않았다.

레티시엘은 다시 한번 물어볼까 하고도 생각했지만, 그 전에 크리스타는 그 이야기를 끝내는 것처럼 화제를 전환했다.

"어쨌든 오신 이상, 언니도 이곳 일은 도와주셔야겠어요."

"그래요. 나는 뭘 하면 좋을까요?"

"음……. 그러시다면 저쪽 열에 계신 분들의 치료를 부탁드려요. 중상인 분은 없으니까요."

"알았어요. 무슨 일이 있으면 부를게요."

"그렇게 해주세요."

그 말만을 남기고 크리스타는 총총히 부상병들에게로 돌아갔다. 레티시엘도 자신에게 맡겨진 열로 향했다.

찰과상이나 베인 상처, 타박상 등의 경상환자들 뿐이었다. 힘의 폭주가 지금도 두려운 것인가, 혹은 크리스타 나름대로 배려를 해 준 것인가…… 뭐, 어느 쪽이든 상관없었지만.

레티시엘은 치유마술을 기동했다. 이 정도의 가벼운 상처라면, 약체화된 마술이라도 충분히 효과가 있는 모양이었다. 몇 분도 지나지 않아서, 레티시엘은 열에 있던 부상자 전원을 완치시켰다.

"고맙습니다, 도로셀 양! 이걸로 또 마음껏 싸울 수 있게 됐습니다."

"조심해 주세요. 결코 무리는 하지 마시고요."

기운을 회복한 기사들이 텐트를 떠났다. 단숨에 공간이 텅 비었으나, 바로 새로운 부상자들이 실려왔다.

이번 전투는 메이를 제압하고 진정시키는 것이 목적이었다. 그런데도 이만큼의 부상자가 발생했다. 아마 지금도 늘어나고 있으리라.

'……그만큼, 메이가 강한 존재라는 것이겠죠.'

주술에 대해 알고, 어느 정도 방어할 수 있는 자는 극히 일부였다. 이 자리에서 싸우고 있는 많은 수의 병사나 기사들은 그것을 알지 못했다.

방어술을 아는 자들에게도 성가신 주술을 상대로, 그들이 대등하게 싸울 수 없는 것도 당연하리라. 전선에는 에델하르트도 있으니 조속히 결판을 낼 수 있으면 좋을 텐데…….

"정신을 똑바로 다잡아주세요. 곧 좋아질 거예요."

크리스타가 부상병들에게 그렇게 말을 걸면서 치유마법을 발동했다. 그녀의 손에 출현한 치유의 빛이 주위를 가득 채웠다.

그 광경을 멀리서 바라보던 레티시엘은 불현듯 의문을 느꼈다. 지금까지 당연하다는 듯이 사용하던 술법을 쓸 수 없게 되고 나서야 비로소 위화감을 느꼈다.

'……왜 치유 술식은 빛속성에 포함되어 있는 걸까?'

치유를 사용할 수 있는 것이 당연하던 때에는, 당연히 그런 것이라고 잘 생각하지 않고 정리해버렸지만 빛속성 마술이라는 것은 애초에 그 이름대로 빛을 내뿜거나 혹은 빛을 조종하는 것이다.

실제로 치유 이외의 빛속성 마술은 적의 눈을 속이거나 어둠을 밝히거나 혹은 열기를 띤 빛으로 대상을 태워버리는 등 그런 효과의 것이 대부분이었다. 어느 것이나 제대로 빛과 이어져 있었다.

빛을 조종하는 것이 빛속성 술식의 성질이라면, 치유는 빛을 조종해 상처를 치유하는 것이다. 하지만, 그것은 이상하지 않을까. 빛에는 본래 상처를 치유하는 효과 같은 것은 없었다.

한 번 생각하기 시작하자 멈출 수가 없었다. 돌이켜보면 빛속성 마술은 다른 속성과 비교해 특수한 술식이 많을지도 몰랐다.

결계마술도 그럴 것이다. 빛은 실체를 갖지 않은 것인데 왜 결계마술로는 마법이나 마술, 물리적 공격도 튕겨낼 수 있는 것인가.

마술을 거의 사용할 수 없게 된 지금도 이 두 가지만큼은 연비와 효율이 상당히 악화되긴 했으나 가까스로 사용할 수 있는 것은 확인했다.

모든 속성의 술식이 그러하다고는 생각하지 않지만, 적어도 치유와 결계의 술식은 빛과는 다른 「무엇인가」를 조종하고 있는 것은 아닐까.

"……."

거기까지 생각한 레티시엘은 쓴웃음을 지었다. 설령 그랬다고 해도, 그것을 알았다고 한들 뭔가가 바뀌는 것은 아니었다.

메이의 폭주는 지금도 계속되고 있고, 에델하르트와 루카스가 어떻게든 저지하려고 하고 있었다. 우선은 눈앞의 사태에 집중해야 했다.

"크리스타."

"아, 벌써 끝난 건가요?"

이름을 불러서 뒤를 돌아본 크리스타는 레티시엘을 약간 의외라는 듯한 눈으로 바라보았다.

"의외로 빨리 끝났네요. 힘을 사용할 수 없다고 말씀하셔서 좀 더 시간이 걸릴 것이라고 생각했는데."

"모두 상처가 가벼워서 크게 시간을 들이지 않고 끝났어요. 그밖에 달리 할 수 있는 일이 있나요?"

"그렇군요……. 그럼—."

그 뒤로는 여러모로 분주했다

텐트를 나서는 사람보다 텐트로 실려 오는 사람이 더 많은 탓에, 얼마 지나지 않아 레티시엘도 중상자 치료에 차출되었다.

덧붙여 마법만이 아니라 약을 이용한 치료도 병행하는 일도 있어서, 약의 조합이나 정리, 붕대제조 등의 잡무도 산더미처럼 많았다.

뭣보다, 부상자가 실려 오는 빈도에 대해 치료하는 사람의 일손이 적었다. 지금은 마소의 상실에 수반해 쓰러지거나 몸 상태가 나빠진 국민도 많아서, 그쪽에 출동하는 사람 쪽이 더 많다는 것 같았다.

게다가, 그중에는 상당히 심각한 상처라서 치유마법을 걸어도 전혀 호전되지 않는 사람도 있다고 했다. 마법을 걸어도 회색 안개가 발생할 뿐, 변화가 없다는 것이다.

그 현상은, 방금 전 에델하르트의 상처를 보았을 때 일어났던 일과 똑같았다.

그렇다면 무속성 술식으로 치유마법을 강화하면, 마찬가지로 장기의 방해를 해소할 수 있을 터. 레티시엘은 곧바로 크리스타에게 그 일을 이야기했다.

"즉, 이 장기이니 하는 것이 마법이 작용하는 것을 가로막고 있다는 말이군요?"

"그럴 가능성이 커요. 솔직히 마법까지 튕겨내리라고는 상상도 하지 않았지만요."

그럴 것이, 사라의 말을 빌리면 마법과 연금술은 주술을 개발하는 도중에 탄생했을 뿐인 부산물이었다. 기원을 따지면 같은 것이었는데, 주술의 장기는 그것마저 거절하는 듯했다.

"……? 뭔지는 잘 모르겠지만, 어쨌든 고맙습니다. 줄곧 곤란하던 차였어요. 상처가 좀처럼 낫질 않아서요."

물론, 들으면 명백히 충격을 받을 그런 정보는 크리스타에게 말하지 않았다. 혼자서 생각하고 혼자서 납득하는 레티시엘을 보고, 크리스타는 이상한 분이야, 라고 혼잣말을 했다.

딸랑…….

방울과도 같은 소리. 갑작스러운 소리에, 레티시엘은 그 소리의 근원을 찾고자 주위를 둘러보았다. 하지만 다른 사람들에게는 그 소리가 들린 기색이 없었다.

『이쪽이야…….』

이번에는 누군가의 목소리. 어린, 소녀의 목소리였다.

분주하게 움직이는 사람들 모습의 저편에는, 텐트 밖으로 통하는 출입구가 천으로 되어 있었다. 그 천이, 바람도 안 부는데 크게 흔들리며 펄럭였다.

그 틈으로 엿보인 바깥의 풍경. 그 안에 하얀 원피스의 소녀가 희미한 빛을 띠고 옅은 어둠 속에 떠있는 것이 보였다. 본 적이 있는 모습이었다. 도로셀이었다.

지금까지 그 모습을 본 적은 몇 번이나 있었지만, 그녀의 목소리를 듣는 것은 이번이 처음인지도 몰랐다. 하얀 소녀는 빛을 휘감은 채 조용히 어딘가를 가리키고 있었다.

—그 끝에, 뭔가가 있다고 말하고 싶기라도 한 것처럼.

"크리스타. 이곳을 부탁해도 될까요?"

"예? 괜찮긴 한데요…… 잠깐, 언니. 어딜 가시는 건가요?!"

레티시엘은 크리스타의 외침을 등 뒤로 들으며 도로셀의 환영을 좇았다.

도로셀은 지금까지 몇 번이나 레티시엘 앞에 나타나서는 실마리를 알려주었다. 이번에도 그런 것이 아닐까, 하고 직감이 호소하고 있었다.

그녀는 텐트를 뛰쳐나가 도로셀이 가리킨 방향으로 걸어갔다. 복도를 몇 번이나 꺾어 이윽고 본관 뒤로 나왔다. 전장이 된 정면과는 달리, 이쪽은 꽤나 조용했다.

조금 앞선 곳에 도로셀의 환영이 있었다. 그 손가락은 여전히 어딘가를 가리키고 있었는데, 학원 부지 안 한편에 펼쳐진 잡목림 쪽을 향하고 있었다.

환영의 소녀에게 이끌려 발을 들인 잡목림은 조용했다. 밖에서는 지금도 전투가 이어지고 있건만, 이 장소는 마치 바깥세상과 단절되기라도 한 것 같았다.

나무들 사이로 하얀 원피스 자락이 엿보이다가 사라졌다. 레티시엘도 그 방향으로 향했다. 앞으로 나아감에 따라, 점차 나무들의 경치가 낯익은 것으로 바뀌어 갔다.

군데군데 나무들이 밑동부터 쓰러져 하늘이 올려다 보이는 장소나, 땅이 파여 갈색의 흙이 드러나 있는 곳들이 있었다.

'……이곳은.'

낯익은 것도 당연했다. 이 잡목림은 예전에 레티시엘이 아직 이 세계에 전생한 지 얼마 안 되었을 무렵, 성유물의 봉인을 해방해 검은 안개에 침식된 로시포드와 싸웠던 장소.

그 뒤로 시간이 한참 지났지만, 지금도 숲 안은 사건 당시 그대로인 듯했다. 뭐, 당연한가. 잡목림이라고는 해도, 숲의 재생에는 훨씬 긴 시간이 필요했다.

한층 더 넓게 뚫린 장소까지 오자 레티시엘은 도로셀의

환영을 놓쳤다.

포개지듯이 쓰러진 나무줄기는 썩었고, 표면은 전체가 녹색 이끼로 덮여 있었다. 분명히……그때 검은 안개의 괴물에게 결정타를 먹인 것이 이 근처였던가…….

그러고 보니 이곳은 혼의 기둥이 되지 않은 사실을, 레티시엘은 새삼 알아차렸다.

성유물에 봉인된 어둠의 정령의 혼을 해방해, 대지에 쐐기를 박아 넣어 꿰어 붙이는 것으로 혼의 기둥은 완성된다고 예전에 사라가 이야기했다.

로시포드가 해방한 성유물…… 마녀살해의 성검도, 그 원리라면 정령의 혼이 봉인되어 있었으리라.

그리고, 똑같이 봉인을 풀어도 확실하게 실체를 갖고 덮쳐온 검은 안개의 괴물은 많지 않았으니, 그 성검은 틀림없이 그 나름대로 강력한 유물이었다고 생각되었다.

"……그래도, 이곳은 포인트로 선택되지 않은 거네."

달리 복수의 후보지가 있어서 제외된 것일까. 어쨌든 불행 중 다행인 것이리라.

만약 이곳이 포인트 지점으로 선택되었다면, 레티시엘 일행은 이 장소를 지금처럼 기지로 활용할 수는 없었다.

옆으로 쓰러진 나무를 밟지 않도록 다리를 벌려 타고넘으면서, 레티시엘은 광장처럼 된 공간을 걸어보았다.

도로셀이 인도해 준 장소였다. 레티시엘에게는 과거 전투가 있었던 장소라는 인식뿐이었으나, 분명히 그 이외에도 뭔가 의미가 있을 터였다.

"……?"

꼼꼼히 주변을 관찰하면서 걷던 것도 잠시. 레티시엘은 포개져서 쓰러진 나무 아래쪽이 희미하게 빛나는 것을 발견했다.

정말 지금에라도 사라질 것 같을 정도로 희미한 빛이었다. 만약 지금, 하늘이 검은 구름에 뒤덮여 주변이 어두워지지 않았더라면 분명히 알아차리지 못했을 것이다.

레티시엘은 문제의 나무 옆에 웅크리고 앉아 나무 밑 틈새에 손을 집어넣어 보았다. 생각 외로 공간이 있었다. 적어도 손이 끼어서 빠지지 않게 될 걱정은 없을 것 같았다.

잠시 손을 움직여 내부를 더듬어보았어도, 뭔가 물체가 있는 것 같은 감각은 없었다. 다시 한번 틈새를 보기 위해 레티시엘은 틈새에서 손을 뺐다.

"……어머?"

틈새에서 빼낸 손의 손가락 끝에 달라붙듯이 하얀빛이 둥실거리며 깜박이고 있었다.

쓰러진 나무 밑을 보자, 방금 전까지 있던 작은 빛은 보이지 않았다. ……그 빛은, 혹시 이것이었을까?

어떻게 하면 좋을지 판단하기 곤란했다. 애초에 이 하얀빛은 어떻게 하면 좋을까. 병에 집어넣을까? 그렇지 않으면 원래대로 되돌려 놓아야 하나? 아니, 원래대로 되돌려놓는다니, 어떻게 하는 걸까…….

이것저것 생각하는 사이, 변화가 일어났다.

손가락 끝에서 빛나던 하얀 빛이 점점 흐려지고 가늘어지고, 그에 반비례하듯 레티시엘의 손 이 조금씩 흰빛을 띠기 시작했다.

"……어?"

그것이 자신의 손이 발광하는 것이라고 알아차린 순간, 레티시엘은 모르는 장소에 있었다.

아니, 모르는 풍경을 보고 있었다고 할까. 어딘가의 절벽 위에서 세계를 내려다보고 있는 것이리라. 눈에 비치는 경치가 매우 넓고 멀었다.

주변 일대에 몹시 황폐한 흙색의 황야가 끝없이 펼쳐져 있었다. 하늘은 무겁게 드리워진 검은 구름이 모든 빛을 차단하고 있었고, 지상에서 빛나는 희미한 빛…… 아마도 인간들이 만들어내는 빛만이 어렴풋이 세계를 밝히고 있었다.

아마도 아스트레아 대륙의 풍경이기는 하겠으나, 레티시엘의 기억에는 없었다. 지금의 대륙 모습도 아닐 뿐더러, 천 년 전의 대륙의 경치도 아닌 듯했다.

눈앞에 한 쌍의 팔이 나타났다. 레티시엘의 팔이 아니었다. 이 경치를 보고 있는 「누군가」의 팔이었다. 레티시엘은 그 시야를 빌리고 있는 것에 불과했다.

얇고 하얀 비단을 걸친, 호리호리한…… 아마도, 여성의 팔. 그 팔은 방금 전 레티시엘의 손이 그러했듯이, 어둠을 가르듯이 부드러운 빛을 발하고 있었다.

따뜻하다…….

눈앞으로 들어 올려진 두 손의 앞쪽 공간에, 불현듯 커다랗고 하얀 마법진이 나타났다.

불규칙한 무수한 원이 마치 기하학 도형의 모양처럼 복잡하게 겹쳐지면서 시야에 다 들어오지 않을 정도로 한가득 팽창했고, 계속해서 넓어졌다.

레티시엘은 갑자기 눈앞에 나타난 마법진의 형태와 규모에 경악했다. 이렇게까지 대규모로 전개된 술식은 본 적 없었다.

마법진에 쓰인 자잘한 문자나 수열, 마법진을 구성하는 전체상. 그것들도 전혀 본 적이 없었다. 마법도, 마술도, 연금술의 술식도 아니었다.

계속 거대화하는 수수께끼의 술식이 커지면 커질수록, 주변은 하얀빛에 감싸여 갔다. 눈이 부셔서 눈을 뜨고 있을 수가 없건만, 자신의 눈이 아닌 탓에 감을 수도 없었다.

『……이걸로, 당분간은 안전할 거야.』

안도한 것 같은 작은 중얼거림. 아마도, 목소리를 낸 것은 레티시엘이 시야를 빌리고 있는, 이 정체를 알 수 없는 여성이었다.

"……셀! ……로셀!"

들은 적은, 있는 것 같기도 하고, 없는 것 같기도 하고. 하지만 왠인지 불쾌한 느낌은 들지 않았다.

대체, 이 기억은, 누구의…….

"……봐! 이봐, 정신차리라고!"

"!"

머리가 앞뒤로 흔들리고, 눈앞에 보이던 경치는 순식간에 일그러져 사라졌다.

대신 눈에 들어온 것은 익숙한 학원부지 내의 숲의 풍경. 그리고 레티시엘의 어깨를 붙잡고 얼굴을 들여다보고 있는 에델하르트의 모습이었다.

"……에델 님?"

왜, 그가 여기 있는 것일까. 그는 분명히 메이의 폭주를 막기 위해, 루카스와 함께 싸우고 있는 중일 텐데…….

"메이는, 이제 멈춘 건가요?"

"아직이야. 다만, 이쪽 방향에서 엄청난 빛이 보여서 말이지. 무슨 일인가 싶어서, 루카스를 남기고 확인하러 왔다."

에델하르트는 학원 건물이 있는 방향에 눈을 주었다. 그 뒤를 쫓듯이 고함과 폭발음이 들려왔다.

그러고 보니, 잡목림에 들어온 뒤로 전투를 연상시키는 소리는 한 번도 듣지 못했다고 생각했다. 잘 생각해보면 상당히 이상한 상황이었다.

이 주변은 전투가 발생한 현장과 상당히 가까울 터였으니, 전투가 끝나지 않은 한 그렇게 조용해질 리가 없었다. 자신은 도로셀의 환영에 이끌려 어딘가로 흘러든 것이리라.

"그랬더니, 왠지 도로시는 있지, 불러도 반응이 없는 것이 명백히 상태가 이상하지……."

"……."

"전에도, 학원에 맡겨졌던 검은…… 구슬 같았던 거? 그걸 보고 이상해졌었잖아? 그래서 또 그런 현상인가 싶었는데."

그건…… 예전에 레티시엘이 학원의 박물관에서 구 공작령에서 압수해 온 정체불명의 검은 보옥을 발견했을 때의 일이리라. 그때에는 뭔가에 빨려가는 것 같은 감각이 있었다.

"죄송합니다. 걱정을 끼쳤네요."

"아니, 아무렇지도 않다면 그걸로 됐어. 그보다, 도로시. 방금 그건 무슨 의미야?"

"……? 무슨 말씀이신가요?"

"아까 말했잖아? 「이걸로 당분간은 안전할 거야」라고."

레티시엘은 순간 당황했다. 그 말…… 방금 본 그 정체불명의 기억 속에서 그 여성이 말했던 대사가 아닌가……?

"그걸…… 제가요?"

"어. 뭔가 웃으면서 그런 말을 했어."

에델하르트의 말을 듣고, 당황했다. 어떻게 된 것일까. 그 사람이 했다고 생각했던 말을 레티시엘이 했다고 한다.

그 사람의 기억을 보고 있었기 때문에, 그에 이끌려서 자신도 무의식중에 똑같은 말을 입 밖에 낸 것일까. 그렇지 않으면 자신이 한 말이, 그 사람의 목소리로 재생된 것……?

"……도로시. 괜찮아?"

침묵해버린 레티시엘에게 에델하르트가 어딘가 걱정스럽다는 물었다.

"뭔가 얼굴빛도 안 좋은데, 무슨 일이 있었어?"

"아뇨……."

레티시엘은 고개를 저었다. 아직 스스로도 이 몸에 무슨 일이 일어나는 것인지 파악하지 못하고 있으니, 이 단계에서 그에게 그런 얘기를 해봤자 의미 없이 혼란스럽게 할 뿐이리라.

"아무것도 아닙니다."

"그래? 그럼 다행이지만."

게다가, 수수께끼의 기억의 회상을 본 것일 뿐, 실질적인 피해는 없었다. 때문에 레티시엘은 에델하르트에게 이 일을 말하지 않기로 했다.

"그러고 보니, 빛을 봤다고 말하지 않으셨나요?"

"아아, 그래! 방향으로서는 이 근처였다고 생각하는데……뭔가 못 봤어?"

"글쎄요……? 빛이라면 방금 전에 쓰러진 나무 밑에서 발견했습니다만, 반딧불이보다 작았으니까요……."

그밖에는 예의 회상 속에서 수수께끼의 여성이 전개했던,

기존의 어떤 힘에도 들어맞지 않는 거대한 마법진 정도밖에 짐작 가는 바가 없는데…….

"아아아아아!!"

갑자기 고함소리가 숲 안의 정적을 찢어놓았다. 주위의 공기 움직임이 변화해, 레티시엘은 순간적으로 에델하르트를 밀쳐내고 자신도 후방으로 피했다.

그 직후, 상공에서 사람의 그림자가 떨어져 내려 굉음과 함께 방금 전까지 두 사람이 있던 장소에 격돌했다. 흙먼지가 피어오르고, 포개어 쓰러져 있던 나무들이 그 충격으로 모조리 산산조각났다.

"……메이?!"

에델하르트의 목소리가 연기 안쪽에서 들려왔다. 연기때문에 시야는 안 좋아도, 누가 이곳에 온 것인지는 그것만으로 충분히 알 수 있었다.

"전하! 죄송합니다……!"

뒤이어 숲 쪽에서 들려온 것은 루카스의 목소리였다. 필시 메이를 쫓아온 것이리라. 복수의 발소리가 가까워졌다.

"저희끼리 제압하고 있었습니다만…… 방금 전의 빛을 본 뒤로, 왜인지 갑자기 활발해져서 이쪽으로 향해서 말입니다."

"……혹시, 방금 전의 그 빛에 이끌린 건가?"

"그럴지도 모르겠습니다."

흙먼지는 꽤 많이 개어 있었다. 에델하르트와 루카스, 루카스가 이끄는 기사들.

그들과 대치하고 있는 것은, 변함없이 회색의 안개를 휘감은 메이였다. 안개가 바람에 날려 허공에서 춤을 출 때마다, 메이 주변의 경치는 마치 아지랑이처럼 일렁일렁 흔들렸다.

"다시 한번 확보를 시도하겠습니다. 전하도 도와주시길 바랍니다."

"아아. 당연하지. 부탁이니까 다치게 하지 말아줘."

"알고 있습니다, 전하."

기사들이 전원 메이의 사방을 둘러싸고 조금씩 원을 좁혀 갔다. 메이가 날뛰었다. 폭풍과 흙먼지가 요란하게 일었다.

"풍하입니다! 목표가 풍하로 도주하려고 하고 있습니다!"

—안 돼.

레티시엘의 뇌리에 목소리가 울렸다. 자신의 목소리인 것 같기도, 모르는 사람의 목소리인 것 같기도 했다. 갑자기 물속에 던져진 것처럼, 주위의 소리가 단숨에 먹먹하게 들려왔다.

"앞질러라! 2시 방향이라면 아직 이쪽이 빨라—."

—이대로는, 저 아이가 부서질 거야. 저 아이를 부숴 버리고 말 거야.

지금, 저 아이를 확보하려고 하는 사람들이 아니야. 내부에서 흘러넘쳐서 막을 수 없는 장기의 폭주가, 머지않아 저 아이의 몸도 마음도 산산이 부술 거야.

『……누군가, 도와줘.』

―저 아이가, 울고 있어. 어떻게든 해야 해. 어떻게든, 뭔가…….

무의식중에 팔이 천천히 올라간 사실을, 레티시엘은 알아차리지 못했다. 어떻게든 해야 한다는 생각에 사로잡혀 있었다.

눈앞으로 올라간 양팔이 은은하게 빛을 띠기 시작했다. 레티시엘은 그것을 마치 남의 일인 것처럼 조용히 지켜보았다. 움직이는 것은 자신일 터였지만, 실감이 없었다.

"……도로시? 이봐, 왜 그래?!"

에델하르트의 목소리도 귀에 들리지 않았다. 그 사이에도 팔을 감싼 빛은 점점 강해졌다.

이윽고 손가락 끝에서 허공을 향해 빛이 물처럼 흘러나왔다. 마치 보이지 않는 점과 점을 잇는 빛의 실 같다고, 레티시엘은 멍하니 생각했다.

무수한 빛의 실은 하나로 합쳐져 거대한 빛의 구슬로 바뀌었다. 레티시엘은 그것에서 실을 자아내는 것처럼, 오른손으로 빛을 잡아당기며 팔을 미끄러뜨렸다.

허공에 꽃이 피었다. 아니, 꽃을 닮은 형태의 마법진이었다. 레티시엘의 손이 지나간 장소에 빛이 밝혀지고, 그 빛이 연속되어 형태를 이루어갔다.

자신의 손이 무엇을 그리고 있는가. 레티시엘은 파악할 수 없었다. 그러나 레티시엘의 손은 마치 처음부터 무엇을 해야 하는지 전부 알고 있는 것처럼, 주저하는 일 없이 술식을 써나갔다.

하나, 또 하나. 허공에 새로운 술식이 떠오르며 결합했다. 오른손을 중심으로 확대되어가는 하얀빛의 마법진은 멀리서 보면 하얀 꽃들이 피어나는 빛의 나무처럼도 보였다.

그것은 마법이라고도, 연금술이라고도, 마술이라고도, 주술이라고도 할 수 없는 새로운 술식이었다. 알지 못하는 형태의, 마법진.

그러나 레티시엘은 마음속으로 확신하고 있었다. 이 술식이라면 메이를 구할 수 있다고. 그것을 위해 정체불명의 누군가의 기억을 본 것이라고, 그렇게 생각했다.

—이 근거도 없는 자신감은, 대체 어디서 솟아나는 것일까.

"으아아아아!!"

하얀 마법진이 완성에 가까워짐에 따라, 메이의 비명이 커져갔다. 빛 때문에 침침해진 시계에 희미하게 보이는 것은, 괴로운 듯이 몸을 비트는 메이의 모습이었다.

그 몸을 에워싼 회색의 안개가 묘하게 선명하게 눈에 비쳤다. 격렬하게 일렁이면서 괴로워 몸부림치는 것처럼 폭발하듯이 터져서는 사라졌다.

정신을 차리고 보니 세계는 새하얗게 물들어 있었고, 레티시엘은 그곳에 혼자 서있었다.

주변에 루카스나 에델하르트 일행의 모습은 없었다. 사라진……것은 아닌 것 같았다. 방금 전 자신이 그린 그 술식의 영향으로, 세계가 이렇게 보이는 것일지도 몰랐다.

눈을 찌를 정도로 새하얀 세계의 저편, 레티시엘에게서 조금 떨어진 전방에서 메이로 생각되는 소녀의 모습을 확인할 수 있었다. 하늘에 떠있는 것처럼 보였다.

한 발 두 발 가까이 다가가자, 그것은 분명히 메이였다. 자세로서는, 마치 천천히 하늘에서 떨어지는 도중인 것 같은, 느릿한 움직임으로 밑으로 가라앉고 있었다.

레티시엘이 두 팔을 내밀자, 메이의 몸은 사뿐히 그 위로 떨어졌다. 그것을 받아내어 바닥에 누이니, 자연스럽게 메이에게 무릎베개를 해주는 것 같은 자세가 되었다.

『—.』

메이의 두 눈은 감겨 있었지만, 그 입은 희미하게 움직이고 있었다. 잠꼬대를 하는 듯했다. 무슨 말을 하는지 알아듣고자 레티시엘은 귀를 가까이 갖다 댔다.

『도로, 시…….』

순간, 메이의 몸과 맞닿아있던 부분을 타고 흐르듯이 방대한 기억이 탁류처럼 흘러 들어왔다.

대부분은 레티시엘은 알지 못하는 기억이었지만, 개중에는 기억이 있는 것도 있었다. 이전에 기억해냈던 도로셀의 과거 기억과, 같은 장면의 것이 몇 개인가 섞여 있었다.

시계를 함께 고치던 기억, 함께 성 안을 뛰어다녔던 기억, 요양을 하던 저택에서 그림을 그리며 놀던 기억, 그리고 불에 휩싸이면서 『도로셀』을 배웅했던 기억…….

비전은 메이의 인생의 주마등과 같은 것인 듯 했다. 정신을 차리고 보니 레티시엘은 메이의 추억을 통해 십수 년 전, 그 꺼림칙한 화재현장을 보고 있었다.

온몸에 휘감기는 불꽃, 죽어가는 고용인들, 무너지는 건물. 그 아지랑이 사이를 누비며 다가오는 것은, 하얀 로브를 걸친 존재.

백의 결사의 소속원임을 나타내는 로브였다. 장면이 전환되었다. 이번에는 새하얀 공간. 아니, 시야가 새하얗게 된 것뿐일지도 몰랐다.

무슨 일이 일어나는지 것인지는 알 수 없었으나, 부정적인 감정들이 비명과도 같이 가슴을 때렸다. 아파, 뜨거워, 괴로워. 그렇게 말하며 눈물을 흘리고 있었다.

기억은 어느 것이 매우 단편적이어서, 그것들에서 하나로 정리된 사건을 읽어내는 것은 어려웠다.

그래도 예의 저택이 불탄 뒤 그녀의 몸에 무슨 일이 일어났는지, 레티시엘은 직감으로 이해할 수 있었다.

구 공작령에서 일어난 그 화재는, 결사가 기획하고 세리냐가 방아쇠를 당겨 일어난 음모였다. 메이는…… 알렉시아는,

특수한 체질을 가졌기 때문에 결사가 눈여겨 보았다.

그리고 주술의 장기를 정화하는 「성녀」로서 결사에게 사로잡혔고, 두닉스에게 구출되어 「메이」가 되어 왕도로 돌아왔다.

즉, 레티시엘이 영지에서 마주친 「성녀 레티시엘」이라는 소녀는 성 레티시엘의 환생으로서, 사라진 알렉시아 대신 준비된 대역 「성녀」였던 것이리라.

알렉시아는 결사에게 있어 주술 사용자가 피할 수 없는 장기의 침식을 방지하고, 장기를 빨아들여 정화하는 「성녀」의 좋은 그릇이었다.

거듭되는 실험의 영향으로 알렉시아는 기억을 잃어버렸다. 정화하지 못하고 축적된 장기를 쌓아두었다가 폭발시켜, 스스로 자신을 제어할 수 없게 되는 일도 늘었다.

두닉스에게 구출된 뒤에도 달라지지 않았다. 그래서 두닉스는 감춰두었던 마지막 유산의 조각을 박아넣었다. 장기를 억누르고, 폭주를 막기 위해.

『…….』

말은, 없었다. 무슨 말을 해도, 분명히 위로는 되지 않았다. 지나간 시간은 돌이킬 수 없었고 이미 일어난 일은 바뀌지 않았다.

레티시엘은 메이의…… 과거 알렉시아였던 소녀의 몸을 조용히 끌어안았다. 그저, 있는 그대로 받아들이는 수밖에 없었다. 옷을 붙잡는 알렉시아의 손에 희미하게 힘이 들어갔다.

한 줄기의 눈물이 뺨을 타고 흘렀다. 지금 도로셀로서 알렉시아에게 해 줄 수 있는 일은 그것밖에 없을 것 같았다.

***

레티시엘은 또다시 자신도 모르는 사이에 그 하얀 공간에서 나왔다.

세계에 색이 돌아와 있었다. 이곳은 학원 내의 숲 안으로, 루카스와 에델하르트도 가까이에 있었다. 눈에 보이는 경치가 너무 빈번하게 바뀌어서 정신이 없었다.

다만, 방금 전 그 하얀 공간 속에서의 일은 모두 꿈이었던 것은 아닌 듯했다. 하얀 공간 안에서의 상태 그대로 메이는 레티시엘의 무릎 위에서 잠들어 있었다.

회색의 안개는, 이제는 없었다. 정화된 것……일까. 레티시엘은 자신의 두 손을 물끄러미 바라보았다. 원인은 생각할 것까지도 없이, 방금 전 레티시엘이 의미도 모른 채 발동한 그 마법진이리라.

전신을 지배하던 그 신기할 정도의 전능감은 이미 사라지고 없었다. 남은 것은, 그때의 자신은 대체 뭐였을까, 하는 의문뿐.

그러나 신기하게도 레티시엘은 그 감각이 싫지는 않았다.

"……어이, 도로셀. 지금, 무슨 일이 일어난 거냐."

그렇게 묻는 루카스의 목소리에 당혹감이 있었다. 그에게는 미안했지만, 레티시엘도 설명할 수 있을 것 같지 않았다.

하지만 자신이 발동시킨 것이, 회상 속에서 본 수수께끼의 여성이 전개했던 것과 똑같다는 사실만큼은 나중이 되어 알아차렸다.

"글쎄요……. 저도, 잘은……."

하지만 그렇게 하고자 생각한 이유는 알 수 없었다. 애초에 알지도 못하는 힘을 어떻게 사용할 수 있던 것인가. 왜 그 힘으로 메이를 막을 수 있다고 확신할 수 있던 것인가. 이제 와서는 감이었라고 말할 수밖에 없었다.

전신에 피로감이 훅 몰려왔다. 갑자기 강제로 큰 짐을 짊어지게 된 것처럼, 온몸이 그저 무겁기만 했다. 잊을만하면 찾아오는 근육통 같은 걸. 레티시엘은 그런 엉뚱한 생각을 했다.

"모두를 소집했다. 곧 이리로 모일 거야."

어디에서랄 것 없이 모습을 나타낸 에델하르트가 루카스에게 그렇게 고했다. 아무래도 학원 내에 흩어져 있는 관계자들을 모으러 갔던 듯했다.

"고맙습니다, 전하."

"뭘, 됐어. 이 정도는 대단한 수고도 아니야. 두 사람 모두, 무사해서 다행이야."

에델하르트가 살랑살랑 가볍게 손을 들었다. 그러더니, 불현듯 이쪽의 얼굴을 들여다보았다.

"도로시, 괜찮아?"

"……? 아마도, 메이 씨의 일이라면, 이제 괜찮을 거라고 생각합니다만?"

"아니, 너 말이야. 얼굴이 새파래서 말이지. 몸이라도 안 좋은 거야?"

레티시엘은 저도 모르게 자신의 얼굴에 손을 갖다 대었다. 뺨이 상당히 차가운……것 같은 느낌도 들었지만, 손도 마찬가지로 식어 있었기 때문에 정확한 체온은 잴 수 없었다.

"그런, 가……? 지금으로서는, 몸이 안 좋다는 느낌은, 딱히……."

"그래……. 부탁이니까 무모한 짓좀 하지 마."

레티시엘의 대답을 에델하르트는 명백히 신용하지 않는 것 같았다.

그 정도로까지 지금의 자신의 얼굴빛은 나쁜 것일까. 거울이 없으니 확인할 수는 없었지만, 개인적으로는 정말로 몸이 안 좋지는 않다고 생각했다.

굳이 말하자면 온몸이 이상할 정도로 무겁다는 것과 춥다는 정도일까.

"잠든 것 뿐인가."]

에델하르트가 옆에 무릎을 꿇고 메이의 얼굴을 확인하면

서 그렇게 물었다. 레티시엘은 고개를 끄덕였다.

"아마도 그럴 겁니다."

"……."

메이의 손이 허공을 휘저었다. 입가를 떨며 당장에라도 뭔가를 이야기하려고 하고 있었다. 또 잠꼬대를 하려는 것일까.

"……어이쿠."

허공을 긁은 메이의 손을 에델하르트가 붙잡았다. 그의 손을, 메이가 꽉 잡았다. 에델하르트는 의아하다는 듯이 눈을 깜박였다.

"응? 왜 그래, 메이. 뭔가, 할 말이라도 있어?"

"……오, 빠."

"메이?"

"하르 오, 빠……."

에델하르트의 표정이 딱딱하게 굳었다. 그 얼굴에서 그가 얼마나 놀라고 당황했는지 손바닥을 들여다보듯이 알 수 있었다.

그가 동요하는 이유를, 레티시엘은 알고 있었다. 이 세상에서, 그를 에델이라고 부르는 자가 도로셀뿐이라고 한다면, 그를 하르라고 부르는 것은 그의 여동생이었던 왕녀 알렉시아 단 한 사람뿐이었다.

"……저기, 에델 님. 메이 씨에 대한, 얘기인데요……."

레티시엘이 가만히 살피듯이 그렇게 말을 걸자, 에델하르트가 굳은 표정 그대로 말없이 이쪽에 눈을 주었다.

레티시엘은 문득 생각했다. 분명히 그는, 이 뒤 레티시엘이 말하려고 하는 내용이 무엇인지,

마음 속 어딘가에서 짐작하고 있는 것은 아닐까.

"……말해."

그래도 굳이 그 고백을 들으려 하고 있었다. 『도로셀』의 입으로 듣고 싶은 것인가, 아니면 본인이 아직 믿기 어려운 것인가.

"……메이 씨는, 알렉이었습니다."

뭐라고 말할까 여러모로 생각도 해보았지만, 달리 어떻게도 말할 방도가 없었다. 레티시엘은 그렇게 한 마디를 말하고 입을 다물었다. 그러나, 에델하르트에게는 그것으로 충분했던 모양이었다.

"……그래."

긴 침묵을 거쳐, 에델하르트는 쥐어짜듯이 작게 그렇게 중얼거렸다.

그 얼굴에는 기쁜 것 같기도 하고, 울고 싶은 것 같기도 하고, 어쩔 줄 모르겠는 것 같기도 한, 여러 가지가 뒤섞여 말로는 표현할 수 없는 감정이 배어나와 있었다.

"메이는…… 알렉시아는, 죽지 않았던 거군."

"……예."

"그런, 가……."

에델하르트는 깊게 한숨을 토해내고 꽉 쥔 메이의 손을 자신의 이마에 갖다 대었다. 눈을 감은 그 모습은 마치 신에게 기도를 올리는 것 같았다.

그밖에도, 메이가 「성녀」의 그릇이었다는 사실이나 그 화재의 진상 등 이야기해야 할 일은 잔뜩 있었다.

하지만 레티시엘은 입을 닫았다. 그것은 모두 과거에 지나간 일로, 이제 바뀔 리도 없었고 바꿀 수도 없었다. 지금 이 자리에서 전해야 할 이야기는 아닐 터였다.

다만, 앞으로 조금만 더 사별했다고 생각했던 소꿉친구들의, 형제의 재회를 방해하고 싶지 않았다. 그 일을 고해서, 에델하르트를 몰아넣는 것 같은 일은 하고 싶지 않았다.

"……."

얼마나 움직이지 않고 있었을까. 한참 뒤, 에델하르트는 겨우 메이의 손을 놓고 눈을 떴다.

"미안. 뭐라고 할까…… 여러모로, 말이 잘 안 나와."

"괜찮습니다. 무리도 아니니까요."

"……일단, 우선은 메이를 안전한 곳으로 옮기자."

"예. 부탁드립니다."

에델하르트는 레티시엘의 팔에서 신중하게 메이를 안아들고 자리에서 일어나더니, 바로 옆을 지나치던 기사를 붙잡고는 속사포처럼 말을 쏟아내기 시작했다.

"이봐. 들것을 준비해줘! 메이를 어딘가 쉴 수 있는 곳으로 옮기겠어. 그리고 왕성에 전령을 보내서 상황을 보고해라. 시급히다! 남은 자들은 피해 상황의 보고를……."

에델하르트가 각 방면에 지시를 내리기 시작했다. 순식간에 왕자의 얼굴로 되돌아와 있었다.

줄곧 땅바닥에 앉아있을 수는 없으리라. 레티시엘은 뒤를 따라 자리에서 일어나려고 했다. 그러다가 그제야 비로소 자신의 다리에 전혀 힘이 들어가지 않는다는 사실을 알아차렸다.

그러고 보니, 시야도 왠지 일그러진 것 같은 느낌이 들었다. 그리고, 추웠다. 숨을 쉴 때마다, 입에서 이상한 소리가 새어나왔다.

"도로시?!"

놀란 것 같은 에델하르트의 목소리가 아주 멀리서 들리고, 세계가 뒤집혔다.

등에 충격을 느끼고, 레티시엘은 자신이 쓰러졌다는 것을 한 박자 늦게 알아차렸다. 입 안에서 쇠 맛이 번지고, 뭔가가 턱을 따라 흐르는 느낌이 났다. 이건 혹시…… 피라도 토한 것일까.

누군가의 얼굴이 머리 위에 있는 것은 인식할 수 있었지만, 시야가 희미해서 얼굴까지는 판별할 수 없었다. 이 몸은 언제 한계를 맞이했던 것일까.

그러는 사이 주위의 소리도 먹먹하게만 들리게 되었고, 끝내는 아무것도 들리지 않았다. 희미한 이명이 들리고, 눈꺼풀이 무거웠다.

—내 몸에, 무슨 일이 일어나고 있는 것일까?

레티시엘은 눈을 감으며 희미해지는 의식의 한 편에서 멍하니 그런 생각을 했다.

막간 왕자 두 사람

에델하르트는 전투가 이미 끝났음에도 루크레치아 학원의 숲 안에서 본 그 강렬한 빛을 지금도 여전히 선명하게 기억하고 있었다.

감고 있던 눈을 번쩍 떴다. 이곳은 본관 현관의 한 편. 아무래도 그곳의 의자에 앉아 있다가 살짝 존 듯 했다.

“이런 실수를…….”

에델하르트는 의자에서 일어났다. 온몸이 생각 외로 무거워서 움직이기 힘들었다.

아까까지 계속되었던 메이와의 일련의 전투에서, 그답지 않게 꽤나 정신력을 소모했던 것 같았다.

몇 번인가 발로 바닥을 밟자, 이윽고 몸의 감각이 돌아왔다. 붕대로 목에 걸고 있던 왼팔은 이제 통증은 거의 없었다.

구호원들이 호들갑스럽게 소란을 피우는 통에, 이런 야단스러운 응급처치를 받게 되었으나, 내일에라도 풀 수 있을 것 같았다.

얼마나 자고 있던 것일까. 에델하르트는 홀의 시계를 확인해 보았다. 그렇지만, 그러고 보니 애초에 이곳에 올 때 시간을 확인하지 않았으니 의미가 없다는 사실을 기억해냈다.

"……메이."

그 아이가 걱정이었다. 분명히…… 감시를 위해 구호실이 아니라 별관의 독실로 옮겨질 것이라고 메이를 따라간 아샤가 말했을 터.

에델하르트는 바로 그리로 향하려고 했다. 뒤처리도 해야 하니, 오래 머물지는 못해도 용태의 확인만이라도 해두고 싶었다.

별관의 독실은 여러 개가 있었지만, 메이가 있는 방은 쉽게 찾았다. 방문 밖에 아샤가 서 있어서 바로 알 수 있었다. 아마도 감시인일 것이리라.

"안녕."

"아…… 전하."

아샤는 조금 야윈 것같다. 눈 밑에는 희미하게 다크서클도 보였다. 요 며칠간 일어난 혼잡한 상황 때문에, 분명히 제대로 자지도 못한 것이리라.

"아짱…… 얼굴 꼴이 말이 아니야."

"……난데없이 꽤나 말씀이 지독하시네요."

"미안해. 하지만 사실이잖아? 저는 줄곧 쉬지 못했습니다, 라고 얼굴에 쓰여 있어."

"그렇게나 알기 쉬운가요……."

"어. 빤히 다 보여."

에델하르트는 문 쪽에 시선을 주었다. 방 안은 아직 사람이 움직이는 기척도, 문이 열리려는 기색도 없이 조용했다.

"메이는 안에 있지?"

"예. 지금은 자고 있습니다. 구호원이 순회하러 오는 것은 조금 더 있어야 합니다만……."

"흐응. 얼마나?"

"……30분 정도가 아닐까 싶습니다만."

"그렇구나. 좋았어, 아짱. 가서 좀 자고 와."

"……네?"

에델하르트가 복도 끝을 가리키며 말하자, 아샤가 영문을 모르겠다고 말하고 싶기라도 한 얼굴로 되물었다.

"저기, 전하. 그건 대체 어떤 맥락의 말입니까?"

"아니, 그러니까 좀 자고 오라고. 그 의미 그대로야."

"그건 압니다만, 왜 지금 이 흐름에서 그런 얘기가 나오는 겁니까?"

"30분 정도라면 메이는 내가 돌볼 수 있어. 그 사이 아짱은 조금이라도 쉬는 편이 좋아. 모처럼 미인인 얼굴이 아주 못 쓰게 됐다고."

"……."

"메이가 소중한 건 알지만, 아짱도 인간이야. 무리해서 쓰러지면, 어느 쪽이 걱정을 끼치는지 알 수가 없어. 그렇잖아?"

"……그러, 네요. 알겠습니다. 그렇게까지 말씀하신다면, 호의에 기대도록 하겠습니다."

"음. 좋아."

아샤는 인사를 하고 그 자리를 떴다. 그것을 배웅하고 에델하르트도 방문을 열고 안으로 들어갔다.

메이는 창문가의 침대에서 자고 있었다. 들것으로 옮겨왔을 때에는 혈색 없이 하얗게 질렸던 얼굴도, 지금은 혈색이 돌아온 것처럼 보였다.

에델하르트는 의자를 가까이로 이동시켜 그것에 앉았다. 메이에게 아무 일도 없었던 것은 다행이었지만, 역시 몇 번이나 생각해도 원만하게 수습된 이유를 잘 알 수 없었다.

"……."

딱히 본다고 재미있는 것은 아니었지만, 에델하르트는 멍하니 창밖을 바라보면서 지금까지의 상황을 돌이켜보았다.

메이 안에 감춰져 있던 마지막 두닉스의 유산을 빼앗기는 바람에, 그것으로 억누르고 있던 메이에게 둥지를 튼 장기가 폭주했다.

정화의 방법 따위 알지 못했다. 확보하려고 해도, 장기의 폭주는 보통사람이 감당하기에는 버거워서 그저 이쪽에 부상자가 늘어나기만 한다는 최악에 가까운 상황이었다.

그런 때에, 학원의 숲이 있는 방향에서 하얀 빛의 기둥이 솟아올랐다.

무슨 일인가 해서 곧바로 상황을 보러 갔더니, 그곳에는 도로셀이 있었다. 최종적으로, 수수께끼의 술식을 전개해 메이를 정화한 것은 그녀였다.

그 하얀 빛은 결국 뭐였던 것일까. 치유마술의 친척……과도 같은 인상은 받았으나, 메이 이외에는 아무도 영향을 받지 않았다. 그것을 보면 치유의 힘은 아닌 것이리라.

지금까지 봐 온 모든 술식과 대조해봐도, 이것이라고 마음에 짚이는 것은 하나도 없었다.

굳이 말하자면 빛 속에 찰나의 순간 보인 술식이, 마도술식과 비슷한 것처럼 생각된 정도일까.

그리고 빛의 홍수가 지나간 뒤, 중심에 남은 것은 무릎에 메이의 머리를 올려놓은 도로셀뿐이었다.

빛은 무언가를 파괴한 기색은 없이 메이를 폭주시킨 장기만을 제거했다.

그 빛 속에서 두 사람에게 무슨 일이 있었는지는 알 방법이 없었다. 다만 잠든 메이와 달리, 도로셀은 어딘가 비몽사몽한 상태였다.

주변에는 아직 빛의 홍수의 잔재가 희미하게 남아 있었다. 빛에 감싸여 잠든 메이의 머리를 상냥하게 쓰다듬는 그 때의 도로셀은 온화하게 미소 짓고 있었다.

자기 입으로 말하는 것도 뭣하지만, 에델하르트는 신심이 그다지 깊지 않을 뿐더러, 종교화나 성녀의 조각상에도 별 흥미는 없었다. 신 역시 부정하지는 않으나 긍정하지도 않았다.

하지만 이때만큼은 메이를 끌어안은 도로셀이 성녀나 여신으로 보여서 견딜 수 없었다. 진짜, 자신의 소꿉친구는 대체 어떤 자인 건지.

"……우웅."

작은 신음소리에 에델하르트는 번쩍 고개를 들었다. 침대 안에서 메이가 희미하게 눈을 뜨고 있었다. 두리번두리번 주변을 둘러보다가 에델하르트의 얼굴을 똑바로 응시했다.

"메이, 나다. 알겠어?"

"……."

메이는 에델하르트를 바라보며 잠시 멍하니 있었다. 아직 어딘가 졸려보였다.

"……에디."

"그래."

"……하르, 오빠."

"……응. 그래."

에델하르트가 고개를 끄덕여보이자, 메이는 활짝 웃었다.

마치 어린아이와도 같은 천진난만한 미소였다. 머릿속에서 과거 알렉시아가 짓던 미소와 겹쳐져 제멋대로 말이 흘러나왔다.

"잘 돌아왔어, 알렉시아."

에델하르트의 얼굴을 볼 수 있어서 안심한 것인가, 메이는 그대로 눈을 감고 다시 잠이 들었다. 그 머리카락을 쓰다듬으며, 에델하르트는 별 수 없네, 하고 웃었다.

똑똑.

문득 방문을 노크하는 소리가 들렸다. 구호원이 온 것일까, 하고 에델하르트는 자리에서 일어나 문을 열었다.

"……응? 어라? 형님?"

그곳에는 라이오넬이 있었다. 살짝 예상외의 내객이었다. 옷매무새가 조금 흐트러져 있는데, 도중에 달리기라도 한 것일까.

"여기 있다고 들어서 말이다."

"아, 음. 지크 공의 전령을 듣고 오신 건가요?"

"아아. 그래서 현장의 상황확인을 하러 왔다. 그렇게 오래 머물 생각은 없어."

라이오넬의 눈이 힐끗 옆을 향했다. 그쪽에는 벽시계가 걸려 있었다. 시간을 확인한 것이리라.

"이쪽은 현재로서는 고비 넘겼습니다. 지금은 한창 뒤처리 중이지요. 성 쪽은 어떻습니까?"

"대신들이 시끄러운 것 외에는 아무것도. 다들 상황파악이 불투명한 나름대로 타개책을 모색하기 시작했으니까 말이다. 그것과, 아바마마가 위험하시다고 한다."

"……그런가요."

"의외로 반응이 약하구나."

"그거, 형님이 나한테 할 말입니까? 나 이상으로 침착한 주제에."

"……뭐, 부정을 하지 않으마."

"줄곧 그런 상태이셨으니까요. 늦든 빠르든 언젠가는 닥칠 일이라고 각오하고 있었습니다."

끝내 곁을 떠나는 건가 하고 생각하면 쓸쓸하긴 하지만 말이죠. 그렇게 에델하르트는 말을 덧붙였다.

"다만 욕심을 부리자면, 이 싸움이 끝날 때까지는 버텨주셨으면 합니다. 아바마마께서도 세계의 운명을 지켜보셨으면 해요."

"……지금의 이 나라는 아바마마가 만드신 것이니까 말이지. 끝까지 지켜보지 못한다면, 언젠가 귀신이 되어서 나타나실 것 같다."

"어라? 형님은 그런 걸 믿는 성격이셨던가요?"

"아니. 전혀."

"그렇죠. 그럼 왜 내게 그런 얘기를 하시는 겁니까?"

"……."

라이오넬이 침묵했다. 역시 그냥 잡담이 아니었던 듯했다.

평소부터 쓸모없는 일을 싫어하는 이 둘째 형이, 의미도 없이 이런 이야기를 하다니. 에델하르트는 묘하다고 생각했다.

본론에 들어가기 전의 서론인 것인가, 그렇지 않으면 잡담을 가장해 이쪽의 속을 떠보기 위한 것인가. 그 외에 달리 가능성을 생각할 수 있는 것이라면…… 견제, 라든가?

"……그렇지 않으면 뭡니까. 새삼 내가 형님과 왕위쟁탈이라도 벌일 거라고 생각하는 겁니까?"

"……."

"하아. 몇 번을 말했잖습니까. 왕좌라든가 권력이라든가, 그런 것에는 조금도 관심 없다니까요. 진짜, 신용이 없네. 나."

뭐, 형님 입장에서 보자면 신용할 수 없는 건 당연한가. 에델하르트는 말을 하고 난 뒤 스스로 그렇게 태클을 걸어, 납득했다.

"그런, 사람 위에 서는 힘은 형님처럼 냉혹함과 상냥함을 잘 가려 쓸 수 있는 사람이 갖는 것이 어울립니다. 왕좌는 형님 것이에요."

"……네게 그런 말을 들으니 왠지 화가 나는군."

"아, 너무해. 일단은 칭찬한 건데."

부하라 할지라도 필요하다면 잘라내고, 장기말로서 부릴 수 있는 냉철함을 갖고 있지 못하다는 사실은, 에델하르트 본인이 가장 잘 알고 있었다.

때문에 처음부터 왕좌를 바란 적은 한 번도 없었다. 자신보다 더 잘 어울리는 왕자가 있으니, 그쪽이 잇게 해야 했다. 혈통이 어떻고 운운하는 것은 거론하는 것만으로도 바보 같았다.

"이것 참. 옛날부터 감만큼은 좋아서 얄밉구나."

"덕분에 여행하던 곳에서도 몇 번이나 자객을 알아차릴

수 있었으니까 말입니다. 예민함만큼은 발군입니다. 그거, 형님이 보내신 거죠?"

"……뭐냐, 알고 있던 거냐."

"방식이 너무 신중해서 오히려 뻔히 다 들여다보였습니다."

"그렇다면 네 부하들에게 말을 할 수도 있었잖느냐."

"됐습니다. 말해봤자 아무 도움도 되지 않을 일을 얘기해서, 의미도 없이 동요시키는 건."

에델하르트는 어깨를 움츠리며 그렇게 시치미를 떼었다.

"내가 제3왕자, 형님이 제2왕자. 내 쪽의 혈통이 더 격이 높다고 돼 있는데, 형님은 왕위를 바라고 있다. 이렇게 알기 쉬운 상황이 또 있습니까? 형님이 날 노릴 거라는 일 따위, 뻔한 필연이라고요. 게다가, 형님은 그런 데는 또 빈틈이 없으니까 내 손에 증거는 아무것도 없고. 내가 아무리 말로 호소해봤자 얼버무리고 넘어갈 거잖아요?"

"……너는 변함없이 너 자신에 대해서도 냉정하군."

"증거를 잡으려던 시기도 있었지만, 철저한 면에서 내가 형님을 이길 수 있을 리 없으니까 결국 포기했습니다. 그 정도 자객이라면, 내가 꽤나 심각한 실수라도 하지 않는 이상 당할 리 없기도 했고요."

"……좀 더 실력 있는 자를 보냈어도 좋았을지 모르겠군."

"우와. 혹시 나 당당하게 암살선언 당하고 있는 겁니까?"

얼굴을 찡그리는 에델하르트를 보며 라이오넬이 웃음을

터뜨렸다. 세차게 불어온 바람이 덜컹덜컹 창문을 작게 울렸다.

“뭐, 그런 말을 들어도 여행을 그만둘 생각은 털끝만큼도 없지만요. 딱히 형님에게서 도망치기 위한 여행이었던 것만도 아니니까요.”

“……결국엔, 생각도 없는 사람을 상대로 나 혼자 열을 올렸다는 건가.”

“응? 뭐라고 하셨습니까?”

라이오넬이 작게 툭 중얼거렸다. 에델하르트는 의아하다는 듯이 고개를 갸우뚱했다.

“아무것도 아니다. 너는 여전하구나, 라고 말한 것뿐이다.”

그 말에 에델하르트는 어깨를 움츠렸다.

“여전할 겁니다, 앞으로도. 형님이 즉위한다고 해도 아마도 나는 변하지 않겠죠. 변함없이 성을 비울 테고, 각지를 떠돌아다닐 테며, 중앙에도 거의 들르지 않을 테고요.”

“……”

“그러니까 형님도, 이런 무미건조한 동생 따위 내버려두고 왕좌에서 뽐내고 있어 주십쇼. 형님에게는 그 편이 더 잘 어울립니다.”

“훗. 잘도 말하는군. 네 입으로 들으니 묘하게 밉살스럽구나.”

“잠깐만요. 아까부터 일일이 너무 심한 거 아닙니까?”

“신경 쓰지 마라. 옛날부터 그랬잖아.”

"……뭐, 그것도 그러네요."

옛날부터라기보다 피차일반이라는 편이 더 가까울 지도 모르겠군.

에델하르트는 생각을 고쳤다.

"생각보다 오래 머물렀군. 나는 그만 가마."

"아, 잠깐만요, 형님."

"실례했다."

그렇게 말하고 라이오넬은 발길을 돌리려 했다. 그러나, 에델하르트는 그것을 완고하게 말렸다.

"뭐가 실례했다입니까. 실례고 뭐고, 애초에 방에 들어오지도 않았잖습니까."

"……."

에델하르트가 가리키는 그 끝에는 라이오넬의 구두가 있었다.

그 발부리는 방금 전부터 방의 문턱조차 밟지 않고 있었다. 두 사람은 줄곧 문턱 너머에서 대화를 하고 있었다.

"여기 온 거, 딱히 나랑 떠들기 위해서가 아니잖아요? 그런 걸 위해 형님이 일부러 **달려오리**라고는 생각되지 않습니다."

"……."

얼굴은 시치미를 떼고 있었으나, 라이오넬의 눈이 한순간 허공을 헤맨 것을 에델하르트는 놓치지 않았다.

방을 찾았을 때, 라이오넬의 옷은 아주 약간 흐트러져 있었다. 그리고 「이곳에 있다고 들었다」라고 말했지만, 「누가」 있다고 들었는지는 말하지 않았다.

에델하르트가 이곳에 있던 것은 순전히 우연이었다. 아샤를 재우러 보내지 않았더라면 성립되지 않았을 이 상황을, 라이오넬이 동생을 목적으로 노리고 올 수 있을 확률은 상당히 낮을 것이다.

"들어오십시오. 메이…… 아니, 알렉시아는 자고 있으니까, 조용히만 해주시면 됩니다."

"……."

"됐으니까요. 그럴 생각으로 왔으면서."

에델하르트와 라이오넬은 그다지 사이가 좋은 형제가 아니었다. 옛날부터 그러했고, 지금도 그렇게 자각하고 있었다.

그러나 알렉시아가 성에 있을 무렵에는, 알렉시아가 여러모로 라이오넬을 잘 따른 점도 있어서 같이 어울리는 일도 적지는 않았다.

라이오넬도 그 나름대로 알렉시아를 귀여워했다. 자주 공부를 가르쳐주기로 했고, 알렉시아에게 책을 읽어주는 장면을 에델하르트에게 목격당해 도망친 적도 있었다.

우연히 이복형제의 생존소식을 듣고 병문안을 온 이상, 얼굴 정도는 보고 가주었으면 했다. 이대로 돌아간다면, 이 사람은 뭣 때문에 일부러 이 방까지 온 거야?

이런 때에도 영리하게 분위기 파악을 하려는 형에게 에델하르트는 약간 짜증을 느꼈다.

"자, 언제까지 거기 있을 겁니까. 바깥은 이러니저러니 소란스러우니까 빨리 문 닫게 해주세요."

"……알았다. 알았으니까 팔을 잡아당기지 마."

강제 연행할 생각으로 팔을 붙잡은 참에 라이오넬에게서 항의가 날아왔다.

방금 전의 형의 언동에 짜증이 났었기 때문에, 에델하르트는 그 항의를 완전히 무시해주었다.

7장 회고

천천히 의식이 부상했다.

무거운 눈꺼풀을 어떻게든 들어 올리자, 보인 것은 하얀 천장이었다. 레티시엘은 시트가 깔린 침대에 눕혀져 있었다.

'……나는, 대체.'

서서히 눈의 초점이 맞아가고, 그것과 동시에 자신의 몸에 무슨 일이 일어났는지도 조금씩 떠올랐다.

메이와의 결전 뒤, 레티시엘은 아무 전조도 없이 갑자기 쓰러졌다. 그 뒤의 기억은 없었지만, 아마도 기절한 뒤 이쪽으로 옮겨진 것이리라.

"……."

눈을 움직여 주변을 살펴보자, 침대 양옆에는 각각 칸막이가 세워져 있어서 방 전체의 모습은 살필 수 없었다.

일어나볼까 시도했으나 몸이 무거워서 어떻게 해도 일어날 수 없을 것 같았다. 레티시엘은 포기하고 다시 눈을 감았다. 그러자 침대로 다가오는 발소리를 들을 수 있었다.

"……아, 언니."

대야를 든 크리스타였다. 연보라빛의 큰 눈이 한층 더 크게 벌어졌다.

"눈을 뜨셨군요."

"여긴?"

"구호실이에요. 언니, 갑자기 쓰러지셨답니다. 기억하시나요?"

"……기억해요."

밀그레인과 폭주한 메이와의 싸움을 끝내고, 겨우 한숨 돌리게 되었을 때 갑자기 정신을 잃었다.

전신이 이상하게 춥고, 무겁고, 서는 것조차 마음대로 되지 않아서, 대체 뭐가 어떻게 돼서 그렇게 된 것인가 하고, 몸에 일어난 이변에 당황한 기억은 가까스로 남아 있었다.

"그때부터 지금 깨어날 때까지 줄곧 여기서 주무셨어요. 옆을 떠나지 않고 간병은 했지만요……."

"……간병을? 당신이요?"

레티시엘은 저도 모르게 눈을 깜빡였다. 크리스타가 옆을 떠나지 않고 도로셀을 간병한 사실이 조금 의외였다.

하지만 잘 생각해보면, 크리스타는 이곳에 놀러온 것이 아니었다. 그녀는 많지 않은 구호요원으로서 많은 사람들의 고마움을 사고 있었을 터.

그렇다면, 쓰러진 사람의 간병정도, 하는 건 당연한가…….

"어머, 제가 언니를 간병한 것이 그렇게 의외인가요?"

"그렇게는 말하지 않았잖아요. 놀라긴 했지만요."

"결국 의외인 것이잖아요."

크리스타는 불만스럽게 중얼거리면서도, 레티시엘의 손을

잡더니 그 위에 자신의 오른손을 겹쳤다.

따뜻한 빛이 크리스타의 손에서 밝혀졌다.

그 빛에 닿은 부분부터 천천히 몸이 열기를 띠었고, 그것은 점차 레티시엘의 전신으로 퍼져나갔다.

"그거, 치료마법?"

"예. 이렇게라도 하지 않으면 언니의 상태는 대단히 심각했는걸요."

"심각……."

"어디에도 외상은 없는데 몸은 얼음장처럼 차가웠어요. 처음에는 물조차도 제대로 받아들이지 않았는걸요."

어쨌든, 당시 레티시엘의 상태가 꽤나 나빴다는 사실은 이해했다. 그리고 묘한 병에 걸린 것은 아닌 듯했다.

크리스타는 잠시동안 레티시엘의 손에 치료마법을 흘려보냈다. 그러다가 얼마 후 마법의 발동을 멈추고 손을 떼었다.

레티시엘은 빙글빙글 어깨나 팔을 돌려보았다. 막 깨어났을 때와 비교해 몸은 조금 가벼워진 것 같은 느낌이 들었다.

"일단 끝났어요."

"……익숙하네요."

그만큼 많은 치료 작업을 해왔다는 것이리라. 실제로 그 텐트 안에서는 크리스타가 실질적인 리더가 되어 다른 사람들을 지휘하고 있었다. 왠지 크리스타가 믿음직하게 느껴졌다.

"뒤처리 작업은, 아직 안 끝났나요? 분주한 것 같은데요."

칸막이 건너편에서는 가까이 다가오거나 멀어지거나 하는 발소리와 먹먹한 대화소리가 빈번하게 울리고 있었다. 상당히 바쁜 것 같았다.

"작업은 어느 정도 끝났어요. 분명히 지금은 한창 사람을 찾고 있는 중일 거예요."

"사람을 찾는 중?"

"메이 님과의 전투로 혼잡한 틈을 타 지크 비올리스가 모습을 감췄어요. 언니도 아는 분이죠?"

"……네?"

레티시엘은 저도 모르게 굳어버렸다. 지크가…… 모습을 감추었다? 누구에게도 아무 말도 하지 않고? 왜……?

"지금 사람들이 총출동해서 찾고 있는 것 같지만, 아직 발견한 기색은…… 잠깐, 언니, 어디에 가려는 건가요?!"

"찾으러, 가야 해요. 분명히 지크의 몸에 무슨 일이 있는 거예요."

"그 몸으로요?! 당치도 않아요. 가도 걸리적거리기만 할 뿐이에요!"

"그치만 이상해요. 분명히 지크는 무슨 일이든 혼자서 끌어안는 경향이 있고, 그것 때문에 주변 사람들에게 걱정을 끼치기도 하지만, 그래도 아무 말 없이 모습을 감출 인간은 아니에요. 동료들이 싸우고 있는 것을 그냥 내버려둘 만큼 박정하지도 않고, 오히려 사람이 너무 착한 부분도 있지만,

그것만큼은 분명해요."

"……언니가 그런 말을 하는 건가요?"

"……."

신물이 난다는 크리스타의 표정에, 레티시엘은 자신이 무슨 말을 하고 있는지도 모른다는 사실을 알아차렸다.

전생에서는 나오에게도 아버지에게도 자주 지적받았다. 좋은 왕녀로 있으려고 하는 나머지 타인에게 기대는 법을 잊어버리는 경향은 좋지 않다고.

지금 지크를 두고 한 얘기들은, 의외로 자기 자신에게도 들어맞는 것이 아닐까?

"설득력은…… 그다지 없을지도 모르겠네요."

"아니. 서로 비슷한 사람들이니 거꾸로 설득력은 높지 않겠어?"

레티시엘의 말을 가르고 들어오는 목소리가 들렸다.

레티시엘은 크리스타와 함께 목소리가 난 쪽으로 시선을 도렸다. 그러자 넓게 열려 있는 구호실 입구에 기대서 있던 에델하르트가 가볍게 손을 들어보였다.

저 한쪽 손…… 메이에게 베였던 왼팔은 붕대로 고정해 목에 늘어뜨린 천으로 매달고 있었다.

"여."

"에델 님……."

"아, 괜찮아. 억지로 일어나지 않아도. 그대로도 충분히 이야기할 수 있으니까 말이야."

에델하르트가 침대에서 내려오려는 레티시엘을 제지했다. 그는 가까이에 있던 둥근 의자를 끌어와 앉았다.

"일단, 무사한 것 같아서 안심했다. 정말로 심장이 멈추는 줄 알았어. 갑자기 피를 토하면서 쓰러졌으니까."

역시 기절하기 전에 막연하게 추측한 대로 피를 토했던 모양이었다. 레티시엘은 반사적으로 입가에 손을 가져가 보았으나, 당연히 피가 묻어 있지는 않았다.

"에델 님도 무사하신 것 같아 다행입니다. 꽤나 거창한 차림이시지만요."

"다들 너무 야단스러워. 좀 봐 달라고, 대단히 무거운 상처도 아니니까 말이지."

투덜거리며 목에 매달린 왼팔을 흔드는 에델하르트는 성가시다는 것 같은 얼굴을 하고 있었다. 분명히, 팔을 자유롭게 움직이지 못하는 것은 평범하게 불편하리라.

"저는 얼마나 자고 있었나요?"

"대충 이틀 정도려나. 하늘이 저 모양이어서 시계에 의지하고 있어. 약간 어긋났을지도 모르겠지만."

"이틀…… 그렇게나 오래 말인가요……."

몇 시간 정도라고 생각했기 때문에, 예상 외로 오랫동안 의식을 잃고 있던 듯해서 진심으로 놀랐다.

게다가, 이틀이나 그저 자고만 있었다니. 이 비상사태에 자신은 무엇을 하고 있는 건지.

그 뒤로는 상황확인의 시간이 계속되었다. 이틀이나 누워 있던 것이다. 공백의 시간이 잔뜩 있었다.

무엇보다도 마음에 걸리는 것은 사라 일당의 동향이었으나, 아무래도 요전번의 밀그레인과의 싸움 이후로는 딱히 움직임은 없다는 것 같았다. 덕분에 지금도 긴장상태가 계속되고 있었다.

낮에 태양이 나오지 않는 것은 지금도 여전해서, 그것에 수반되는 악영향도 더욱더 심각해지고 있다고 했다.

일조가 없어져서 작물은 마르기 시작했고, 강의 오염이 진행되고 있다는 것 같았다. 강의 문제는 아마도 하늘에서 내리는 검은 눈 탓이리라.

아직 눈의 성질은 불명이었지만, 자연을 침식하는 것이라는 점은 이것으로 확인할 수 있었다.

더 나아가, 낮에도 어두컴컴한 상황에 대응하기 위해 왕도의 주요지점에서는 전등을 상시점등하고 있었는데, 그것을 유지할 수 없게 된 장소가 늘어나고 있다는 것 같았다.

불을 켜는 데에는 당연히 연료가 필요했고, 그것에는 한도가 있었다. 연료를 공급할 수 없게 되면, 비상점등 체제를 멈출 수밖에 없었다.

'정말로 사태는 심각해지고 있네…….'

지금 상태가 장기화되면 분명히 도시로서의 기능이 완전

히 와해되는 마을이나 촌락이 나올 것이다. 그 기능상실의 끝은, 자칫하면 국가의 붕괴였다.

"……저, 마실 걸 준비해 오겠어요."

도중에 크리스타가 그렇게 말하며 때를 보아 퇴실했다. 딱히 같이 들어도 문제없는 이야기였는데, 분위기를 파악한 것일까.

"……아, 맞다. 에델 님."

문이 닫히는 소리를 듣고, 레티시엘은 퍼뜩 크리스타가 한 이야기를 떠올리고 에델하르트를 바라보았다.

"응?"

"지크가, 없어졌다고 들었습니다."

"아아…… 응. 그래."

에둘러 물어도 소용없다고 생각해 단도직입적으로 묻자, 에델하르트는 거북하다는 듯이 가볍게 뺨을 긁었다.

"지금 손이 빈 기사들이 수색하고는 있지만……."

"……아직 행방은 알 수 없는 건가요?"

"미안."

"그런가요……."

에델하르트에게 물으면 뭔가 알 수 있을까 하고 생각했지만, 일은 그렇게 간단하게 굴러가지는 않는 모양이었다.

그도 지크의 실종을 알아차린 것은 전투가 끝나고 한참이 지나고 난 뒤로, 그때에는 이미 증거다운 증거도 없어진 상태였다.

전투 중에 일어난 실종이었다. 현장을 목격한 자도 없거니와, 그가 언제 어디서 모습을 감췄는지조차도 특정할 수 없었다.

"언제쯤인가요, 지크가 없어진 것은?"

레티시엘은 지크와 함께 에델하르트의 상처를 치료했다. 그때까지는 그는 있었을 터였다. 사라졌다고 한다면, 에델하르트와 함께 전선으로 간 뒤의 일이었다.

"확실하게는 말할 수가 없어. 그때 두 사람에게 이 상처를 치료받은 뒤, 나는 그와 함께 루카스 공에게로 갔어. 지크 공은 또 다른 전령을 맡았지. 이번에는 왕성으로……."

에델하르트는 그렇게 말하면서 미간에 주름을 잡으며 생각에 잠겼다. 잠시 그러고 있었는데, 이윽고 면목 없다는 듯이 고개를 가로 저었다.

"그 뒤에는 나도 완전히 전투에만 매달리게 돼서, 지크 공이 어떻게 움직이고 있었는지는 신경 쓰지 않았으니까…… 미안. 자신이 없네."

"그럼, 라이오넬 전하는 뭔가 알고 계신가요?"

"글쎄……. 형님과는 조금 전에 이야기를 나눴어. 지크 공의 일도 포함해서 말이지. 그랬더니 형님은, 전령은 분명히 전해 들었다는 것 같아."

"그렇다는 건…… 사라진 건 그 뒤?"

"뭐, 평범하게 생각하면 그렇게 되겠지."

뭐라 말할 수 없는 아주 절묘한 타이밍이라, 레티시엘은 망연자실했다.

지크가 없어진 것은 역할을 다 마친 직후라는, 실종을 가장 알아차리기 어려운 시기의 일이었다. 정보도 적었다. 대체 어떻게 찾으면 되는 건가.

"미안. 크게 도움이 되지 않는 얘기뿐이지."

"아뇨. 그것만이라도 들을 수 있어서 다행입니다."

즉, 지크는 메이와의 전투가 한창일 때 사라졌다는 것이 되었다.

그러나 그렇다고 한다면, 점점 더 이상했다. 지크는 다들 싸우고 있는 상황에서 혼자 도망치는 짓을 할 인간이 아니었다.

하물며, 이렇게 대륙 규모로 대혼란이 일어난 상태였다. 도망친다고 해도 어디에 도망칠 수 있는 구석이 있는 것일까. 지크의 모친은 지방에 계시다고 들었고, 또 그곳으로 돌아갔다고도 생각되지 않았다.

'……라피스 국은 생각해볼 수 있으려나.'

갑자기 그런 생각이 레티시엘의 머릿속을 스쳤다. 메이와의 싸움이 있기 전, 지크와 나눈 대화가 머릿속에 떠올랐다.

그 대화에서 어째서 이런 생각이 나온 것인가, 레티시엘도 잘 알 수 없었다. 그저 감이라고 말할 수밖에 없었다.

그것이 사실이라고 해도, 이번에는 인과관계를 알 수 없었다. 지크가 라피스 국은 무슨 관계가 있지? 지크가 모습을 감추는 일로, 이득을 얻는 자가 있을까.

"……그는 어디로 가버린 것일까요?"

"그건 나도 모르겠어. 그때에는 다들 알레…… 메이를 막는 것이 고작이라서, 그에게는 아무도 신경을 써주지 못했지. 설마 없어질 것이라고도 생각하지 않았으니까 말이지."

"그렇, 죠……."

에델하르트는 알렉시아라고 말하려다가 그 이름을 다시 거두었다. 메이는 아직 메이라고 부르고 있는 듯했다. 때문에 레티시엘도 그것에 따랐다.

"메이……는 지금 어떻게 하고 있나요?"

지금은 메이라고 불리는 그 작은 몸집의 소녀는 도로셀의 소꿉친구이자, 에델하르트의 동복형제인 왕녀 알렉시아였다.

과거 구 피리아레기스 공작령에서 세상을 떠났다고만 생각했던 그녀가 살아있던 사실은 기뻤다.

기뻤지만, 본인은 레티시엘이 사용한 정체불명의 힘에 정화된 뒤 의식을 잃었다.

"메이라면 걱정하지 않아도 돼. 자는 쪽이 많지만, 평범하게 일어나기도 하고, 떠들기도 하고, 이상한 구석은 아무것도 없으니까 말이야."

레티시엘은 그 말을 듣고 안도했다. 레티시엘이 사용한 그 힘은 솔직히 정체를 알지 못하는 것이었다. 구조는 물론, 어떻게 사용할 수 있었는지도 알지 못했다.

당연히 그것이 인체에 어떤 영향을 끼칠지도 가늠할 수 없었다. 그런 것을 한 몸에 받은 메이에게 뭔가 이변이 있으면 어떻게 하나 걱정이 되었던 것이다.

"굳이 말하자면……."

"?"

"살짝 돌아온 듯해, 기억. 도로시를 만나고 싶어 했어."

"저를요?"

"지금 당장이라는 건 아니니까 서두르지 않아도 돼. 메이는 이제 아무 문제없으니까, 좀 더 요양을 하고 난 뒤에라도 늦지 않아."

"그런가요. 그렇다면, 다른 날을 잡아서 병문안을 가도록 하겠습니다."

"응. 그렇게 해줘."

거기서 한 번 대화가 끊어졌다. 양자 침묵. 힐끗 살펴본 에델하르트의 표정은, 아직 어딘가 뭔가를 이야기하고 싶은 것처럼 보였다.

"……저."

"응?"

"달리 뭔가, 묻고 싶으신 일이 있는 것이 아니신가요?

"……그렇게 생각해?"

"뭔가 말씀을 하고 싶은 것 같은 얼굴을 하고 계셔서요."

"……역시 다 드러나나."

이런. 에델하르트는 거북하다는 듯이 머리를 긁으면서 쓴웃음을 지었다.

"그래, 분명히 있어. 묻고 싶은 일. 다만, 물어도 도로셀은 아마도 알지 못할 거잖아?"

"……역시 그 신비한 술식에 대한 것이로군요."

예상했던 대로의 말이었다. 이번에는 레티시엘이 쓴웃음을 지었다. 이쪽의 뭐라고 대답할지도 에델하르트가 알아맞히고 말았다.

"말씀하신 대로입니다. 왜 그런 일을 할 수 있었는지 저로서도 알 수 없습니다."

"그렇겠지. 나도 알고 있었어."

"그때에는…… 제가 제가 아니었던 것 같은 느낌이 듭니다. 저 개인의 의지와는 전혀 별개의 다른 뭔가가 움직인 것 같은……."

"조종당하고 있었다, 라든가?"

"그렇지는…… 어느 쪽이냐고 한다면, 안에서부터 뭔가가 솟아오르는 감각에 가까웠는지도 모르겠습니다."

"전에 말했던, 전생의 기억이 어떻다든가?"

"그것도 좀 다른 것 같기도 하고…… 하지만 그 술식을, 본 적은 있습니다."

"그래?"

"꿈속에서 누군가가 그것을 사용하는 것을 보았다고 말하면 바보 같은 소리를 한다고 생각하시려나요?"

"아…… 미안. 첫인상으로는 그렇게 생각하게 되네."

"그렇겠죠."

"하지만 믿겠어. 도로시를 믿겠다고 약속했으니까 말이지."

"……바보 같은 소리를 한다고 생각하셨던 것 아닌가요?"

"아니 그러니까 왜, 그거잖아? 지금까지의 도로시의 말이나 행동을 생각해보면, 그 정도 고백은 천연의 허용범위잖아."

"그렇게 말씀하시니 왠지 유감스럽네요……."

레티시엘은 에델하르트의 말이 살짝 거슬렸지만, 돌이켜보면 분명히 찍소리도 못할 것 같은 느낌이 드는 것은 뭐라 말할 수 없었다.

어쨌든, 레티시엘은 숲 가운데에서 본 정체불명의 꿈에 대한 이야기를 에델하르트에게 들려주었다.

당장 무엇이 실마리가 될지 알 수 없었기 때문에, 그 꿈속에서 예의 마법진을 보고, 무의식에 그것을 사용했다는 점도 포함해 남김없이 이야기했다.

"……그렇다는 건, 그 마법진은 주술이 초래하는 악영향을 정화하는 효과가 있는 건가."

"발동원리는 솔직히 불명입니다. 제가 발동할 수 있었다는 것은, 이 몸에는 그것을 다룰 수 있는 잠재적인 능력이 있다는 것이겠지만요."

"나로서는 도로시가 봤다는 여자의 정체도 신경 쓰이는 걸. 마법도 마술도 아닌 힘을 사용할 수 있는 사람이잖아? 평범한 사람은 아닌 것 같아."

"그에 대해서는 저도 동감입니다."

레티시엘은 고개를 끄덕였다. 애초에 레티시엘이 본 그 경치는 어느 시대의 것이며, 누가 보고 있던 것일까.

레티시엘은 그 얼굴도 모르는 누군가를 왜 그립다라고 느낀 것일까. 알고 싶은 일은 산더미처럼 많았다.

"뭐 그런 건 둘째 치고. 어떻게든 해서 그 힘을 늘 쓸 수 있도록 할 수 있으면 좋을 텐데……. 지금 당장이 아니라도 좋으니까 말이지."

"그러네요. 제 쪽에서 여러모로 검증해보겠습니다. 좋은 보고를 할 수 있을지는 알 수 없지만요."

"정말로 미안하다……. 또, 네게 완전히 의지하고 있어."

"의지해주지 않으신다면, 저는 모두의 도움이 되지 못합니다. 그러니 아무쪼록 좋으실 대로 의지해주세요."

"하하. 믿음직스럽네……."

상쾌하게 웃는 에델하르트에게 이끌려서 레티시엘도 미소를 지었다. 깨어난 뒤로, 비로소 진정한 의미로 한숨 돌릴 수 있었는지도 몰랐다.

"그럼, 나는 그만 물러가겠어. 이 뒤에는 확실하게 제대로 쉬어줘.”

“후후. 예. 그러겠습니다.”

“……아. 맞다.”

“네?”

“이거, 아바마마께서 맡기신 물건.”

에델하르트는 갑자기 생각났다는 것처럼 주머니를 뒤지더니, 뭔가를 꺼내서 레티시엘에게 건네주었다.

그것은 손바닥 위에 올려놓을 수 있을 정도로 작은 정방형의 상자였다.

흑요석 같은 신비로운 광채를 가진 돌로 되어있었고, 정면에 있는 작은 물림쇠로 뚜껑을 잠그고 있었다.

“국왕폐하께서요? 하지만 폐하께서는 분명히 지금…….”

“아아. 위독한 상태로 꽤 위태롭지. 잠꼬대처럼 이것을 도로시에게, 라고 줄곧 중얼거리셨어. 그때 방에 있던 건 나뿐이었으니까, 무시할 수는 없잖아?”

그렇게 말하고 에델하르트는 익살을 떨어 보였다. 표정이 어두운 것은, 틀림없이 이 불투명한 현재와 부왕의 몸을 걱정하고 있기 때문이리라.

레티시엘은 건네받은 상자를 열어보았다. 짙은 군청색의 벨벳이 깔린 상자 안에는, 조금 투박한 심홍색 돌이 두 개가 나란히 놓여 있었다.

돌의 표면에는 군데군데 하얀 반점이 있었고, 직경은 엄지 손가락 길이 정도일까. 형태는 구체에 가까웠다.

레티시엘의 왼쪽 눈이 아파 왔다. 왜 여기서 붉은 눈이 반응을 하지? 혹시 눈과 같은 계통인 주석인가. 그렇게도 생각했으나 그 꺼림칙한 칠흑의 주석과는 또 달랐다.

"……아, 저기, 이건?"

즉, 현재 상황에서는 정체불명의 물체였다. 레티시엘은 에델하르트에게 질문을 던졌다. 하지만 에델하르트는 면목이 없다는 듯이 어깨를 움츠렸다.

"미안. 솔직히 나도 잘 몰라. 내가 아는 건, 왕가가 대대로 소장해 온 소중한 구슬이라는 점 정도야."

"어머…… 그렇게 중요한 것을, 왜 제게……."

"그건 아바마마만 아시겠지. 나도 알고 싶긴 하지만……."

도저히 그것을 물을 수 있는 상태가 아닌 것이리라. 말끝을 흐리는 에델하르트의 모습에 레티시엘도 가슴이 아팠다.

"알았습니다. 고맙습니다. 이거, 잘 맡아둘게요."

"응. 그럼 얼굴도 봤겠다, 나는 그만 갈게."

"일부러 와주셔서 고마웠습니다."

"됐다니까."

레티시엘의 감사 인사에 에델하르트는 미소를 띠고 구호실에서 떠났다.

혼자가 되자, 레티시엘은 방금 전 건네받은 검은 상자와 그 안에 들어있는 정체불명의 붉은 보석을 다시 한번 바라보았다.

오랫동안 물끄러미 계속 바라보고 있으니, 역시 왼쪽 눈이 따끔따끔 바늘로 찔리는 것 같은 감각에 사로잡혔다.

이곳에는 거울이 없어서 확인할 수는 없지만, 분명히 왼쪽 눈이 빛을 내거나 뭔가를 하고 있는 것이라고 생각되었다.

'정체불명의 붉은 돌에, 왕가의 소장품……. 내 눈과 공통된 것은, **붉은색**……'

문득 징그러운 생각이 레티시엘의 머릿속에 떠올랐다. 눈앞의 돌과, 레티시엘의 왼쪽 눈. 양쪽 모두 붉은색으로, 서로 반응하는 것처럼 보였다.

그렇다면 이 돌은…… 과거 누군가의 **붉은 눈**이었던 것은 아닐까? 그렇게 생각하면, 이 왼쪽 눈이 반응하는 일과 앞뒤도 맞지 않을까?

그렇다면 이것은…… 누구의 눈일까?

"……어머, 전하는 벌써 돌아가셨군요."

크리스타가 돌아왔다. 손에는 물병과 컵이 담긴 쟁반을 들고 있었다. 마실 것을 준비하러 갔다던 말 자체는 거짓말이 아니었던 듯 했다.

"그래요. 딱히 당신도 남아 있어도 아무 문제없었는데 말이죠."

"제가 없는 편이 허심탄회하게 이야기할 수 있는 일도 있지 않나요?"

"어머. 분명히…… 그건 부정하지 않겠어요."

"솔직하시네요."

크리스타는 툴툴거리면서도 익숙한 기색으로 주변을 정리하고 마실 것을 준비했다.

과거 타고난 귀족이었던 사람이라고는 생각할 수 없을 정도로 솜씨가 좋았다. 그만큼 그녀가 시정에 익숙해졌다는 증거이리라.

그러고 보니 가문이 몰락한 뒤로는 로시포드가 있던 별궁에서 시녀로 지냈었다고 풍문으로 들었는데, 그때 길러진 기술인지도 몰랐다.

"있죠, 크리스타. 지금 내가 할 수 있는 일은 있나요?"

레티시엘은 침대에서 내려와서 여동생에게 말을 걸었다. 크리스타는 이쪽을 돌아보았으나, 금방 미간에 주름을 모았다.

"네? 언니…… 설마 벌써, 사람들을 도우러 가려고 하시는 건가요?"

"예, 그럴 생각이에요. 언제까지 혼자만 쉬고 있을 수는 없어요."

"……."

크리스타의 미간에 새겨진 주름이 왠지 한층 더 깊어졌다. 뭔가 기분이 나쁜 것처럼 보였다. 무엇에 화를 내는 것인가는 잘 알 수는 없지만…….

"크리스타? 왜 그러나요?"

"언니는 자신을 뭐라고 생각하는 건가요?!"

어째서일까. 입을 열기 무섭게 크리스타가 호통을 쳤다.

"그런 상태로 사람을 도우러 간다고요? 언니, 자신을 초인이나 뭐 그런 것이라고 착각하고 있나요? 그렇다면 지금 당장 그 생각을 고쳐주세요."

"아니, 그렇게는 생각하지 않는데……."

"본인이 얼마나 너덜너덜한 상태인지 아시나요? 꼬박 이틀이에요. 그만큼 줄곧 의식을 잃고 있던 몸이 바로 움직일 수 있을 리 없잖아요?"

"……."

"애초에 이젠 괜찮다는 근거도 없는 자신은 어디서 솟아나는 건가요. 현장에서 또 쓰러지기라도 한다면, 대체 어쩌실 생각이신가요?"

"……기합으로, 돌아온다?"

"근성론 얘기를 하는 게 아니에요!"

크리스타가 이쪽을 노려보았다. 갑자기 이 대화가 시작된 계기는 잘 알 수 없었지만, 우선 레티시엘의 몸을 걱정하고 있는 것만큼은 이해했다.

"……잠깐, 언니. 듣고 있나요?"

"그래요……. 왠지, 설교를 듣는 것 같은 기분이에요."

"실제로 설교를 하고 있습니다. 뭐라고 생각했던 건가요?"

"……."

레티시엘은 저도 모르게 물끄러미 크리스타의 얼굴을 바라보았다. 크리스타가 누군가에게 설교를 하다니, 생각하면 맨 처음 만났을 때의 인상으로는 상상도 할 수 없었다.

그것도 그렇게나 험악하게, 적대마저 하고 있던 쌍둥이 언니에게, 말이다. 뭐랄까…… 사람이란 변하는 거구나. 레티시엘은 어린애 수준의 어휘력으로 그렇게 생각했다.

"……뭐, 뭔가요? 말해두지만, 저는 틀린 말 따위 조금도 하지 않았어요."

"알아요. 설마 당신에게 설교를 듣는 날이 와서 조금 예상외였던 것뿐이에요."

"어머, 의표를 찔렀다면 그것 참 통쾌하네요."

허리에 손을 얹은 채 그렇게 말하는 크리스타는 어딘가 득의양양한 기색으로 웃었다. 무척, 좋은 미소였다.

"어쨌든, 지금의 언니는 뭘 하든 그저 짐일 뿐이에요. 최소한, 몸 상태를 회복시킨 뒤 다시 시작해 주세요. 아시겠나요?"

"……알았어요. 그렇게 할게요."

레티시엘은 크리스타의 말을 듣고 얌전히 침대로 돌아가기로 했다. 그것을 확인한 크리스타는 만족스러운 듯이 다시 작업을 시작했다.

"크리스타."

"네?"

"고마워요."

"……흥."

레티시엘이 건넨 인사에 되돌아온 것은 쌀쌀맞은 한 마디뿐이었다. 하지만 싫어하는 것 같은 기색은 없었다.

기분 탓인지 크리스타의 작업속도가 올라갔다. 부지런한 그 움직임은, 마치 왠지 작은 동물처럼도 보였다.

그 모습이 왠지 재미있어서 레티시엘은 결국 웃음을 터뜨리고 말았다. 뭘 웃는 건가요? 크리스타가 화를 내면서 트집을 잡을 때까지, 앞으로 조금…….

***

백의 결사가 루크레치아 학원을 습격한 지 며칠이 지났다. 그 뒤, 적에게 눈에 띄는 움직임은 없었다.

레티시엘은 반파되어 버린 학원의 부흥작업을 도우면서도, 내심 불길한 예감이 강해지는 것을 느꼈다.

마술이라는 유력한 공격수단을 빼앗겼지만, 레티시엘은 몸 상태가 회복되자 일찌감치 후방지원에 전력을 다하고 있었다.

또다시 무능으로 되돌아갔다고는 하나, 그 사실에 애태우며 낙심하고 있어봤자 시간만 아까웠다. 오늘 할 수 있는 일을 최선을 다한다. 역시 그것이 최고였다.

"죄송합니다. 이거, 추가로 도착한 상자인데 누군가 옮겨주시겠어요?"

"맡겨주십쇼. 늘 두는 그곳이죠?"

임시보수용으로 반입된 시멘트 상자를 본관 앞 광장의 빈 공간에 보관하게 했다.

왕도 전체의 경비 등에 배정된 인원이 압도적으로 많아, 현장은 일손이 많이 부족했다. 그 점도 있어 레티시엘은 현장의 리더와도 같은 존재가 되어 있었다.

"이야, 오늘도 하늘이 어둡네요. 벌써 며칠이나 햇빛을 못 봤습니다."

"그러네요."

"왕도도 왠지 쓸쓸해졌네요……. 다들 어딘가로 도망갔다고 했던가요? 나도 그럴 수 있으면 좋겠는데……."

"그러게요……."

주위에서 작업하는 사람들은 빈번하게 레티시엘에게 말을 걸어왔다.

레티시엘은 맞장구를 치는 것뿐이었지만, 뭔가 이야기하지 않으면 불안해진다고 누군가가 푸념하던 것을 들은 적이 있었다.

때문에, 어떤 사소한 이야기라도 레티시엘은 작업을 멈추고 제대로 그것에 어울려주도록 하고 있었다.

그것으로 사람들의 시름이 잊혀진다면, 이 잡담을 주고받는 시간도 유의미할 터였다.

하늘을 올려다보면 변함없이 검은 구름이 자욱이 끼어있어서, 밤낮의 구분도 어려웠다. 학원 안에는 램프가 환하게 켜져 있었지만, 연료를 자유롭게 쓸 수 없는 서민들의 거리는 아마도 어두울 것이다.

'빨리 그 아이의 야망을 막아야 한다고, 그렇게 생각은 하지만…….'

레티시엘은 자신의 양손에 시선을 떨어뜨리고 의식을 집중해 보았다. 그 습격의 날 이후로, 몇 번이고 시도한 행위였다.

결과는, 무반응. 그날의 전투 중, 왜인지 잘 알 수 없는 채로 발동했던 수수께끼의 힘. 그 힘은 주술에 의한 더러움을 정화하고, 마술 이상을 압도적인 위력을 보였다.

원리는 솔직히 레티시엘에게도 수수께끼였다. 그러나 그것을 자유자재로 제어할 수 있게 한다면, 사라와의 결전에서도 승리를 기대할 수 있지 않을까.

그렇게 생각해 나날이 시행착오를 반복하고 있긴 하였으나, 그래도 아직 자유롭게 다룰 수 있을 것 같은 기미가 없었다. 역시 구조를 알지 못하면 무리인 것일까.

게다가 지크의 일도 있었다. 백의 결사가 물러나는 것과 함께 모습을 감춘 지크는, 지금도 행방이 묘연했다.

그를 찾으러 가기 위해서라도, 적에게 대항할 수 있는 수단을 확보해두고 싶은데…….

"……."

문득 소리가 들려, 레티시엘은 반사적으로 등 뒤에 시선을 주었다. 이쪽을 보는 사람도, 쫓아오는 사람도 없거니와, 부르는 사람도 없었다.

또다. 레티시엘은 생각했다. 그날 쓰러진 뒤로, 때때로 기척을 느끼는 일이 늘어났다. 그것은 으레 소리와 함께 찾아왔고, 정신을 차리고 보면 또 어딘가로 흩어져 있었다.

설명은 할 수 없었으나, 누군가가 멀리서 자신을 기다리는 것 같은…… 그런 감각이었다.

레티시엘을 기다리는 자 따위, 현재 사라나 지크 정도가 짐작이 갈 뿐인데…….

"……아, 도로셀 양!"

수분보급을 위해 홀로 돌아오자, 로시포드가 말을 걸어왔다. 작게 손을 들고 있었다.

레티시엘은 저도 모르게 로시포드를 빤히 응시하고 말았다. 페이스가 흐트러진다는 것은 그야말로 이런 일이리라.

그와 재회하고 며칠인가 지났지만, 지금도 그 변모한 태도에는 익숙해지려는 건지, 익숙해지지 못하려는 건지…….

"안녕하세요, 로시포드 님. 뭘 하고 계신가요?"

"물을 좀 받고 있었다. 점심때까지 여러 가지로 바빠서 쉬질 못했으니까…… 윽."

"왜 그러시나요?"

이야기를 하던 도중에 갑자기, 로시포드가 신음하면서 눈을 감쌌다. 아픔을 참는 것처럼 그 표정은 일그러져 있었다.

"아니, 괜찮다. 아마도 금방 가라앉을 거야."

그 말 대로, 조금 지나자 로시포드는 눈에서 손을 뗐다. 땀은 많이 흘렸으나 괴로운 것 같던 표정도 원래대로 돌아왔다.

"두통이라면, 이제 그만 쉬시는 편이 좋지 않을까요?"

"괜찮아. 머리가 아픈 건 아니니까."

"……그런가요?"

"아아. 눈이 쑤시는 거야."

로시포드가 꾹꾹 하고 미간이나 관자놀이를 눌러주면서 말했다.

"요 며칠간 강약은 있었지만 줄곧 그랬다. 그 습격 이후이려나. 루카스는 내 이 눈이 원인이라고 했지만, 솔직히 잘은 모르겠어."

로시포드의 눈…… 예전에 학원에서 일어났던 검은 안개와 괴물의 소동에 휘말려, 혼수상태에 빠졌다 각성한 뒤로 붉게 변해버린 그의 눈.

본인은 이해하지 못하는 기색이었으나, 레티시엘은 어느 정도 루카스의 주장에 납득했다.

사라가 말하길, 붉은 눈은 주술을 다루기 위해 매체로서 빼놓을 수 없는 아이템. 가까이에서 주술이 사용되는 상황에 노출되었다면, 그에 연동해 뭔가의 영향을 받을 가능성은 결코 적지 않았다.

“게다가 눈이 쑤실 때에는 늘 먼 곳에서 누군가가 나를 부르는 것 같은 느낌이 들어. 빨리 와 빨리 와 하고 재촉해서, 긴장을 늦추면 바로 그쪽으로 발길이 향할 것 같아지지. 어디로 가려고 하는지도 모르는데 말이야.”

“그러셨나요…….”

“뭐, 그것뿐이야. 지금으로서는 곤란한 점도 없으려나?”

공감 가는 바가, 없지는 않았다. 레티시엘도 한쪽 눈이 붉은 눈이었다.

게다가 때때로 누군가가 멀리서 자신을 기다리는 것 같은 기분이 들었다. 로시포드의 이 현상과 비슷한 것이리라.

다른 점은, 불리는 것 같은 느낌은 들지 않는다는 것과, 레티시엘은 소리를 동반한다는 것일까. 어딘가로 끌려가는 것 같은 감각도 없었고, 눈이 아픈 일도 딱히 없었다.

똑같은 **붉은 눈**의 소유자라도, 주술에 영향을 받는 정도는 개인차라도 있는 것일까. 그렇지 않으면 사실은 불리고 있는데 알아차리지 못하고 있을 뿐인가?

“좋아. 일단 나는 작업으로 돌아가겠어. 오늘 중으로 들여놓아야 하는 물건이 아직 남아 있거든.”

“……열심히 일하시네요.”

“당연하잖아? 다들 분발하고 있는데, 나 혼자 태평하게 있을 수는 없잖아."

"……."

뭘까…… 너무 올곧아서 거꾸로 수상쩍게 느껴졌다. 레티시엘이 가진 과거의 로시포드에 대한 기억이 올곧음과는 매우 동떨어져 있기 때문일까.

레티시엘은 싱긋 웃으며 자리를 뜨는 로시포드를 묘한 기분으로 배웅하고, 본래의 목적이었던 수분 보급을 마쳤다. 그리고 다음 현장으로 가고자, 홀 뒤편의 출입구로 밖으로 나왔다.

'……맞다. 연구소 쪽에도 얼굴을 내비쳐야지.'

레티시엘은 구 제7연구동 쪽으로 눈을 향했다.

학원의 뒤편에 위치한 연구동과 학생기숙사, 박물관 건물 등은 전장에서 멀리 떨어진 장소에 모여 있었기 때문에 모두 무사했다.

"……아, 도로셀 님!"

연구실에 들어가자 츠바루가 있었다. 습격 이후, 츠바루는 이곳에 연일 빈번하게 드나들고 있었다.

이제 와서는 누구의 연구실인지 알 수 없었지만, 그에게 그렇게 청한 것은 다름 아닌 레티시엘이었다. 대 주술병용 병기를 개발하기 위해, 츠바루의 협력을 부탁하고 있었다.

그 연구는 본래 지크가 맡았던 일이었으나, 그가 없어져 버리면서 일시 중단되고 말았다. 급히 시작된 연구라 제국

전 때처럼 연구팀이 짜인 것도 아니고, 오롯이 지크 혼자 연구를 맡고 있던 것이 화근이었다.

그러나 병기개발을 이대로 방치할 수는 없었다. 왕국의 병사들이 주술병에게 대응하기 위한 수단은, 현재 이것밖에 없었다. 모든 것은 이 개발에 달려 있었다.

때문에 레티시엘이 그 연구를 이어받게 되었으나, 애석하게도 레티시엘은 지크와 마찬가지로 연구자이긴 해도 어디까지나 술식이 전문이었다. 물리적으로 병기를 개발하는 것에는 문외한이었다.

그렇다고 해서, 아무것도 하지 못한 채로 팔짱 끼고 수수방관하는 것은 시간낭비였다. 연구의 협력자를 찾던 끝에 다다른 것이 츠바루였다.

"마침 여러모로 보고를 하려고 생각하던 참입니다."

"그렇다면 타이밍이 좋았네요."

레티시엘은 재빨리 로비의 소파에 앉아 츠바루의 보고를 들었다. 그것을 위해 이곳에 들른 것이었다.

츠바루는 연구협력의 타진을 받고, 흔쾌히 승낙해 주었다. 그도 역시 지크처럼 병기에 특화된 연구자는 아니었으나, 레티시엘과 달리, 병기에도 조예가 있었다.

아마도 그의 가문이 『탐구자의 일족』이라는 것과 관계가 없지는 않을 것이다.

과거 성유물의 관리를 도맡았던 이 일족은, 뿔뿔이 흩어지게 된 뒤에도 폭넓게 지식을 기르고 있었다.

츠바루가 말하길, 그의 본가 저택에는 다양한 분야의 책이 있다고 했다. 어릴 때부터 그것을 접해왔기 때문에 이번 연구도 원만하게 이어받을 수 있었다.

"……다시 말해, 가장 큰 문제는 용량이 너무 크다는 것이군요."

"그렇습니다! 간이 아르마 리액터의 구조는 지크 님이 어느 정도 구체적인 형태를 잡아놓아 주셨습니다만, 핵심이 되는 마력변환용 술식이 복잡해서 말입니다. 이것만은 어떻게 해도 정말 힘에 겨운 상태입니다."

"융해로의 구조라면, 솔직히 나로서는 뭐가 뭔지 알 수가 없지만, 구체적으로 어떤 상황인가요?"

레티시엘은 사전에 츠바루가 정리해둔 자료를 넘기며 물었다.

"그게 말이죠. 핵이 부서지고 맙니다. 술식의 규모가 너무 커서 핵 쪽이 그것을 견디지 못하는 것이지요. 그 때문에, 그것에서 파생되는 마력회로도 과부하로 다 타버리고요. 이래서는 사용자도 선별해야 합니다……."

"그렇군요……. 알겠습니다. 그렇다면 술식의 조정은 내 쪽에서 어떻게든 하겠어요. 츠바루님은 다른 작업을 해주셨으면 해요. 완성하려면 아직 좀 더 시간과 노력을 들여야 하잖아요?

"예. 수고스럽지만 부탁드립니다!"

"감사 인사를 할 필요는 없어요. 원래부터 내가 이어받은 연구에 츠바루 님을 끌어들인 것에 불과한걸요. 감사해야 할 사람은 내 쪽이에요."

그렇다면, 이 조정 작업도 시급히 소화하는 편이 좋을 것 같았다.

그 사이에 츠바루가 다른 부분의 조정을 마쳐줄 테고, 그것이 끝나고 마력변환용 술식을 짜 넣으면 일단 병기로서 가동할 수 있게 될 터.

병기의 실험도 해야 했으니, 시작품의 완성은 빠르면 빠를수록 좋겠지.

"진전사항은 알겠어요. 늘 고마워요."

레티시엘은 자료를 갖고 자리에서 일어났다. 아공간 마술은…… 아직 쓸 수 있는 것 같았다. 레티시엘은 츠바루에게 받은 자료는 아공간에 수납해 두었다.

"아뇨. 도움이 될 수 있어서 다행입니다. 앞으로 조금 더, 분발하겠습니다!"

"그래요. 믿고 있을게요."

츠바루는 잠시 더 남아서 연구를 계속할 생각이라는 것 같았다.

레티시엘은 한발 앞서 연구실에서 물러났다. 이쪽도 이 뒤에 문제의 술식을 조정하고자 생각했지만, 그 전에 우선 해야 할 일이 있었다.

레티시엘은 잡목림 옆을 종종걸음으로 빠져나갔다. 연구의 중간상황을 루카스와 다른 사람에게 보고해야 했다. 레티시엘은 본관으로 발길을 서둘렀다.

"이야, 엄청 찾아 헤맸어~."

"……!"

맹렬하게 불길한 예감이 들어, 레티시엘은 반사적으로 후방으로 뛰었다.

그 직후, 방금 전까지 레티시엘이 있던 장소에 하얀 그림자가 착지했다. 하나로 묶은 머리카락을 한쪽 어깨에 늘어뜨리고, 갈색 렌즈의 단안경을 쓴 남자…… 자쿠도였다.

"……무슨 볼일인가요?"

"싫어라~. 그런 무서운 얼굴 하지 마. 볼일만 끝나면 얼른 물러날 테니까 말이야."

자쿠도는 여전히 히죽거리는 미소를 지으며, 감정을 전혀 읽을 수 없는 얼굴로 레티시엘을 가리켰다.

"단도직입적으로 말하겠는데, 네가 가진 그것, 건네주지 않을래?"

"……?"

레티시엘은 고개를 갸우뚱했다. 그것이라니, 어떤 거……?

"주머니 말이야, 주머니. 그 안에 들어있는 거."

상의의 주머니 안을 더듬자, 작은 상자에 손이 부딪쳤다.

꺼내 보니, 그것은 전날 에델하르트가 맡긴 왕가의 보물이라던 붉은 돌이 담긴 상자였다.

"……이런 것을 원하기나 하고, 뭘 하려는 거죠?"

"어떤 분에게 드릴 거야. 부활에 직접 필요한 건 아니지만, 부활한 뒤 영기를 기르는 데에는 좋은 양분이 될 테니까 말이야~."

레티시엘은 왠지 모르게 그 말에서, 그가 말하는 어떤 분이 사라가 아니라고 직감했다. 그도 그럴 것이, 부활한다는 일은 사라와는 관계없는 이야기였으니까.

그렇다면 누가 있을 수 있을까. 사라와 별개의 존재로, 이제부터 부활할 예정이 있을 법한 자…… 혹시, 사라의 그림자에 숨어 있던 그 검은 괴물?

"……당신, 사라의 부하가 아니었나요?"

"으음. 정확히는 부하였다, 이려나~."

과거형. 즉, 지금은 이미 사라 밑에는 있지 않다고 암암리에 말하고 있었다. 그렇다면, 자쿠도는…… 사라를 배신한 걸까?

"그 사람과 같이 있으면 내가 원하는 것은 아무것도 얻을 수 없어. 처음부터 볼일이 있어서 같이 지냈던 것뿐이니까 말이야. 잘라버리는 것도 간단해."

"정말 더할 나위 없이 악랄한 인간이군요."

"말이 심한걸~. 선조님에게 그게 무슨 말투야? 불효자일세."

"……선조님?"

"아, 못 알아차렸었구나."

역시 방울을 주은 것만으로는 알 수 없나. 그렇게 자쿠도는 혼자 말하고 혼자 고개를 끄덕이며 납득했다.

'……맞다. 방울이라면 분명히…….'

갑자기 생각이 났다. 한참된 일이었지만, 레티시엘은 오래된 방울 하나를 본 적이 있었다.

언뜻 보기에는 어떤 색다른 점도 없는 오래된 방울이었지만, 안쪽을 들여다보니 안쪽에 피리아레기스 가문의 문양…… 그것도 오래된 가문이 새겨져 있던 신기한 방울이었다.

그 주인불명의 방울은 결사의 한패가 저택을 습격했을 때, 정신없는 통에 분실했었다. 딱히 신경을 쓰지 않았지만…….

설마 그 방울의 주인이 자쿠도였다고 하기라도 하는 건가?

"그렇게 놀랄 일이야? 어르신이랑 똑같은데 말이지. 그분의 힘으로, 아레스타 왕조의 여명기부터 육체를 바꿔가며 전생했어. 너도 그렇잖아? 왜, 그거랑 똑같아."

"……."

아레스타 왕조의 여명기라고 하면, 600년 정도 전, 맹인왕이 살았던 시대였다.

그러고 보니, 이 몸이 태어난 피리아레기스 가는 맹인왕의 혁명을 도운 공신으로 그 실적으로 왕국 최초의 공작 작위를 수여 받았다고 왕국의 역사에 기록되어 있었다.

그 뒤로 무수한 세월이 흘러 공작가는 폐위되어 그 빛나는 역사를 끝냈다. 그 공작 작위를 수여 받은 초대가, 눈앞에 있는 이 남자라는 것인가.

"……그렇다고 해도, 그건 나와 관계없는 일이에요."

레티시엘은 고개를 좌우로 흔들어 잡념을 털어냈다. 지금 이야기가 사실이라고 해도, 그것이 레티시엘이 거래에 응할 이유는 되지 않았다.

"당신의 알맹이가 누구였다고 해도, 지금의 당신은 내 적이에요. 그쪽의 요구는 받아들일 수 없어요."

"음~. 그런가~."

레티시엘이 요구를 거절했어도 자쿠도는 개의치 않았다. 처음부터 신경 쓰지 않았던 것인가, 가볍게 로브의 자락을 털었다.

"그럼, 억지로 가져가는 수밖에 없겠네."

"읏!"

다음 순간, 자쿠도는 레티시엘의 바로 눈앞에까지 접근해 있었다.

몸을 뒤집어 옆으로 피할 수 있던 것은 반사 신경 덕분이다. 아마도 신체강화 종류의 술식으로 단숨에 도약해 온 것이리라고, 뒤늦게 사고가 현실을 따라잡았다.

공격을 피하자마자 자쿠도의 추가타가 날아왔다. 그것을 신체강화마술로 막아냈다.

이전에 마술의 사용 가능 여부를 확인했을 때와 마찬가지로, 무속성과 일부 빛속성에 속하는 힘은 아직 사용할 수 있는 것 같았다.

"헤에. 대단하잖아, 너. 마술이 없어도 그렇게까지 싸울 수 있구나~."

자쿠도는 놀란 것 같은 기색이었다. 사라의 마법진의 효과는 알고 있는 것이리라. 그것이 완성된 가운데, 레티시엘이 마술을 사용하는 것이 신기한 모양이었다.

"뭐야? 네 마술, 없어지지 않았잖아?"

"미안하게 됐군요. 무슨 일이든 전부 당신들 뜻대로 될 거라고는 생각하지 마요."

"딱히 나한테는 아무래도 좋지만 말이지. 네가 그 붉은 돌만 건네준다면 말이야."

"거절하겠다고 말했잖아요?"

그렇다고는 하나, 현재 레티시엘이 압도적으로 불리한 것은 변함없었다.

일부 아직 마술이 기능한다고는 하나, 그 위력은 종래의 것이 발휘하던 것의 절반에도 미치지 못했다.

학원 정면 쪽에는 비전투원도 포함해 많은 인간들이 있었다. 그쪽을 끌어들일 수는 없었다. 레티시엘은 본관과 거리를 두며, 지원을 부를 기회를 엿보았다.

엿볼 생각이었으나, 그럴 필요는 없었다. 쟈쿠도는 레티시엘 이외에는 안중에 없는 것 같았다.

원만하게 일을 끝내기보다, 시급히 예의 돌을 입수하는 쪽이 최우선인 듯했다.

"왜 그래? 움직임이 둔해졌어~. 그래서는 날 따돌리지 못해~."

"……읏."

정신을 차리고 보니, 자쿠도의 손에는 나이프가 들려 있었다. 어디엔가 암기를 숨겨놓고 있던 것이리라.

그에 반해, 이쪽은 완전 비무장이었다. 사용할 수 있는 술식도 결계와 치유, 무속성의 보조마술뿐이었다. 공격계 마술이 모조리 봉쇄당한 것이 이렇게나 힘에 겨울 줄이야.

멀리서 소란스러운 소리가 들려왔다. 어디로 향하는 소리일까.

등을 보이면 찔릴 테니, 사람을 부르러 갈 수도 없었다. 누군가 올 때까지 버텨야만…….

"사람들이 오기 전에 정리하고 싶네. 그러니까 잘 자, 아가씨."

자쿠도가 단숨에 거리를 좁혀 왔다.

나이프 끝이 날카롭게 빛났다. 레티시엘은 뒤쪽으로 뛰어서 거리를 벌리려 했지만, 오히려 점점 더 접근해왔다. 상대쪽 속도가 더 빨랐다.

레티시엘은 순간적으로 결계마술을 발동했다. 약체화되었

어도 없는 것보다는 나을 것이라고 생각했으나, 자쿠도의 나이프는 매우 간단하게 결계를 파괴했다.

나이프에 마술 파괴의 술식이라도 새겨져 있는 것인가, 그렇지 않으면 지금의 마술이 너무 약한 탓에 통상의 무기로도 파괴할 수 있는 것인가.

—찔린다.

레티시엘은 죽음을 각오했다. 그러나, 몸에 나이프가 박히는 감촉은 언제까지 기다려도 찾아오지 않았다.

"으……."

"……데이비드 씨?!"

그 대신, 데이비드가 레티시엘 앞에 있었다. 자쿠도의 나이프는 작은 노인의 가슴을 꿰뚫고 있었다.

아주 잠깐, 자쿠도가 의외라는 듯한 표정을 보였다. 데이비드의 가슴에서 나이프를 뽑고는, 익숙한 동작으로 칼날에 묻은 피를 털어냈다.

"……흐응. 그 사람의 마법진, 일단 도움은 되어주네. 당신의 힘도 봉쇄해 주었어."

"으……."

"그 점은 감사해지. 반정령인 당신이 나서서 싸운다면, 이쪽도 여러모로 대응이 성가시거든."

데이비드의 출생은 자쿠도도 아는 일인 듯했다.

자쿠도가 사라와 마찬가지로 전생을 거듭했다면, 400년 전 데이비드가 탄생했을 때에도 그 자리에 있었을지도 몰랐다.

그리고, 지금 그 어투……. 아무래도 사라의 마법진이 완성됨으로써, 데이비드도 마술을 봉쇄당한 모양이었다.

데이비드의 몸이 기울어지고, 레티시엘은 순간적으로 그 몸을 받아냈다. 초조함이 머릿속을 가득 채우고, 사고가 혼란을 일으킬 것만 같았다.

……어라? 하지만, 그렇다면 레티시엘이 일부라고는 해도 아직 마술을 쓸 수 있는 것은 왜일까?

"도로셀! 데이비드!"

루카스의 목소리가 들려왔다. 수 명의 기사와 함께 달려온 루카스는, 피를 흘리며 쓰러진 데이비드의 모습에 눈을 부릅떴다.

"어이, 너 이 자식……!"

"아아아. 머릿수가 늘어나 버렸네. 하여간에 귀들은 밝아서는."

여기서 무슨 일이 일어났는지 바로 이해한 모양이었다. 적의를 드러내며 자쿠도를 노려보는 루카스의 표정에서는, 강한 분노가 배어 나오고 있었다.

"……이 자식, 여기서 살아서 돌아갈 수 있을 거라고는 생각하지 마라."

"오오, 무서워라. 과연 영웅님이 말하시니 박력이 다르네. 다만……."

문득 자쿠도가 움직임을 멈추었다.

검은 구름에 덮인 하늘을 올려다보며 가만히 귀를 기울이고 있었다. 마치 하늘에서 뭔가가 말을 걸어오고 있는 것 같았다.

"……헤에. 벌써 움직이는구나."

"……?"

"유감이야. 좀 더 버텨보려고 했는데, 시간을 맞추지 못한 모양이야."

"……무슨 말이죠?"

"딱히? 그냥 시한을 넘겼다는 거뿐이야. 아, 이쪽 얘기야."

자쿠도는 그렇게 말하고 전투태세를 풀었다. 대체 무엇에 대한 혼잣말일까. 시한을 넘겼다니…… 무슨 시한을 말하는 거지?

"목적은 달성하지 못했지만, 뭐, 어쩔 수 없지. 오늘은 그만 철수하겠어."

"자쿠도……."

"자자. 그렇게 무서운 얼굴 하지 말라니까. 어차피 조만간 또 만날 수 있을 테니까."

그럼 안녕. 그렇게 말하고 자쿠도는 둥실 허공으로 떠올랐다. 부유계 술식이라고 사용한 것일까.

루카스가 날린 마법의 추격에는 아랑곳하지도 않고, 자쿠도는 마지막까지 섬뜩한 미소를 띤 채 검은 하늘의 저편으로 사라져갔다.

"데이비드 씨!"

레티시엘은 쓰러지는 작은 몸을 두 팔로 끌어안았다. 가슴의 상처에서는 피가 끊임없이 흘러나오고 있었다. 바로 주머니에서 손수건을 꺼내 상처를 눌렀다.

"큰일은, 없으신 모양이군요……."

"저는 아무래도 좋습니다. 그것보다 데이비드 씨 쪽이……."

"어이쿠…… 마지막의 마지막에 와서 살짝 실수를 했습니다."

"죽지 마라, 데이비드. 이봐, 들것을 가져와라! 누구라도 좋으니까 빨리 가져와!"

루카스가 혈색을 바꾸고 가까이에 있던 기사들에게 호통치듯이 지시를 내렸다.

상처를 막고 있던 손수건은, 이제 하얀 부분이 거의 남지 않았을 정도로 붉은색에 침식되어 있었다.

"이걸로, 된 겁니다. 이걸로……."

"그런 말씀 하지 마세요."

"도로셀 양. 이것을……."

"……네? 이건?"

데이비드가 끈에 엮인 열쇠를 레티시엘에게 맡겼다. 꽤 작은 열쇠로, 오랫동안 사용한 것이리라. 적갈색의 표면은 녹이 슬어 변색 되어 있었다.

"내, 연구실 열쇠입니다…… 대도서실에, 줄곧 감춰두고 있었습니다."

데이비드가 기침을 했다. 입에서 쏟아진 핏덩어리가 그의 하얀 수염을 붉게 물들였다.

"나는 말입니다…… 옛날에 당신에 관한 예언을 한 적이 있습니다."

"예?"

데이비드의 목소리는 점점 약해졌다. 레티시엘에게 말을 걸고 있었지만, 이제 레티시엘의 얼굴이 어디에 있는지도 모르는 것 같은 모습이었다.

"예언?"

"『피리아레기스 공작가의 차녀가, 세계의 운명을 쥘 열쇠……』 이제, 공작가의 차녀는 아니지만 말입니다……."

가늘게 토해내는 숨과 아주 살짝 흔들리는 데이비드의 수염. 조금 늦게 레티시엘은 지금 그것이 데이비드가 웃은 것이라는 사실을 알아차렸다.

"이 예언이 있었기에, 폐하는 도로셀 양을…… 로시포드 전하의 약혼자로, 고르셨지요."

"지금은 더 이상 말하지 말아주세요. 곧 구호원이 올 거예요."

그런 것이었나, 레티시엘은 내심 놀랐다. 『도로셀』이 과거에 왕태자의 정혼자로 선택된 이면에 그런 사정이 있었을 줄이야……

"도로셀 양…… 부디 세계를, 지켜주십시오. 당신이라면, 그것을……."

"제게, 그런 힘이 있나요?"

"당신만이, 최후의 희망입니다……. 이 세계를 구할 수 있는, 유일한, 시작의, 영혼……."

"데이비드 씨……?"

"……."

부자연스럽게 끊어진 말에, 레티시엘은 순간적으로 모든 것을 짐작할 수 있었다. 온몸에서 핏기가 가시는 느낌이 들었다.

"어이, 데이비드! 대답을 해라! 데이비드!"

아무리 루카스가 불러도, 데이비드는 두 번 다시 움직이지 않았다. 두 팔로 끌어안은 그 몸이 조금씩 체온을 잃어갔다.

—데이비드가, 세상을 떠났다.

그 사실만이, 레티시엘과 루카스 눈앞에 억지로 차갑게 드러누워, 조용히 그 존재를 눈앞에 들이댔다. 루카스의 주먹이 지면에 세게 부딪치는 둔탁한 소리가 났다.

"학원장님! 크, 큰일입니다!"

하지만 비탄에 잠길 틈은 전혀 없었다. 학원의 교사 한 명이 분주하게 달려왔다.

"……무슨 일인가?"

"하늘이……!"

"하늘?"

그 자리에 모여 있던 자들이 모두 똑같이 하늘을 올려다보았다. 그리고 서쪽 하늘에 번지는 이변을 알아차렸다.

"……뭡니까, 저건?"

검은 하늘의 한쪽에 짐승과도 같은 형태의 거대한 그림자가 적란운처럼 자욱하게 있었다.

하늘보다도 한층 더 깊은 칠흑의 그 몸은 안개와도 같이 형태가 없어서, 움직임이 있을 때마다 흔들려 모습을 바꾸었다.

서쪽 방향에서 주술의 기운을 두른 미지근한 바람이 거칠게 불어와, 습기처럼 온몸에 휘감겼다.

하늘에서 검은 눈이 내렸다. 그 눈은 눈 깜짝할 사이에 지면에 쌓였고, 눈을 뒤집어쓴 풀과 꽃들이 메말라갔다.

칠흑속에서 형형하게 빛나는 두 줄기의 붉은 빛은 아마도 눈에 해당하는 부분이리라. 발톱처럼도 보이는 두 팔을 휘두르며, 그것은 하늘을 향해 우렁차게 외치고 있었다.

맨손으로 심장을 움켜쥔 것 같은, 굉장한 불쾌감이 엄습했다.

주술의 기운을 쐬었을 때보다도 한층 더 지독했다. 저것이야말로, 분명히 주술의 근본이 된 것이었다. 이것만큼은 이해할 수 있었다.

—『괴물』이 부활하고 말았다.

몇 분도 지나지 않아 주위의 교사들과 모여 있던 관료, 군인들이 웅성거리기 시작했다.

여기저기서 다양한 목소리들이 오갔다. 상황파악을 바라는 목소리, 전령을 보내는 목소리, 피난을 호소하는 목소리.

국경에 대해 이야기하는 목소리도 들렸다. 개국이라는 단어를 말하는 목소리도. 국경과 개국…… 그에 들어맞는 나라를 레티시엘은 딱 하나 알고 있었다.

라피스 국이 나라를 개방한 것이리라. 이 타이밍에. 무엇을 위해서일까. 그것은 이곳에서 들을 수 있는 정보 중에서는 파악할 수 없었다.

다만, 기쁜 일이 아니라는 것은 감지할 수 있었다. 무슨 일이 일어나는 것인가. 빨리 이곳을 떠나야 했겠으나, 발이 움직이질 않았다.

"……."

주위의 공기를 삼키듯이 부풀어 올라, 하늘 전체를 뒤덮으려는 듯한 기세로 거대화해가는『괴물』.

『괴물』을 올려다보는 레티시엘은 당혹감을 느끼고 있었다.

그『괴물』은 사라의 그림자에 기생하듯이 공생하던 것이라는 점 이외에, 레티시엘이 아는 것은 아무것도 없었다.

하지만, 각성해가는 『괴물』을 보고 레티시엘이 느낀 것은, 『그리움』이었다. 그리움과 동시에, 가증스러운 기분에도 휩싸였다.

레티시엘로서도 도로셀로서도, 괴물과의 접점 따위 있을 리 없을 텐데.

레티시엘은 목을 감쌌다. 괴물을 그립다고 느끼는 이 감정은, 대체 레티시엘의 어디에서 솟아오르는 것일까.

레티시엘의 감정이 아닌 것은 확실했다. 그렇다면…… 이것은 도로셀의 감정이기라도 하다는 것일까.

이 몸의 주인인 도로셀에 대해서는 비록 몇 년이나 걸렸지만 지금은 겨우 어떤 존재였는지 알게 되었는데 아직도 숨겨진 것이 또 있다는 것인가.

"……윽."

알 수 없었다. 어쩌면 도로셀도 관련이 없는 감정일지도 몰랐다. 현재, 이 몸이 경험한 기억이 없는 그리움을 설명할 수 있는 수단은 없었다.

"이봐, 거기 너! 바로 성까지 전령을 전하고 와라! 긴급사태다!"

"예! 알았습니다!"

누군가의 외침이 들려왔다. 루카스일지도 몰랐다. 분주하게 갑주가 부딪치는 소리가 이동하고, 말 울음소리와 함께 달려 나가는 소리도 전달되어 왔다.

레티시엘은 소란 속에서 그저 『괴물』을 올려다보았다.

검게 흔들리는 아지랑이와도 같은 그 물체는 불투명해서 그 몸을 투과해서 그 너머의 경치를 볼 수는 없었다.

빨려 들어갈 것 같은 깊은 칠흑에, 자신의 영혼을 투영했다. 기억의 실을 얼마나 더듬어도 레티시엘은 아직도 이 몸과 혼의 심연을 보지 못했다.

분명히 자신의 생명일 터였다. 자신의 마음일 터였다.

그런데도, 경험한 적이 없는 『자신』은 점점 늘어났다. 자신이 자신이 아닌 것 같아, 기분이 나빴다.

'대체 나는…… 우리는, 누구인 것일까.'

무심히 주변을 둘러보아도 정신없이 움직이는 사람들의 모습이 있을 뿐, 도로셀의 환영은 모습을 보이지 않았다.

그 대답을, 그 아이는 아는 것일까. 모습을 보이지 않는 『또 한 명의 자신』에게 레티시엘은 마음속으로 가만히 물었다.

—이 몸과 혼은, 무엇을 위해 이렇게 깊은 수수께끼를 안고 이 시대에 태어난 것일까.

종장 그 앞에 있는 것

거슬러 올라가기를 며칠 전. 아직 무시무시한 괴물이 부활하지도 않고, 한 명의 소녀가 루크레치아 학원에서 제어를 잃고 폭주한 날.

지크는 왕성의 정문을 빠져나왔다.

현재 학원에서 일어나는 사건에 대한 보고와 그에 대한 원군요청이라는 역할을 다하기 위해, 말을 타고 이곳으로 급행했다.

그 역할 자체는 무사히 수행할 수 있었다. 라이오넬 전하에게 일이 돌아가는 상황을 보고하자, 곧바로 원군을 편성해 보내주겠다는 약속을 받을 수 있었다.

—이걸로, 학원에 있는 사람들에게 좋은 소식을 갖고 돌아갈 수 있을 것 같다.

정문에 맡겨놓은 말을 다시 인수해 안장에 걸터앉고, 지크는 온 길을 거슬러 학원을 향했다.

학원을 향해 달리고 있으니, 다양한 일들이 지크의 머릿속을 스쳤다. 요즈음 머릿속을 맴도는 일은 늘 같은 것이었다.

자신의 태생에 관한 일, 자신의 아버지에 대한 일, 그것에 더해 자신과 닮은 용모를 가진 적의 우두머리에 대한 일.

"……."

정신을 차리고 보니, 말은 발을 멈추고 있었다. 지크는 검은 구름에 덮인 하늘을 올려다보았다.

아버지는 이 몸은 라피스 왕가의 사생아라고 말했다. 아버지와 지크는 피가 이어지지 않았고, 아버지는 그 우두머리 소년과 어떤 관계를 맺고 있었다.

남아있는 아주 근소한 추억 속에서, 지크는 자신을 감싸는 아버지의 등을 기억하고 있었다. 아버지와 대치하는 인물이 있어서, 뭔가 이야기를 하고 있었다. 목소리를 들은 기억은 있었다.

그 목소리는, 그날 무너져가는 시계탑에서 들은 사라라고 불리던 그 소년의 것과 똑같은 것이었다.

—아버지는 대체 어떤 사람이었던 것일까.

줄곧 마음속 한구석에서 생각하고는 있었다. 지크가 보아도, 자신의 아버지는 수수께끼가 너무 많았다.

철이 들었을 무렵에는 아버지의 모습은 이미 부자연스러울 정도로 기억하지 못했다. 그 뒤로도 지크가 직접 아버지와 대면할 기회는 한 번도 없었다.

어머니와는 때때로 만났다고 들었다. 아버지가 피한 사람은 지크 혼자였다. 어째서 그렇게까지 아버지는 의붓아들을 만나는 것을 피한 것일까.

지크에게 있는 것은 최근이 되어서야 도착하기 시작한 아버지의 편지뿐. 길에 쓰러져 죽을 뻔한 모자를 구한 것뿐이라면, 아버지는 어디에서 그만큼의 정보를 얻은 것일까.

그 소년과 아버지는 어떤 관계이며, 그것이 지크와 어떻게 관련되어있는지도 알 수 없었다.

내용은 기억이 나지 않아도, 그 날의 대화는 자신과 관련된 것이었다는 사실은, 직감으로 확신하고 있었다.

그리고 그때 두 사람 사이에서는 뭔가의 약속이 오가고, 그날 뭔가가 일어났던 것이리라.

왜 그 기억을 계기로 지크는 두 번 다시 하얀 머리카락의 괴물들에게 쫓기지 않게 된 것인가.

어린 시절의 지크에게 접근하려던 그 병사들은 지금 생각하면 주술병의 종류였다고 생각되었다.

그 조직의 우두머리는 아마도 사라였다. 그는 무엇을 위해 지크를 쫓고, 무슨 일이 있어서 추격을 그만둔 것인가…….

—도로셀 님…….

도로셀에게 들은 말은 기뻤다. 모든 일이 있어서 지금이 있고, 미래가 있다. 설령 한 번 변해버린 관계라도, 변한 채 형태를 바꾸어 계속되어 간다.

도로셀은 자신에게 용기를 주었는데, 자신은 아직 그 사람에게 아무것도 말하지 못한 채였다. 그것이 매우 불성실한 행위로 생각되어 참을 수 없었다. 자신이 주위 사람들을 전혀 신용하지 않는 것과 동일했다.

—털어놓아야 한다. 그 사람에게는, 전부.

줄곧 혼자 끌어안고 있을 수는 없을 것이라고 생각했다. 변화를 무서워하고, 알지도 못하는 타인의 눈치를 살피는 것에만 사로잡혀 있으면 언제까지고 앞으로 나아갈 수 없었다.

지크의 이야기를 듣고 그녀가 어떤 반응을 되돌려줄지 알 수 없었다. 무서운 마음은 아직 있었다. 하지만, 간신히 결심이 섰다.

생각해보면, 좀 더 빨리 결심할 수 있었을 텐데 자신의 마음이 뒤숭숭했던 바람에 이렇게나 시간이 걸리고 말았다.

"……어라?"

퍼뜩 주위의 경치가 바뀐 것을 알아차렸다. 왕도 안……이 아닌 것 같은 기분이 들었다. 울창한 숲속이었다.

변함없이 말에는 타고 있었다. 제어를 게을리 한 탓에 말이 멋대로 어딘가로 이동해버린 것일까. 지크는 일단 말에서 내려 고삐를 끌며 주변을 둘러보았다.

왕도 주변에 이렇게 울창한 숲이 있었던가. 왕도 일대는 넓은 평원으로 되어 있어서, 잡목림은 있어도 숲이라고 부를 수 있을 만한 규모의 것은 없었다.

그럼 대체, 지금 자신은 어디를 헤매고 있는 것일까……?

"……왔군."

짧은 한마디. 지크는 귀에 익은 소년의 목소리에 뒤를 돌아보았다. 나뭇가지 위에, 그 소년이 앉아 있었다.

가면은 쓰고 있지 않았다. 마주 놓인 거울처럼 지크와 닮은 얼굴이, 무표정하게 지크를 내려다보고 있었다.

"너는……."

누구냐고, 그렇게 묻고 싶었다.

그러나 그 말은 입에서 나오지 않았다. 갑자기 자신이 인형이 된 것처럼, 자신의 몸이 자신의 것이 아니게 되어있었다.

"데리러 왔다. 약속을 지킬 때다."

약속이라니, 무슨 말인가. 자신은 그와 무언가를 약속한 기억은 없었다.

사라가 이쪽으로 손을 내뻗었다. 마치 그것에 끌리듯이, 자신의 의지에 반해 발은 그쪽으로 향했다.

안 된다고 강하게 마음속 어딘가에서는 생각했지만, 저항할 수 없었다. 왜일까. 가야만 한다. 그렇게 강하게, 강하게 재촉당하고 있었다.

"자, 이리 와. 이건 무슨 인과일까. 마지막의 마지막에 열쇠를 쥐는 것이 너라니."

—무슨 말이지……?

"알 필요는 없어. 너는 그저, 나와 같이 가면 돼."

모르겠다. 생각을 하려고 해도 머릿속에 베일이 씌워진 것처럼 몽롱했다. 의식이, 조금씩 어둠 속으로 빨려 들어갔다.

한 줄기의 바람이 불어오고, 나뭇잎과 잘린 풀들이 춤을

추었다.

정적 속, 말이 크게 울음소리를 내며 도망치듯이 그 자리에서 달려갔다. 그 고삐를 쥐고 제어하는 자는, 이미 이곳에 없었다.

그저 아무도 없는 숲만이, 멀리 말발굽 소리를 들으면서 그 자리에 있었다.

***

허물어져가는 알현의 방 구석에서 자쿠도는 그것을 멀리서 바라보고 있었다.

금박이 벗겨진 녹슨 옥좌에 검은 무언가가 꿈틀거리고 있었다. 그것은 지금은 붕괴해 없어졌으나 천장이 높은 이 알현의 방을 뚫고 나갈 것 같을 정도로 거대했으며, 지금도 계속해서 조금씩 주위를 침식하며 번져나가고 있었다.

—저것이『고대의 칠흑』…….

분명히 그 이름에 걸맞는 것 같았다. 왜 그렇게 불리게 되는지는 자쿠도는 알지 못했지만, 그 이름대로 태곳적부터 존재했던 칠흑의『뭔가』인 것이리라.

방금 전, 루크레치아 학원에서 괴물의 부활을 감지했다. 그것은 즉, 그 여자와 괴물의 실체와 혼이 분리되었다는 뜻.

예측했던 것보다 훨씬 빠른 행차라고 생각했다.

『이놈…… 이놈!』

상황을 보러 돌아온 것은 좋았으나, 방금 전부터 괴물은 줄곧 저 상태로 반파된 옥좌에서 날뛰고 있었다.

덕분에, 그렇지 않아도 무너진 알현의 방의 붕괴가 한층 더 진행되고 있었다. 지금도 천장에서 크고 작은 돌멩이들이 떨어져 내렸다.

『용서 못한다…… 이 나를 바보 취급한 것을 후회하게 해주마!』

괴물은 이상할 정도로 화를 내고 있었다. 무엇이 그렇게 마음에 안 드는 것인가 하고 생각할 정도로 격노하고 있었다.

무슨 일이 있었는지는 알 수 없었으나, 생각해보면 그 여자와의 사이에 뭔가가 일어난 것이리라. 어쩌면, 이 분노 탓에 괴물의 부활이 앞당겨진 것인지도 몰랐다.

저것의 감정 하나하나는 이 붉은 눈에 일일이 영향을 주니, 솔직히 민폐이다. 저것의 분노가 가라앉기 전까지는 아마도 이 눈은 계속 아플 것이다.

—뭐, 됐어.

괴물이 미쳐 날뛰든 말든, 이쪽은 목적만 달성할 수 있으면 그 밖의 것은 아무래도 좋았다.

자쿠도는 분노가 치미는 대로 날뛰는 괴물에게는 아랑곳하지 않고, 일찌감치 알현의 방에서 물러났다. 정말 소란스러워서 참을 수가 없었다.

알현의 방 밖에는 광대한 폐허가 지평선 저 너머까지 펼쳐져 있었다. 과거 일국의 수도였으며, 왕성이었던 장소였다.

라피스 국이 사실상 죽은 자의 나라가 된 지는 오래되었다. 아주 오래전 사라가 만들었으며, 지금 다시 사라에게 모든 것을 다 빼앗겨 멸망한 나라.

폐허의 시가지를 걷는 자의 그림자는 없었다. 당연했다. 이 나라의 대부분의 주민은, 이미 오랜 세월에 걸쳐 남김없이 모두 주술병으로 개조되었다.

그것보다도 이전에는 어떠했던가. 전승으로는 다른 나라의 수도가 이곳에 있었다고 들었다. 리제네로제 왕국이라는 이름이었던가?

—뭐, 상관없지.

자쿠도는 곧바로 그 사고를 머리 한구석으로 밀어냈다. 그것은 자쿠도가 생각해한들 무의미한 일이었다. 일부러 기억해내도 소용없었다.

시가지 안에 한층 높고 눈에 띄는 돌탑이 솟아있었다. 과거 이 나라에서 최첨단의 지혜와 기술을 갈고 닦았다는 교육연구기관이 있던 장소.

신에 이르는 금기에 손을 더럽혀, 하룻밤 사이에 저주의 땅으로 변모해 버린 원죄의 터.

통칭 『점성의 탑』. 모든 것은 이곳에서 시작되었다.

그 여자는 움직일까. 어리석은 의문이었다. 움직일 것이

뻔했다. 천 년의 인연을 질질 끌며 오늘을 살아가는 자가, 이 마당에 이르러서 자신의 계획이 저지당하는 것을 용납할 리 없었다.

—아직 방해받을 수는 없다.

무엇을 위해 400년이나 전부터 그 여자 주변에서 계속 빈둥거리며 머물렀는가. 그 괴물에게 접근해 기회를 기다리기 위해서였다.

자쿠도는 주머니에서 작은 방울을 꺼냈다. 낡고, 문양도 다 벗겨진 조그만 방울. 한때 실수로 분실해, 머나먼 자손이 주운 일도 있었으나 다시 되찾았다.

타인은 아무렇지도 않게 생각할 이런 작은 방울이라도, 자쿠도에게는 무엇과도 바꿀 수 없는 가치가 있었다.

톱니바퀴는 이제 돌아가기 시작했다. 이제와서 멈추는 일은 불가능했다. 금방 실패할 계획이든 뭐든, 끝까지 가보는 수밖에 없으리라.

—그 사람을, 되찾을 때까지는.

■작가 후기

『왕녀 전하는 화가 나셨나 봅니다』 8권을 읽어주셔서 감사합니다. 야츠하시 코우입니다.

천 년 전의 인연과 대치해서, 드디어 이번 권부터 최종장이 시작되었습니다. 여러분의 응원 덕분에 여기까지 올 수 있었습니다.

지금까지 작중 안에서 만났던 다양한 인물들과 서로 도우면서 레티시엘은 최후의 싸움과 적에게 도전합니다. 본권에서는 그리운 캐릭터들이 재등장하거나, 지난 권들에서 보낸 시간들이 쌓여 인물들 사이에 새로운 관계성이 다수 태어나거나 했지요. 덕분에 집필하는 것이 매우 즐거웠던 것은 덤입니다.

레티시엘 자신에게는 아직 비밀이 있습니다만, 그 해명도 포함해 라스트스퍼트에서 분발할 터이니, 최후까지 그녀와 친구들의 이야기를 지켜봐 주신다면 감사하겠습니다.

담당 편집자 Y씨 및 졸저의 출판에 관여해 주신 모든 분, 일러스트를 그려주시는 나기시로 씨, 만화화를 담당해 주신 요츠바 네코 씨, 그리고 이 책을 읽어주신 모든 독자 여러

분에게 진심으로 감사드립니다.

그럼 다음 권에서 다시 뵙기를 기원하겠습니다.

야츠하시 코우

■역자 후기

안녕하세요, 역자입니다. 파란만장한 전생 왕녀님 최종장과 함께 찾아뵙니다.

천 년 전의 인연과 함께 현생에서 일어나는 각종 사건 사고들의 흑막이 밝혀졌습니다.

그런데도 여전히 수수께끼가 많습니다. 특히 주요 등장인물들이 품고 있는 비밀들이 왜 이리 많은 것일까요. 개인적으로 저는 사소한 복선에서 매우 잘 낚이는데, 제대로 취향 저격을 당했습니다. 뒤가 궁금하다…….

수수께끼의 비중은 역시 파워풀 주인공으로, 전장에서도 활약이 눈부신 레티시엘과 도로셀이 가장 큽니다. 그렇지만 저는 의외로 주변 인물들에 더 관심이 갑니다. 최종보스인 사라도, 그러고 보면 자기 자신에 대해 꽤 의미심장한 발언을 남기기도 했고요. 뭣보다 자쿠도의 행적에 눈이 갑니다.

그의 최종목적.

600년 전부터 사라와 함께 전생하며 살아왔다는 사실.

이것만 보면 언뜻, 그의 목적도 대충 감이 잡힐 것 같습니다, 만.

제 머릿속에서는 조금 걸리는 사항들도 있습니다. 한쪽만 타고난 붉은 눈도 그렇지만, 사라를 뒤에서 부를 때의 호칭이 참. ……어쩌면 그는 사라의 「본질」을 알고 있는 것은 아닐까.

그쯤 되니 그의 목적도 두 가지로 갈리는 것 같습니다. 그리고 그의 전생에 대한 가정이 다 맞다고 친다면, 양쪽 모두 어느 정도 말은 될 것 같단 말이지요. 우우웅.

상술했듯이, 저는 이런 종류의 복선에 약해서 말입니다. 작업을 하면서 궁금증 때문에 무척 근질근질하기도 했지만, 매우 즐겁기도 했습니다. 작가님이 하루라도 빨리 이 인물들의 비밀을 밝혀주시길 바라는 마음을 담아, 이만 펜을 놓겠습니다. 총총총.

왕녀 전하는 화가 나셨나 봅니다 8

초판 1쇄 발행 2023년 7월 10일

지은이_ Kou Yatsuhashi
일러스트_ Mito Nagishiro
옮긴이_ 이진주

발행인_ 최원영
편집장_ 김승신
편집진행_ 권세라 · 최혁수 · 김경민 · 최정민
편집디자인_ 양우연
관리 · 영업_ 김민원

펴낸곳_ (주)디앤씨미디어
등록_ 2002년 4월 25일 제20-260호
주소_ 서울시 구로구 디지털로 26길 111 JnK디지털타워 503호
전화_ 02-333-2513(대표)
팩시밀리_ 02-333-2514
이메일_ lnovellove@naver.com
L노벨 공식 카페_ http://cafe.naver.com/lnovel11

Royal Highness Princess seems to be angry 8

ISBN 979-11-278-6929-8 04830
ISBN 979-11-278-5850-6 (세트)

값 8,500원